Felix Leibrock

Tempelbrand

Mit besten Wünschen
Felix Leibrock

SALIER
VERLAG

Felix Leibrock

Tempelbrand

Ein Weimar-Krimi

Salier Verlag
Leipzig und Hildburghausen

Originalausgabe
1. Auflage 2010

Umschlaggestaltung: Christine Friedrich-Leye, Leipzig
Herstellung: Gemi s. r. o., Prag
Printed in the EU

ISBN 978-3-939611-57-8

www.salierverlag.de

Da sprach Salomo:
Die Sonne hat der Herr an den Himmel gestellt;
er hat aber gesagt, er wolle im Dunkeln wohnen.

1. Könige 8,12

I

In einer Augustnacht des Jahres 1778

Die Stadt schlief. Nur die Konturen des Gartenhauses waren im fahlen Mondlicht zu erkennen.
Heftig pochte das Herz der jungen Frau. Das blonde Haar zerzaust, das Gesicht blass, stolperte sie den Hang zur Ilm hinunter. Rechts hatte sie der Doktor fest gepackt, links der entschlossen blickende Vater, der in seiner anderen Hand eine unruhig flackernde Fackel hielt.
„Pschscht!", zischte er der Tochter zu, „niemand darf uns hören. Hör auf zu stöhnen."
Der Doktor trug einen Koffer mit sich, den er jetzt in die Wiese direkt neben die knorrige Eiche abstellte. Still floss die Ilm an den drei gespenstisch wirkenden Personen vorüber. Ein paar Äste knarrten im Wind, ein Kauz schoss mit einem jähen Laut über die drei Gestalten hinweg.
Mit einer Schnur fesselte der Vater die Tochter an beiden Händen und band sie an der Eiche fest. Der Doktor kramte indes allerlei Stabmagneten, die einen in Zylinder-, die anderen in Quaderform, aus seinem Koffer. Über viele Umwege hatte er sich die Magneten vom Jesuiten und Hofastronomen Maximilian Hell aus Wien verschafft.
„Henriette", raunte er dem Mädchen zu, dem der Vater den Mund mit einem Tuch zugebunden hatte. Es warf seinen Kopf hin- und her und hatte die Augen vor Schreck weit aufgerissen.
„Henriette, vertraue mir! Werde ruhig. Ich werde deinen Fehler besiegen. In mir wirkt die notwendige Kraft. Sieh zu den Sternen. Sie stehen günstig für unsere Behandlung. Die Mächte außerhalb dieser Welt sind dir wohlgesinnt. Glaube mir. Vertraue mir!"
Während er sprach hatte der Doktor begonnen, mit einem Magneten vor Henriettes Kopf hin- und herzufahren. Gleichzeitig fixierte er das Mädchen scharf mit seinen Augen. Monoton wiederholte er immer wieder den einen Satz: „Vertraue mir!" Leicht verunsichert bemerkte er,

dass der Träger von Henriettes Kleid auf einer Seite heruntergerutscht war und die bleiche Schulter freigab.
„Vertraue mir!" Das Mädchen schaute immer noch entgeistert, hob jetzt den Blick zum Sternenhimmel. Kurz drehte sich der Doktor nach Henriettes Vater um. Doch der war, wie verabredet, in das Dunkel der Nacht zurückgetreten, um den Doktor bei seiner Behandlung nicht abzulenken. Als der Doktor ihn nicht sah, tastete er mit seinem Magneten nach dem anderen Träger des Kleides und versuchte ihn herunterzustreifen. Henriette schien dies nicht zu bemerken, so abwesend starrte sie jetzt zum Himmel. Doch der Träger löste sich nicht von der Schulter und der Doktor ließ von diesem Treiben ab.
„Vertraue mir! Sieh mich an!" Mit blitzenden Augen herrschte der Doktor das Mädchen an. Sein offener Mund gab eine gewaltige Zahnlücke am unteren Kiefer frei. Er nahm einen weiteren Stabmagneten und drückte ihn dem Mädchen in die Hand.
„Halte den Stab an den Baum! Seitlich von dir! Der Stab muss den Baum berühren! Ich werde den Baum jetzt magnetisieren!"
Schon hatte er damit begonnen, den Baum mit seinem Stabmagneten zu umkreisen und immer wieder dagegen zu schlagen. Etwa zehn Minuten dauerte diese Prozedur. Eine Zeitspanne, die Henriette endlos schien. Ihre Blicke wanderten immer wieder vom Doktor zum Sternenhimmel und ab und zu in Richtung ihres Vaters, der aber nirgends zu sehen war. Nur lose hielt sie den Stab an den Baum.
„Jetzt werde ich dich berühren. Sowohl mit meinen Händen als auch mit meinem Stab! Zuletzt werde ich meine Energie über deinen Bauch kommen lassen, damit die ungewünschte Brut verschwindet. Dein Leib sei ein Tempel der Reinheit!"
Bei diesen bedrohlich hingehauchten Worten war Henriettes Vater aus dem Dunkel hervorgetreten. Der Doktor blinzelte dem Vater zu. Beruhigt trat dieser wieder ab. Der Vater dachte an die Scham, die über seine Familie käme, sollte der uneheliche Balg zur Welt kommen. Welch ein Glück, dass er den Doktor aus Halle gestern im Schwarzen Bären kennen gelernt hatte! Von berühmten Wunderheilern hatte der Doktor sein Handwerk gelernt, etwa vom Vorarlberger Priester und Teufelsaustreiber Johann Joseph Gaßner und vom Doktor Mesmer aus Konstanz. Nur diesem Doktor aus Halle konnte es noch möglich sein, die schon

weit gediehene Leibesfrucht zu beseitigen. Zu lange hatte Henriette das Geheimnis gehütet. Nur über ihre Leiche wollte sie verraten, wer der Vater des Kindes war. Auch wenn die Summe hoch war, wollte er sie gerne dem Doktor zahlen, sollte es ihm gelingen, die Ehre seiner Familie zu retten. Als Meister der Goldschmiedekunst hatte er sich einen Namen weit über die Grenzen der Stadt hinaus gemacht. Der durfte nicht besudelt werden!

Dicht vor Henriette stehend, begann der Doktor jetzt mit seinen schwitzigen Händen die Schläfen des Mädchens gleichmäßig auf beiden Seiten mit einer glibbrigen Masse einzuschmieren, die er aus einer weißen Dose herauspulte. Dann nahm er einen Magneten und ließ ihn an den Schläfen rotieren. Sein Oberkörper berührte bei diesem Kreisen leicht den sich wölbenden Busen des Mädchens. Der unangenehme Geruch seines Mundes, entweder vom mittäglichen Zwiebelfleisch oder den fauligen Zähnen oder von beidem herrührend, tat ein Übriges, dass Henriette angewidert den Kopf von ihm zu wenden versuchte. Doch der Doktor verstärkte nun seinen Druck auf die Schläfen, um den Kopf zusätzlich zwischen seinen Händen zu fixieren. Irgendwann resignierte das Mädchen und ließ es mit sich geschehen.

„Meine Energie komme über dich und gehe in dich. Vertraue mir! Meine Energie komme über dich!“

Mit nachlassendem Widerstand des Mädchens ebbte auch die Stimme des Doktors ab und ging in ein leises Brabbeln einer Litanei über.

Apathisch schaute Henriette ins Leere. Der Doktor nahm seine Hände von ihren Schläfen und drückte nun den Stabmagneten leicht in ihren Unterleib. Sie schrie auf, doch das straff gespannte Taschentuch um ihren Mund dämpfte die Stimme. Der kleinwüchsige Mediziner begab sich auf die Knie und drückte seinen Stab immer tiefer in den Bauch des Mädchens. Kurz blickte er sich nach dem Vater um, doch von diesem war nichts zu sehen. Mit seinen dürren Fingern begann er nun, direkt in den Bauch des Mädchens zu kratzen. Henriette bäumte sich mit den Füßen auf und versuchte mit letzter Kraft, nach dem gierig blickenden Mann zu treten.

„Herr Vater, komm er mal herbei!“ Mit jämmerlicher Stimme erklärte er dem Vater, er könne so nicht weiter arbeiten. Die Tochter verweigere sich der Behandlung. Er möge sie bitte an den Füßen auch fesseln.

Nachdem der Vater dies getan hatte – die Tochter wehrte sich heftig aber vergeblich –, wartete der Doktor, bis sich der Goldschmied wieder in die Nacht entfernt hatte. Dann setzte er sein Treiben fort, stieß wechselweise mit dem Stab dem Mädchen in den Unterleib oder quetschte die Bauchwölbung zwischen seinen Fingern. Fast eine Viertelstunde dauerte die Tortur. Dann rief er den Vater und bat ihn um sofortige Bezahlung. Er müsse sogleich in die Stadt, um die erste Kutsche Richtung Leipzig zu nehmen. Dort wolle er mit seinem Verlag über das Manuskript verhandeln, in dem er alle seine medizinischen Forschungen der Wissenschaft zur Diskussion stelle. Auch die Behandlung seiner, des Goldschmiedes Tochter könne eventuell Eingang in das Buch finden. Bei Interesse könne der Vater gerne subskribieren. Henriette möge er erst abbinden, wenn sie ihre Krise überwunden habe. Die Krise sei nach einer Behandlung ganz normal und äußere sich in lautem Schreien, Aggression gegenüber dem Arzt, Wahnbildern und körperlichen Schmerzen. Aus seiner Erfahrung heraus sei es besser, wenn der Arzt bei diesen Krisen nicht dabei sei. Vielmehr habe es sich als günstig erwiesen, wenn die Angehörigen mittels eines Magneten die Krise selbst zu überwinden helfen.
„Hier, diesen Magneten überlasse ich ihm. Fahre er damit seiner Tochter hin und wieder über den Bauch und über die Schläfen. Dann löst sich die Krise. Die Behandlung war in jedem Falle erfolgreich. Der Name seiner Familie wird nicht beschädigt."
Hurtig packte er seinen Koffer, steckte die Taler ein, die ihm der Goldschmiedemeister überlassen hatte und stürmte über die Ilmbrücke. Zu Jahresbeginn habe sich hier, so hatte ihm Henriettes Vater gestern beim Bier in der Schenke erzählt, eine junge Offizierstochter aus Liebeskummer in der Ilm das Leben genommen. Den *Werther* soll sie dabeigehabt haben. Doch dafür fehlten ihm jetzt Blick und Zeit.
Kaum hatte er den Hang über der Ilm durch den Felsenaufgang erstiegen, hörte er den markerschütternden Schrei einer anderen verzweifelten jungen Frau. Ihm schien, als ob im Gartenhaus ein Licht aufflackerte.
Am nächsten Tag hatte Henriette den Abgang ihres Kindes zu beweinen.

II

Freitag, 27. August 2004

Rammy Carranza sprach fließend deutsch, mit leichtem texanischen Akzent. Gelernt hatte er die Sprache in der Schule und bei einem längeren Aufenthalt vor zwei Jahren an der deutschen Partnerschule seines Colleges in Trier. Er packte seine Tasche ins Schließfach, ging am Pförtner der Herzogin Anna Amalia Bibliothek vorbei, raunte ihm ein „Morgen“ zu, was dieser, wie jeden Morgen, nur mit einem scheuen Blick und einem undefinierbaren Laut quittierte, und begab sich an den Ausleihschalter.

Die großgewachsene Bibliothekarin mit dem langen schwarzen Haar setzte ihre Brille auf, fragte ihn, was er bestellt habe, und sah alle Leihscheine durch.

„Alles ist an Ihrem Arbeitsplatz im Lesesaal. Tut mir leid. Leider kann keins der Bücher außer Haus entliehen werden.“

Rammy Carranza dankte höflich, ging durch den Katalogsaal und betrat den Lesesaal durch die Glastür. Er war der erste Benutzer an diesem Morgen, so dass er sich nicht bemühen musste, besonders leise zu sein.

„Rammy Carranza“, gab er sich der Aufsichtskraft zu erkennen. Wortlos, mit einem leichten Tadel im Blick, weil er trotz des leeren Lesesaales nicht geflüstert hatte, suchte sie das Regal hinter sich ab und schob ihm dann einen Stapel Bücher hin, die meisten in Ganzleder gebunden, mit goldgeprägter Schrift, zum Teil mit leichten Schabspuren auf dem Einband und kleinen Einrissen am Buchrücken. Folio, Quart und Oktav, – fast jedes der Bücher schien ein anderes Format zu haben.

Rammy Carranza liebte diese frühe Stunde: Er, alleine, in einer der für die klassische deutsche Literatur reichsten und bedeutendsten Bibliotheken, außer der Aufsichtskraft nur noch umgeben von ehrwürdigen Büchern aus dem Magazinbestand, von denen einige schon Goethe selbst in der Hand gehabt haben dürfte. Bücher, deren Deutsch ihm oft fremd erschien und das er sich nur mühsam übersetzen konnte. Bücher aber auch, die ihm das Gefühl vermittelten, dass viele Amerikaner sich zu wenig für dieses *good old Europe* interessierten, obwohl es die Wurzel der abendländischen und damit ihrer eigenen Kultur war. Die Weimarer Bibliothek war ihm zum heiligen Ort geworden, zum Büchertempel.

Mit einem wohligen Schauer schlug er vergnügt das erste Buch des Stapels auf. In den drei Wochen, die er jetzt in Weimar verbracht hatte, war ihm das zum Ritual geworden: Das erste Buch hatte mit seinem eigentlichen Thema, weswegen er in der Bibliothek forschte, nichts zu tun, vielmehr hatte er es mehr zufällig aus dem Katalog ausgewählt. Nur aus der zweiten Hälfte des 18. Jahrhunderts sollte es sein. Eine halbe Stunde räumte er sich für die Lektüre ein. Auf diese Weise hoffte er, sich eine größere Allgemeinbildung über die Zeit der Aufklärung und der Weimarer Klassik zu verschaffen.

Er nahm den Band, besah kurz die Rückenprägung, strich sanft über das goldene Supralibros „AA", das das Buch als Besitz der Herzogin Anna Amalia auswies, und schlug das Titelblatt auf. Sorgsam las er jedes Wort:

Physiognomische Fragmente zur Beförderung der Menschenkenntniß und Menschenliebe von Johann Caspar Lavater. Gott schuf den Menschen sich zum Bilde! Erster Versuch. Mit vielen Kupfern, las er oberhalb der Kupfervignette. *Leipzig und Winterthur 1775, Weidmanns Erben und Reich, und Heinrich Steiner und Compagnie.*

„Was für ein Titel!", murmelte er. Fasziniert blätterte er weiter. Abwechselnd betrachtete er die Kupfertafeln mit den Porträtstichen, gezeichnet von führenden Silhouetteuren des aufgeklärten Zeitalters, und versenkte sich in die Theorie des Züricher Pfarrers Johann Caspar Lavater. Dieser behauptete, er könne den Charakter eines Menschen an seinem Äußeren erkennen, genauer gesagt an seinen Gesichtszügen. Für seine Theorie erhob er den Anspruch der Wissenschaft und nannte die Lehre *Physiognomik.*

Rammy fand den Grundgedanken bestechend, hatte er doch selbst eine ähnliche Theorie entwickelt: Er war fest überzeugt, jeder Mensch ähnele in seiner äußeren Erscheinungsweise einem ganz bestimmten Tier. So wie man Tieren spezifische Eigenschaften zuordnen könne, so könne man das auch auf den jeweiligen Menschen übertragen, der diesem Tier ähnele. Listig wie ein Fuchs, klug wie eine Schlange, vorsichtig wie ein Reh, und so weiter. Doch gegenüber Lavater war seine Theorie nicht so empirisch untermauert, bezeichnender Weise äußerte er sie nur auf Partys und nicht im College-Unterricht.

‚Silhouetteur, also Zeichner von Porträtumrissen, was für ein Beruf!', sinnierte der junge Amerikaner. War nicht auch der junge Werther ein solcher? Trieb er nicht einen Kult um das Porträt seiner unerreichbaren Angebeteten, um Lottes Schattenriss? Wurde dieser Schattenriss nicht zum Sinnbild von Leben und Tod, Liebe und Sterben? Hatte er sie nicht in seinem Abschiedsbrief mit „Liebes Schattenbild!" angesprochen? Bild und wirkliche Person, sie waren nicht mehr zu trennen. Aber warum kannte man Lavaters Theorie heute kaum noch? Sicherlich war sie in andere, verfeinerte Wissenschaften eingegangen, war Teil der empirischen Psychologie, der Anthropologie, der ...

Ein Geräusch an der Tür des Lesesaals riss Rammy aus der Welt des 18. Jahrhunderts. Ein anderer Nutzer, der mit seinem grauen Kollarhemd wie ein Geistlicher aussah, holte sich seine Bücher an der Aufsichtstheke ab. Rammy klappte Lavaters Buch zu und konzentrierte sich auf den eigentlichen Grund seines Bibliotheksaufenthalts. Er erinnerte sich, wie es zu dieser Europa- und Weimar-Reise gekommen war: Sein großes Interesse an der Weimarer Klassik war dem Präsidenten des Rotary Clubs in Austin/Texas zu Ohren gekommen. Zu einem Vortrag in diesem Club eingeladen, hatten sich die anwesenden Rotarier begeistert über Rammys Wissen gezeigt und ihm ein vierwöchiges Stipendium in Weimar gewährt. Angeregt von einem Architekten und einem Geschichtsprofessor im Rotary Club Austin, hatte er sich ein ehrgeiziges Thema vorgenommen: Das Bauhaus, jene große Architektur- und Kunstbewegung hatte 1919 in Weimar ihren Anfang genommen. Die führenden Repräsentanten des Bauhaus waren später über Dessau und Berlin vor den Nazis vor allem in die USA geflohen. Das Erscheinungsbild vieler amerikanischer Städte, ihre Physiognomie, wie sich Rammy jetzt nach Lavaters Lektüre sagte, war stark von Bauhaus-Architekten beeinflusst, etwa von Walter Gropius und seinen Schülern. Was sich Rammys amerikanische Mentoren von ihm wünschten, war ein Blick in Architekturbücher der Goethezeit. Sie schlugen ihm vor, die Frage zu behandeln, ob es Zufall war, dass die Bauhaus-Künstler in Weimar ihren Stil und ihre Schule begründeten, oder ob sie bewusst an Traditionen der Goethezeit anknüpften. Der Leitsatz der Weimarer Klassik, von Johann Joachim Winkelmann beim Anblick griechischer Statuen in Italien 1755 formuliert, war Rammys Ansatzpunkt: „Edle Einfalt, stille Größe!" Einfache, klare Linienführungen, schlichte Konturen, Reduktion auf das Wesentliche, das schien die Weimarer Klassik mit dem Bauhaus zu einen. Oft ging ihm dieser Gedanke durch den Kopf. Ganz in der Nähe des Van-de-Velde-Hauses in der Belvederer Allee bei einem Rotarier-Freund seines Vaters untergebracht, passierte er dieses Gebäude jeden Morgen beim Gang in die Bibliothek. Von dort aus überquerte er die Ilm über die alte Steinbrücke, um dann am Deutschen Bienenmuseum in den Park an der Ilm einzubiegen. Er liebte diesen Augenblick, wenn er den Geruch der auch im Herbst noch satten Wiesen einatmete. Richtung Innenstadt passierte er das oberhalb des Ilmhangs gelegene Römische Haus, majestätisch und schlicht zugleich, Sinnbild für die Umsetzung der winkelmannschen Formel in der Gestaltung des Parkes, um dann, bewusst den kleinen Umweg in Kauf nehmend, das Haus am Horn, einziges Baudokument der Weimarer Bauhauszeit und ursprünglich als Keimzelle einer ganzen Siedlung gedacht, auf seinem Weg zu streifen. Hier musste es Parallelen zwischen Bauhaus und Weimarer Klassik geben, auch bewusste Anleihen! Jedenfalls lieh er sich täglich Folianten mit Grundrissen und Architekturzeichnungen der Goethezeit aus, soweit sie in Bücher Eingang gefunden hatten. Im städtischen Bauaufsichtsamt hatte man ihm den Einblick in die historischen Pläne aus nicht näher benannten Gründen verweigert. Offenbar misstraute man einem 19-jährigen Amerikaner, erzählte ihm etwas von schwierigen Lagerungsbedingungen und Möglichkeiten nur für den internen Gebrauch. Im Thüringischen Hauptstaatsarchiv wagte er daraufhin gar nicht erst anzufragen. Nur gut, dass ihm die Bibliothek einen Leserausweis ausgestellt hatte. Ein Herr aus dem Rotary Club in Weimar hatte sich persönlich für ihn bei der Bibliotheksleitung verwendet.

Eine Stunde vor Schließung der Bibliothek atmete Rammy Carranza hörbar auf. Zwar blieben ihm nur noch fünf Tage in Weimar, doch für seinen Vortrag hatte er schon so viele Fakten zusammengetragen, dass es allemal für einige Thesen reichen würde. Einen größeren Anspruch erhob er vorläufig auch nicht. Später, da würde er vielleicht Germanistik und Architektur studieren und gerne nach Weimar zurückkehren, um das Thema zu vertiefen.

Noch eine Stunde! Er nahm den Oktavband zur Hand, den er sich eigens für diese Musestunde am Ende der Bibliothekszeit ausgeliehen hatte. Wieder strich er behutsam, ja ehrfurchtsvoll über die Goldprägung des Einbandes, dann schlug er ihn auf. Der Verfasser hieß Doktor Ignatius Furrer, das Buch war 1779 in Leipzig erschienen. Rammy überflog den umfänglichen Titel: *Remedium oder von dero wunderlichen Erscheinungen im Bereich der Medizin, dem Dr. Mesmer und dem Pfarrer Gaßner zu verdanken und allhiero in eine Synthesis zusammengefasst, dem maladen Menschen Abhilfe gewährend durch theoretische Erwägungen und praktische Beispiele.*

Der junge Amerikaner seufzte. Das schien ihm doch eine etwas schwere Kost für die letzte Stunde zu sein. Unkonzentriert blätterte er im Buch herum. Erst das letzte Kapitel weckte sein Interesse: *Wie einem Fräulein Abhilfe verschaffet werden kann bei einer unerwünschten Geburt in einem extremen Falle, so bei Gefährdung des Lebens von Mutter und Kind, mit Hilfe der eigenen Kräfte und von Stabmagneten.*

Rammy las, wie dieser Doktor Furrer vorschlug, die werdende Mutter mit einem Stabmagneten leicht zu berühren, und zwar an Schläfe und Stirn, oder dass die Schwangere einen Baum mit einem Stabmagneten berühren solle. In keinem Falle aber dürfe der Bauch des Fräuleins berührt werden, das betonte Doktor Furrer mehrfach, der Bauch sei heilig wie das Innerste eines Tempels und ein Abgang nur mittels Fluidum von Kräften möglich. Ein leichtes Schütteln überkam Rammy bei der Vorstellung, wie dieser gestelzt redende Doktor um ein junges Mädchen herumhüpfte. Aber wenn er auf diese Weise das Leben der Mutter retten konnte, warum nicht. Was sollte das Kind, wenn es gleich als Waise auf die Welt käme und mit der Schuld beladen wäre, den Tod der Mutter durch seine Geburt verursacht zu haben. Noch ehe eine andere Stimme in seinem Inneren Protest gegen diese Sichtweise anmelden konnte, klappte Rammy das Buch zu. Genug für heute!

Rammy zögerte, stand da nicht etwas auf den hinteren Innendeckel geschrieben? Nur aus dem Augenwinkel hatte Rammy eine Kritzelei wahrgenommen. Er schlug das Buch wieder auf, und tatsächlich: Am Schluss des Buches war etwas von Hand geschrieben, klein am unteren Rand! Nur mühsam entzifferte Rammy Buchstaben und Worte in roter Schrift:

A.T.S. R.C. HA-S-D. Das Geheimniß des H. 1143

Noch weiter unten, schon fast auf dem Steg des Einbanddeckels, standen mit schwarzer Tinte geschrieben die Sätze:

Wenige in jeder Generation haben es über die Weltalter weitergetragen. Doch itzo ist es an der Zeit, es zu lüften. Zu viele dunkle Kräfte missbrauchen es. Inc. 122a

Für einen Augenblick glaubte Rammy, einer Täuschung aufzusitzen. Hatte er zu lange gearbeitet? *A.T.S.* Und: *R.C.* Was hatte es damit für eine Bewandtnis? Und wer war *H.*, der Geheimnisbewahrer? Und was bedeutete die Zahl *1143*? *Inc. 122a* klang wie die Signatur eines Buches. Er überlegte, wen er wegen des rätselhaften Eintrags befragen könnte. Jemanden aus der Bibliothek? Oder jemanden aus dem Weimarer Rotary Club? Aber die sehe ich erst am Montagabend wieder, sagte er sich, wenn ich mich bei deren Meeting verabschiede und bedanke für die Gastfreundschaft. Rammy war ratlos. Er schrieb sich den Text vom Inneren des Buchdeckels ab und ging dann mit den Büchern zur Abgabestelle.

„Alle zurück ins Magazin?", fragte die Bibliothekarin.

„Ja, bis auf dieses." Er zeigte auf das Buch des Doktor Furrer.

Bevor er nach Hause ging, schlenderte er noch durch die Schillerstraße. Gegenüber dem Schillerhaus setzte er sich an den Tisch eines Straßencafés und bestellte einen Cappuccino. Sein Blick wanderte zum Fenster von Schillers Studierstube. Hier hat der große Schwabe den „Wilhelm Tell" geschrieben, erinnerte sich Rammy. Nie war Schiller in der Schweiz, und dennoch hatte er sich die Szenerie dort genial imaginiert. Er hatte gelesen, dass sein berühmter Landsmann, der Schriftsteller Mark Twain, die Gegend um den Vierwaldstätter See mit Schillers Drama in der Hand erkundet hatte. Vor und nach ihm noch viele andere mehr. Schiller, ein wirklich großer Dramatiker. Und Historiker! Hatte er nicht in Jena seine Antrittsvorlesung zu einem historischen Thema gehalten?

Historiker, Historiker, Rammy hatte eine Idee, wen er wegen des kryptischen Eintrags in Doktor Furrers Buch befragen konnte. Er zahlte und eilte durch den Park an der Ilm nach Hause, nur überholt von ein paar Joggern.

In seinem Zimmer in der Belvederer Allee hatte er Internet-Anschluss. Auch Professor Kornblum, der Historiker aus dem Rotary Club in Austin war in seinem Verteiler. Rammy unterrichtete ihn in einer Mail über seine Entdeckung und sandte ihm den zufällig gefundenen Texteintrag im Buch des Ignatius Furrer. Ob er eine Erklärung für den Eintrag habe, wenn ja, möge er ihm dies möglichst bis Montagfrüh mitteilen. Gerade hatte er den Computer ausgeschaltet, da klingelte sein Handy. Sein Dad war in der Leitung. Er wollte die Flugverbindungen für Freitag nächster Woche wissen, damit er ihn am Flughafen in Austin abholen könne. Noch vier Bibliothekstage hatte Rammy Zeit, das Geheimnis zu lüften. Er wusste, welches Buch er schnellstmöglich ausleihen wollte.

Inc. 122a, wenn das eine Signatur war, enthielt das zugehörige Buch vielleicht den Schlüssel für die Auflösung des rätselhaften Eintrags. Er erinnerte sich an ein Gespräch mit Professor Kornblum bei einem Rotary-Meeting in Austin. Was ihn an den den alten Bibliotheken in Europa fasziniere, hatte ihm Kornblum mit flackerndem Blick zugeraunt, seien die vielen verborgenen Zeichen und Symbole in den ledernen und pergamentenen Folianten. Damals hatte Rammy das nicht richtig verstanden, jetzt überkam ihn das Gefühl, einem solchen Geheimnis auf der Spur zu sein.

III

Dienstag, 8. September 2009

HALLE AN DER SAALE. Der Rentner Fridolin Hempel liebte seine Heimatstadt, die Spannung zwischen Geschichte und Gegenwart: Händelhaus und Ha-Neu, uralte Salzmythen und moderne Chemieindustrie, die Gleichzeitigkeit des Ungleichzeitigen. Nur die Hochstraße vor den Franckeschen Stiftungen war ihm ein Ärgernis. Das Waisenhaus und all die anderen Einrichtungen des August Hermann Francke, für Hempel waren sie wesentlicher Bestandteil von Halles Identität, zugleich ein Dorn im Auge ehemaliger religionsfeindlicher Stadtoberen, die die Hochstraße bauten, um das beeindruckende Zeugnis christlicher Sozialarbeit zuzumauern. Dass er den Abriss der Hochstraße noch erleben würde, mochte er nicht so recht glauben. Aber schon jetzt hatte er sich vorgenommen, im Falle eines Falles dann höchstpersönlich das Halleluja aus Händels Messias auf einem Stuhl stehend einen ganzen Tag lang in Halles Fußgängerzone zu singen.

Fridolin Hempel war, wie viele Hallenser, Frühaufsteher. Seit acht Jahren befolgte er Morgen für Morgen das gleiche Ritual. Exakt um 6 Uhr begann er seine Morgengymnastik, wechselweise zu Musik von Händel oder der Gruppe *De Randfichten*, die erzgebirgische Volksmusik spielte und den Rentner besonders bei den Hüft- und Schulterübungen bestens motivierte. Nach kurzer, kalter Dusche frisierte er sich sein Resthaar, nahm die dritten Zähne aus dem Nachtbad und kontrollierte im langen Spiegel neben der Kommode, ob alles saß: Hut, Pullunder, Hemdkragen. Spätestens jetzt begann Hasso, sein Rauhaardackel, aufgeregt mit dem Schwanz zu wedeln. Das Tier wusste: Gassi gehen war angesagt!

Die Route war jeden Morgen dieselbe. So auch heute. Nichts deutete auf etwas Ungewöhnliches hin. Hempel und Hund verließen das Haus in der Kleinen Marktstraße, wo er sich eine kleine Dachgeschosswohnung gemietet hatte. Der Witwer, seine Frau war just bei Eintritt seines Ruhestandes an einem Schlaganfall gestorben, zog den Reißverschluss der Sommerjacke bis oben zu und drückte den Hut fester auf den Kopf. Ein frischer Wind kündigte den Herbst an. Blätter tanzten auf der Straße, nach denen Hasso vergeblich schnappte. Hempel ging an der Südseite der St. Ulrich-Kirche vorbei und bog dahinter in die Leipziger Straße ein. In der Hand hielt er einen Leinenbeutel, in dem er bald zwei Brötchen alter Backart und ein Dinkelbrot, 500 Gramm, verstauen würde. Die Geschäftsleute in der Leipziger Straße bauten ihre Truhen und Tische vor den Geschäften auf und hofften, wie jeden Tag, auf bessere Umsätze als am Tag zuvor.

„Tag, Herr Hempel!", riefen ihm einige Händler zu. Auch wenn er nur über eine kleine Rente verfügte und sich nur selten etwas in den Geschäften leisten konnte, kannte man ihn. Denn immer wieder sprach er die Geschäftsleute an und versuchte, sie an trüben Tagen mit schlechten Umsätzen ein wenig aufzuheitern. Am Marktplatz angekommen, betrat er die Bäckerei, orderte das Gewünschte, hielt einen kurzen Schwatz über die heraufziehende Regenfront und verabschiedete sich wie jeden Tag mit einem „Bis morgen!"

Hasso hinterließ an manchem Pfosten seine Duftnote, nur kurz irritiert vom wütenden Bellen einer Deutschen Dogge. Doch wenige Sekunden später zog Hasso wieder ungestört seine Bahnen und sein Herrchen pfiff ein frohes Lied vor sich hin.

Beim Antiquar Wilfried von Radestock bellte Hasso unvermittelt auf.

„Ruhig, Hasso, der Herr von Radestock ist noch nicht im Geschäft. Sieh, hier, da steht doch *Geschlossen* drauf. Der macht vielleicht einen großen Ankauf."

Er zeigte mit dem Finger auf das mit einem silbernen Kettchen an einem Haftknopf befestigte und schief hängende Schild.

Einmal war der Antiquar von Radestock in Fridolin Hempels Wohnung gewesen. Der Rentner hatte sich entschieden, dem Antiquar einige seiner Klassiker-Ausgaben anzubieten, um sich die karge Rente etwas aufzubessern: Den fünfbändigen Schiller, den zehnbändigen Goethe, den dreibändigen Herder. Wie war er enttäuscht, als ihm Herr von Radestock in aller Deutlichkeit beschied: „Die Ausgaben haben einen hohen persönlichen Wert. Aber auf dem Markt gibt's die zu Tausenden und keiner kauft die mehr. Wer liest schon noch Klassiker? Und die, die

es müssen, also die Schülerinnen und Schüler, die kaufen sich billige Reclam-Ausgaben und schon gar keine Gesamtausgaben mehr. Danke für den Kaffee und tut mir leid."
Schon Tage zuvor hatte sich Fridolin die leuchtenden Augen des Herrn Antiquars ausgemalt, wenn er die Klassiker-Ausgaben aus den 1920er Jahren zu sehen bekäme, immerhin ein Erbstück der Großeltern. Und jetzt diese Pleite!
Der guten Beziehung zu von Radestock hatte dieses Erlebnis aber keinen Abbruch getan. Zu oft hatte er den Antiquar einfach so in seinem Laden besucht. Viel Wissenswertes hatte er erfahren, über Buchbindetechniken, Geheimgesellschaften im 18. Jahrhundert oder die Heilrezepturen der Hildegard von Bingen. Fast täglich schaute er in die Auslagen des winzigen Schaufensters, das verstaubt war und in dem mehrere Fliegen den Kampf gegen die Scheibe verloren hatten und jetzt als Leichname ausgestellt waren.
„Ruhig, Hasso! Was hast du nur?"
Herr Hempel trat an das Schaufenster. Genau die gleiche Auslage wie gestern: Drei Stahlstiche von Halle aus der Mitte des 19. Jahrhunderts, eine Chronik der Franckeschen Stiftungen, eine Händel-Biographie. Schon wollte er sich wieder abwenden, doch Hasso riss heftig an der Leine und zog ihn Richtung Eingang.
„Hasso, jetzt hör aber auf, der Herr Antiquar ist doch gar nicht da!"
Hempels Magen meldete dringenden Frühstücksbedarf an. Widerwillig gab er dem Drängen des Hundes nach und drückte die Klinke der Eingangstür. Zu seiner Überraschung war sie offen. Nanu, hatte der Herr Antiquar vergessen, das Schild umzudrehen?
„Herr von Radestock?", rief Hempel in den kleinen Verkaufsraum. Niemand antwortete, nur Hasso bellte jetzt unaufhörlich und zerrte wild an der Leine.
„Herrschaft, Hasso, hörst du jetzt auf!", fauchte ihn sein Herrchen an. Der Rentner hatte ein ungutes Gefühl, als er sich jetzt dem Lagerraum näherte, der nicht viel größer als der Verkaufsraum und durch einen Vorhang von diesem abgetrennt war. Nur einmal hatte ihm Herr von Radestock einen kurzen Blick in den Verhau von alten Büchern, Stichen und Halle-Souvenirs gewährt. Jetzt hatte Hempel das Gefühl, einen verbotenen Raum zu betreten.

Ängstlich schob er den Vorhang beiseite, immer wieder „Herr von Radestock?“ rufend. Mit einem Ruck zog er den Vorhang wieder zusammen. Was er für einen Sekundenbruchteil gesehen hatte, erschreckte ihn zutiefst. Er wich einen Schritt zurück und stieß sich den Rücken an einem Regal. Hasso bellte nicht mehr. Fridolin Hempel klammerte die altersfleckigen Hände in den rückwärtigen Verkaufstresen. Sein Gehirn pulsierte. Er war wie gelähmt. Endlose Sekunden vergingen, bis er sich zusammenriss und auf die Straße stürmte. Nebenan bauten Vietnamesen ihre Obst- und Gemüsestände auf.
„Schnell, bitte, rufen Sie die Polizei. Ein Toter. Und ganz viel Blut! Hier!“, stammelte der alte Herr. Er zeigte auf die Ladentür des Antiquars.
Drei Minuten später fuhr ein Einsatzwagen der Polizei durch die Fußgängerzone und hielt vor der Tür des Antiquariats. Die beiden Polizeibeamten baten die Passanten und Geschäftsleute, die sich mittlerweile versammelt hatten, draußen zu warten. Niemand solle sich vom Ort entfernen, man brauche Zeugen.
Nach einer Minute kamen die Polizisten wieder aus dem Antiquariat heraus auf die Leipziger Straße, der jüngere blass um die Nase und mit leicht zitternden Händen.
„Spann das Absperrband hier um den Eingang“, rief ihm der Ältere zu und drückte ihm eine rot-weiße Rolle in die Hand. Er ging zum Auto, telefonierte und fragte dann, wer die Leiche gefunden habe. Herr Hempel hatte verstohlen an einem der Brötchen gekaut und gab sich jetzt mit vollem Mund zu erkennen.
„Ich fass es nicht, da findet der Herr eine Leiche und jetzt isst er in aller Seelenruhe Brötchen!“ Der Polizeibeamte war gereizt, ob vom Anblick der Leiche oder weil er sich mit solchen Kommentaren Respekt verschaffen wollte, war nicht auszumachen.
Zwei weitere Polizeiautos, ein Polizeibus und ein ziviler Audi trafen ein. Die Spurensicherer zogen sich nach dem Aussteigen aus dem Bus ihre Ganzkörperanzüge über, die ihnen das Aussehen von Astronauten oder Teletubbies verliehen. Sie betraten das Antiquariat, der Herr im braunen Cordanzug hinter ihnen erkundigte sich bei den Streifenpolizisten nach Zeugen und gab sich gegenüber Fridolin Hempel als Kriminaloberrat Bernd Reimann zu erkennen.

„Sie haben das Opfer als Erster gesehen? Erzählen Sie mal bitte, wie Sie den Toten entdeckt haben und ob Sie irgendwas am Tatort verändert haben.“

„Also der Herr von Radestock, der war ja schon mal bei mir zu Hause“, hob Hempel an, „dem wollte ich meine Klassiker-Ausgaben verkaufen, den fünfbändigen Schiller, den zehnbändigen ...“

„Herr Hempel, bitte beantworten Sie meine Frage!“, fuhr der Kommissar dazwischen. Nach kurzer Befragung bat er den Rentner, seine Adresse bei einem Kollegen des Einsatzwagens zu hinterlassen und verabschiedete ihn.

„Ach, halt, Herr, ähm, Herr Hempel, eine Frage noch: Wer kaufte denn so bei dem Herrn von Radestock? Was waren das für Kunden?“

Herr Hempel kratzte sich am linken Ohr.

„Also, wie gesagt, meine Klassiker wollte er nicht. Ich hatte ihm ja den fünfbändigen Schiller ...“

Reimann schaute streng und vorwurfsvoll.

„Ja, also, wenn ich mal bei ihm im Geschäft war“, konzentrierte sich Hempel, „dann kamen da ab und zu Touristen. Manchmal waren das aber auch Leute, die sich für so esoterische Sachen interessierten. Bücher aus dem 18. Jahrhundert mit Geheimwissen, Alchemie und ähnliches. Diese Bücher hat er für richtig viel Geld verkauft. Er hat sowieso mehr Umsatz über Versand gemacht. Glaub ich jedenfalls. Denn von den paar Leuten, die hier mal reinkamen, konnte er unmöglich leben.“

Der Kommissar nickte dem Rentner zu.

„Danke, es kann sein, dass wir Sie noch mal befragen müssen.“

Reimann betrat jetzt das Antiquariatsgeschäft. Die Spurenermittler pinselten den ganzen Eingangsbereich mit einem weißen Pulver ein, nahmen Haarproben vom Boden, und der inzwischen eingetroffene Pathologe untersuchte die Leiche. Trotz seiner Routine fiel es dem Kommissar schwer, beim Anblick der Leiche die Contenance zu wahren. Das Opfer lag auf dem Rücken, die Arme seitlich von sich gestreckt, so dass er den ganzen schmalen Raum ausfüllte. Der Kopf lag in einer großen, klebrigen Blutlache. Einen Augenblick dauerte es, bis Reimann erkannte, was das besonders Grauenhafte an dieser Leiche war: Der oder die Täter hatten dem Opfer die Augen ausgestochen und außerdem Nase und Oberlippe abgeschnitten. Erst jetzt sah er die abgetrennten blut-

verschmierten Körperteile, die unter dem seitwärts gekippten Schädel hervorschauten. War das Opfer bei lebendigem Leibe massakriert und ist ihm das Gesicht zerschnitten worden?
Wie der in seiner Tasche befindliche Ausweis zeigte, war Wilfried von Radestock 60 Jahre alt und wohnte in Halle-Neustadt. Er war stark übergewichtig, und Kommissar Reimann versuchte sich vorzustellen, wie sich der schwere Mann in dem kleinen Laden zwischen den Regalen und der Theke hin- und herbewegt hatte.
Er wandte sich an den Pathologen: „Todesursache war wohl ein Schuss oder mehrere in die Schläfe? Doch dem Täter, den Tätern hatte der bloße Tod nicht genügt. Sie wollten an der Leiche auch etwas demonstrieren. Oder vermuten Sie, dass die Täter das Opfer schon vor Todeseintritt verstümmelt haben?“
Der Pathologe Dr. Feustel nickte.
„Also viel kann ich jetzt natürlich noch nicht sagen. Aber allem Anschein nach haben die Täter das Opfer im Laden getötet und dann hierher geschleift. Dafür sprechen die Blutspuren hier“, der Pathologe deutete auf die Bodenschwelle zum Lagerraum, „und hier“, jetzt wies er auf dunkelrote Flecke an der Schublade unterhalb der Ladentheke hin.
„Und müssen wir von *den* Tätern sprechen?“
„Tja, schauen Sie sich das Opfer doch mal an. Der wiegt locker 130 Kilo. Würden Sie dieses Gewicht alleine packen? Theoretisch ist das zwar möglich. Aber dann muss der Täter sehr kräftig sein.“
Kommissar Reimann stimmte zu.
„Und, ähm, was sagt uns die Verstümmelung des Gesichts?“
Der Pathologe beugte sich über das Opfer, sah sich noch mal ganz genau die Augenhöhlen an.
„Das muss ein abgestumpfter Täter gewesen sein, der vielleicht nicht zum ersten Mal gemordet hat. Oder jemand, der mit toten Menschen oder Tieren zu tun hat. Zum Beispiel ein Fleischer. Oder ein Bestatter.“
Der Kommissar zögerte einen Augenblick: „Oder ein Pathologe!“, fügte er tonlos hinzu.
Dr. Feustel lächelte: „Wollen Sie ein Alibi. Ich war heute Nacht zu Hause. Im Bett. Neben mir meine Frau. Sie können Sie anrufen.“
„Das mache ich später, wenn sich der Verdacht erhärtet“, erwiderte

Reimann schlagfertig. „Aber mal im Ernst: Wann glauben Sie, ist der Tod eingetreten?"

„Sie haben eine gewählte Sprache", lobte Dr. Feustel süffisant, „der Tod ist eingetreten. Wollen Sie nicht fragen, wann die Tat passiert ist. Denn dass dieser Mann keines natürlichen Todes gestorben ist, ist ja klar. Nun gut, die fortgeschrittene Leichenstarre über den großen Gelenken deutet auf einen Todeszeitpunkt zwischen 22 Uhr gestern Abend und 5 Uhr heute früh hin. Genaueres eventuell nach den Bluntuntersuchungen im Labor. Und übrigens: Wir haben erst ein Auge des Opfers gefunden."

Während der Pathologe sprach, hatte Reimann die Verkaufstheke mit abgesucht. Wo er auch hinschaute, sah er nur Bücher. Die einzige Ausnahme war ein Brett im Regal, das sich im Rücken der Theke befand und auf dem einige Frischhalteboxen, zwei angeschwärzte Bananen und eine halbvolle Flasche Mineralwasser deponiert waren. Was er in beiden Räumen gänzlich vermisste, war ein Computer oder irgendetwas, das auf Versandhandel hindeutete. Von der Durchsuchung der Wohnung versprach er sich Aufschlüsse.

„Kann ich?", fragte er den Spurensucher, der an der Schubladentheke Blutpartikel abkratzte. Dabei zeigte Reimann auf die Bücher, die auf der Theke lagen. Der Mann nickte. Anschauen ginge, aber mitnehmen könne der Kommissar die Bücher nicht, die müssten ins Labor zur Untersuchung. Er reichte dem Kommissar ein Paar Handschuhe.

So ehrfurchtsvoll der Kommissar die Bücher in die Hand nahm, strahlten sie doch die Würde des Denkens früherer Jahrhunderte aus, so wenig konnte er mit den Titeln etwas anfangen. *Sammlung von Briefen und Aufsätzen über die Gaßnerischen und Schrepferischen Geisterbeschwörungen*, las er auf dem Titelblatt eines stark beriebenen Halblederbandes. Als Autor war ein Johann Salomo Semler benannt. Die Sammlung enthielt demnach das erste und zweite Stück und war 1776 in Halle an der Saale verlegt worden. Er legte das Buch zur Seite und nahm ein nur wenige Seiten umfassendes, gedrucktes Schreiben über die *Magnetkur von Herrn A. Mesmer, Doktor der Arzneygelährtheit, an einen auswärtigen Arzt* zur Hand, das 1775 in Wien erschienen war. Einige Seiten waren stockfleckig und eine Stimme in Reimann murmelte etwas von Altpapier, er fand sich aber eines Besseren

belehrt, als er auf der letzten Seite einen Preis von 800 Euro mit Bleistift aufgeschrieben sah, darunter drei Buchstaben, die, so vermutete der Kommissar, eine Chiffre für den Einkaufspreis des Antiquars waren. Ein drittes Buch war unschwer als Produkt unserer Zeit zu erkennen, hatte es doch einen Schutzumschlag und auf diesem stand der Name des französischen Autors und in schwarz-roter Schrift, ein loderndes Feuer signalisierend, der Titel *Die Entdeckung des Lebensfeuers. Franz Anton Mesmer. Eine Biographie.*
Gerade wollte er die Bücher zurücklegen, da fiel ihm unter dem Stapel und unter allerlei Papier ein flachgedrückter Buchrücken auf. Er war mit Leder überzogen, im Folioformat, doch nirgends war ein Buchblock zu entdecken, an dem dieser Rücken fehlte. Was ihm jedoch besonders auffiel, waren Spuren fast getrockneten Blutes, die seine weißen Kunststoffhandschuhe einfärbten, als er ihn in die Hand nahm. Die Goldprägung war fast vollkommen abgeblättert, doch nach einer Weile glaubte er, ein paar Buchstaben und Ziffern zu erkennen. Er schrieb sie auf einen Zettel:

T
S
R
C
H
A
S
B
1
1
4
3
→

Ganz unten am Steg des Buchrückens entzifferte er: *Inc. 125*. Nur schwach erkannte er am oberen Steg zwei eingravierte Buchstaben: Zwei Mal ein geschwungenes großes *A*.
Auf der Polizeihochschule in Hiltrup hatte er mal an einem Lehrgang

über verschlüsselte Botschaften teilgenommen. Ziel war aber die Erstellung eines Täterprofils mittels am Tatort zurückgelassener Spuren, auch schriftlicher Zeugnisse, zum Beispiel bei Erpresserschreiben, wenn diese in Form von ausgeschnittenen Zeitungsbuchstaben vorlagen. Für eine solch diffizile Aufgabe hier halfen ihm diese Kenntnisse, die überdies schon viele Jahre zurücklagen, rein gar nichts. Der Kommissar überlegte, wen er fragen könnte. Einen Professor der Universität Halle-Wittenberg, zum Beispiel im Fachbereich Geschichte? Doch er musste eine schnellere Lösung finden.
Dr. Tobias Hirche! Der Archivar der Franckeschen Stiftungen. Jetzt fiel ihm ein, wie er kürzlich, als der Bundespräsident zu Besuch in den Stiftungen weilte, im Vorfeld den Archivar kennen gelernt hatte. Im Rahmen der Sicherheitsmaßnahmen hatten sie die verschiedenen Räumlichkeiten besichtigt, auch die beeindruckende Bibliothek mit den vielen Büchern, die genau so einen Rücken hatten wie der, den er jetzt in der Hand hielt. Er rief einen der Spurensucher und zeigte ihm die Blutspuren auf dem Buchrücken. Der pfiff durch die Zähne, vor allem, als er sah, dass auf der Theke, dort wo der Buchrücken gelegen hatte, eine glitschige Masse breitgedrückt war. Mit Lupe und Pinzette untersuchte er den Fund und stieß dann trocken hervor: „Das zweite Auge!"
Nur eine Viertelstunde später parkte Kommissar Reimann auf dem Gelände der Franckeschen Stiftungen. Ihm war klar: Der Buchrücken musste etwas mit dem Mord zu tun haben. Waren die umliegenden Häuser fast alle von Grund auf saniert, so stand das dem Leitungshaus, in dem auch der Archivar sein Büro hatte, noch bevor. Im Unterschied zu anderen Institutionen wie Banken, Versicherungen, Krankenkassen, wo zuerst die Konzernspitze die schönsten Büros mit dem herrlichsten Ausblick bezog, hatte sich in den Franckeschen Stiftungen die Leitung selbst hintan gestellt. Wenn ich das richtig verstanden habe, ist das ganz im Sinne des Gründers August Hermann Francke, sinnierte der Kommissar beim Betreten der Freitreppe.
Dr. Hirche empfing ihn freundlich, wenngleich ihm der kurzfristig dazwischen gekommene Termin den Tagesablauf durcheinander brachte. Er öffnete eine Flasche Wasser, schenkte dem Besucher und sich selbst ein Glas ein und fragte den Kommissar, womit er ihm helfen könne.

Reimann erläuterte ihm kurz das Vorgefallene, zog den Zettel aus seiner Jackentasche und legte ihm die Buchstabenkombination vor. Der Archivar setzte seine Lesebrille auf und betrachtete die Buchstaben, nahm nach einer Weile seinerseits einen Zettel und ordnete die Buchstaben neu an. Einmal stand er auf und sah in einem Buch nach, auf dessen Vorderseite zu lesen stand: *Schriftenatlas. Eine Sammlung von Alphabeten, Initialen und Monogrammen.*

„Tut mir leid", hob er schließlich an, „ich kann mir keinen richtigen Reim auf die Buchstabenfolge machen. Natürlich kann ich Ihnen für jeden Buchstaben Hunderte Kupferstecher oder Dichter nennen, die diese Initiale haben. Aber das bringt Sie kaum weiter. Denn die Frage ist ja wohl, was die Buchstaben in dieser Kombination bedeuten. Sieht aus wie ein Code, den nur Eingeweihte verstehen. *R.* und *C.* stehen zum Beispiel für die lateinischen Worte von Rose und Kreuz und könnten ein Hinweis auf den Geheimorden der Rosenkreuzer sein, der vor allem im 17. Jahrhundert agierte. Die Rosenkreuzer erklären die Welt aus den Gesetzen der Natur und aus dem göttlichen Licht, das allen Dingen innewohnt. Dazu könnte auch das *T* passen, ein rätselhaftes Kürzel für ein sagenumwobenes, nicht real existierendes, pergamenten gebundenes und in goldener Schrift geschriebenes Buch des Ordensgründers Christian Rosenkreuz. Aber wenn man die gesamte Buchstabenreihe sieht, sind diese Gedanken eher verwirrend als hilfreich. Entweder mir ist diese Kombination so noch nicht untergekommen oder es fehlen Buchstaben oder es sind welche falsch kombiniert. Der Pfeil könnte die Auflösung der Rätselschrift an anderer Stelle andeuten. Oder ihre Fortsetzung."

Der Kommissar nickte beifällig, auch wenn er sich Konkreteres erhofft hatte. Von Rosenkreuzern hatte er keine Ahnung, und erst recht konnte er sich nicht erklären, wie ein Geheimorden des 17. Jahrhunderts mit dem Mord am Antiquar von Radestock zusammenhängen sollte. Doch da fiel ihm noch das Doppel-A am oberen Buchrücken ein.

„Das ist eine leichtere Übung", erwiderte der Archivar, „Doppel-A, beide jeweils groß und mit dieser schwungvollen Federführung geschrieben, sind die Initialen der Anna Amalia, Herzogin von Sachsen-Weimar-Eisenach. Das würde bedeuten, der Rücken gehört zu einem Buch aus der Sammlung der Herzogin Anna Amalia Bibliothek in Weimar."

„Die Bibliothek, die vor einigen Jahren abgebrannt ist?", stutzte der Kommissar.

„Na ja, ganz abgebrannt ist sie ja nicht", warf der Archivar ein, „der Schaden war enorm. Rund 50 000 Bücher sind verbrannt. Ein beträchtlicher Teil der Bücher, wenn auch durch Brand und Wasser beschädigt, konnte gerettet werden. Sie wurden umgehend in eine spezielle Werkstatt nach Leipzig gebracht, wo man sie tiefgefroren hat und seitdem in einem aufwändigen Verfahren restauriert. Vielleicht erinnern Sie sich an die Bilder, als die Weimarer Bevölkerung in einer Menschenkette in der Brandnacht Tausende Bücher gerettet hat?"

Reimann schlug die Beine übereinander und betrachtete nachdenklich das Ölbild an der Wand.

„Eine letzte Frage, Herr Dr. Hirche, können Sie sich erklären, wie unser Antiquar in Halle an einen Buchrücken aus der Weimarer Bibliothek gekommen ist?"

„Da kann ich nur Vermutungen anstellen. Eine Erklärung wäre, dass jemand in der Brandnacht oder in den Tagen danach bei den Aufräumarbeiten den Buchrücken für Abfall hielt und ihn als Andenken mitgehen ließ. Wie mir meine Kollegen aus Weimar erzählt haben, sind in der Brandnacht viele einzelne angebrannte Blätter durch Weimar geweht und niemand hatte die Möglichkeit, bei der Fülle der Aufgaben einzelnen Blättern hinterher zu rennen. Wenn jemand den Rücken mitgenommen hat, muss das gar keine böse Absicht gewesen sein. Angesichts Tausender angekohlter und verkohlter Bücher wäre ein solches Verhalten nachvollziehbar, wenn auch nicht in Ordnung. Eine andere Erklärung ist, dass der Buchrücken gar nichts mit dem Brand zu tun hat, sondern dass jemand das Buch hat mitgehen lassen, oder, deutlicher gesagt, es gestohlen hat. Hier könnte eine Überprüfung der Signatur in Weimar Klarheit bringen. Das Kürzel *inc.* deutet auf eine Inkunabel hin, also einen sehr frühen Druck aus der Zeit vor 1500. Diese Wiegendrucke wiederum dürften in Weimar im so genannten Giftschrank stehen, sind also so gut wie unstehlbar. Der Verlust wäre unter Bibliothekaren und weit darüber hinaus bekannt geworden. Das kann man also fast ausschließen. Ebenso ausgeschlossen ist, dass die Bibliothek das Buch auf den Antiquariatsmarkt gegeben hat. Vielleicht aber ist das Buch in den letzten 200 Jahren auf irgendeine andere

Weise aus der Bibliothek gelangt, die wir heute nicht mehr nachvollziehen können. Die Bibliothek hat in dieser Zeit die brandschatzenden napoleonischen Truppen und zwei Weltkriege überlebt. Wer weiß, wer sich in diesen turbulenten Zeiten Zugang verschafft und sich bedient hat. Irgendwann hat jemand das Interesse an dem Buch verloren, es einem Händler angeboten und dann war es in der Handelskette, die bis nach USA und Japan reicht und über Auktionen den Weg zurück nach Europa findet. Unser Hallenser Antiquar wollte vielleicht den Herkunftsnachweis beseitigen und dann das Buch zum Verkauf anbieten. Ein Rätsel ist aber, wo der Buchkörper abgeblieben ist. Sie sagten, er sei nicht im Antiquariat aufzufinden gewesen? Ich glaube, der Schlüssel für diese Fragen liegt in Weimar."

Kommissar Reimann dankte dem Archivar, trank sein Glas aus und fuhr zurück zum Tatort. Dem Pathologen wollte er noch eine Frage stellen. Der hatte seine Arbeiten vor Ort soeben beendet und schickte sich an, das Antiquariat zu verlassen. Einige Pressevertreter waren in der Zwischenzeit gekommen, eine Fernsehkamera hielt auf die Eingangstür.

„Herr Doktor Feustel", nahm der Kommissar den Pathologen wieder ins Innere des Ladens mit, „haben Sie so einen Fall schon einmal erlebt in Ihrer Praxis oder auch in der Theorie im Studium? Ich meine, das mit den ausgestochenen Augen, der abgeschnittenen Nase und Oberlippe?"

Der Pathologe kniff die Augen zusammen und sah auf den Boden. Den Hinweis auf das Studium wollte er nicht als Kränkung verstehen, war er doch erst zwei Jahre im Dienste der Kripo und hatte noch nicht allzu viele Erfahrungen.

„Nur theoretisch habe ich von so etwas gehört. Sie haben es ja vorhin schon erahnt. Vermutlich wollte jemand damit etwas demonstrieren, andere abschrecken. Vielleicht war der Antiquar dabei, sich etwas anzusehen, was ihm nicht zustand. Wer auch immer es dem Antiquar gleichtun sollte, muss mit härtesten Konsequenzen rechnen. Solche Methoden sind vom organisierten Verbrechen beispielsweise in Kalabrien oder in Russland bekannt, aber auch in patriarchalisch dominierten Staaten werden ähnliche Verstümmelungen verübt, allerdings an Frauen, die sich der herrschenden Moral nicht uneingeschränkt

beugen. Mal wird dem Opfer eine Hand abgehackt, mal werden die Geschlechtsteile verstümmelt oder eben ein Auge ausgestochen. Mal geschieht es am Lebenden, mal am Toten. Ob das für diesen Fall eine Spur bringt, müssen natürlich Sie entscheiden, Herr Reimann!"
Dr. Feustel entfernte sich und Kommissar Reimann hatte das Gefühl, er habe den jungen Pathologen wieder einmal unterschätzt. Dennoch hatte er keine Erklärung, was ein kleiner, am Existenzminimum lebender Antiquar in Halle mit der `Ndrangheta oder der Russenmafia zu tun haben sollte.
„Herr Kommissar, was haben Sie für Erkenntnisse zu dem brutalsten Mord in Halle seit Jahrzehnten?", bedrängten ihn gleich mehrere Journalisten, als er über das Absperrband stieg.
„Woher wollen Sie erstens wissen, dass es ein Mord war, und woher wollen Sie zweitens wissen, dass er brutal war?", versuchte der Kommissar die Rollen zu tauschen.
„Sie wissen doch, wir werden unsere Informanten nicht preisgeben. Journalistenehre!", rief ihm eine sehr junge Frau zu, die ihm das Mikrofon eines Lokalradios entgegenstreckte.
„Genau! Das verstehe ich! Und ich mag es, wenn Leute ein Berufsethos haben. Ich habe auch eins. Und das heißt: Wir müssen überprüfen, ob es Angehörige gibt, und die verständigen wir zuerst. Dann geben wir eine Pressekonferenz, ich würde sagen, in zwei Stunden in der Polizeiinspektion. Oder möchten Sie im Lokalradio erfahren, dass Ihr Vater oder Ihr Freund Opfer einer Bluttat ist?"
Die Frau starrte den Kommissar mit offenem Mund an, drückte die Aus-Taste ihres Aufnahmegerätes und erkundigte sich bei den Kollegen der schreibenden Zunft, wo denn in der Polizeiinspektion in aller Regel die Pressekonferenzen nach einem Mord stattfänden.
Mit zwei Streifenpolizisten und den Mitarbeitern der Spurensicherung vereinbarte der Kommissar ein Treffen in der Wohnung des Antiquars in Halle-Neustadt. Schnell hatten sie den Hausmeister gefunden, der ihnen aufschloss. Die Wohnung war karg eingerichtet, von Regalen abgesehen, die sämtliche Wände bedeckten und voller, offenkundig sehr alter Bücher waren. Ein Computer war auch hier nicht zu finden. Stattdessen standen auf einem Tisch im Wohnzimmer mehrere Holzkästen, in denen eine Vielzahl von Kunden auf Karteikarten erfasst war. Bei

jedem Kunden war akribisch notiert, wann er welches Buch zu welchem Preis erworben hatte. Viele Interessenten lebten im Ausland. Einige Rollen Packpapier und Dutzende Versandtaschen und -rollen lagen in einer Ecke des Zimmers. Kein Zweifel, Wilfried von Radestock hatte sein Geld mit dem Versand seltener alter Bücher und Stiche verdient. Billige Titel der letzten Jahre oder gar Modernes Antiquariat waren nicht sein Ding. Auch die mittlerweile von fast allen Antiquaren benutzten Internetdienste hatte er offenbar nicht an sich herangelassen. Mit sechzig Jahren wollte er auf die alte, ihm vertraute Weise sein Geld verdienen.

Der Kommissar rief in seinem Büro an und bat die Sekretärin, der Kriminalassistent Georg Piller möge in die Wohnung in Halle-Neustadt kommen. Ihn würde er bitten, die Kartei auf die ominösen Kürzel und die Signatur hin zu durchforsten. Er selbst wollte zunächst den Staatsanwalt informieren und mit ihm das weitere Vorgehen beraten, mit ihm anschließend zur Pressekonferenz fahren und sich dann mit den Kollegen in Weimar besprechen.

IV

Im September 1779

Von den vielen Handwerkerläden, die sich in den winkligen Straßen um Weimars Marktplatz angesiedelt hatten, war die Goldschmiedewerkstatt des Johann Nepomuk Immermann eine der ältesten. Betrat man den vorderen Teil, den Laden, meldete das helle Klingeln einer Glocke, die oberhalb des Türbogens befestigt war, den Besuch auf eine Weise, dass Meister, Gesellen und Lehrjungen bis in den hintersten Teil der Werkstatt einen Neuangekommenen registrierten. Die Werkstatt war mit dem Verkaufsraum durch einen schmalen Gang verbunden, von dem wiederum eine Stube abzweigte, in der der Meister Punkt zwölf Uhr mittags mit den Seinen das Tischgebet sprach und anschließend wechselweise nahrhafte Kräutersuppen, würzige Salate oder frisches Gemüse aus dem hinter dem Haus befindlichen, von des Meisters Frau bestellten Garten verzehrte. Die Werkstatt bestand aus einem großen Raum, der von einem langgezogenen Werktisch dominiert wurde. An der Wand hingen allerlei Töpfe und Pfannen, Scheren und Zangen, Nadeln und Kugelpunzen, in Schubladen unterhalb des Werktischs waren Hämmerchen, Feilen, Federdrähte und Pinzetten in allen Größen und Formen aufbewahrt. Der zur Werkstatt hin rückwärtige Raum, der an den Innenhof und den Garten angrenzte, enthielt das Herzstück der Werkstatt, den abschließbaren Schrank mit den Goldvorräten.

Bei seinen Gesellen hatte der Meister den Ruf, zwar streng, aber dennoch gerecht zu sein. Zu seinen Prinzipien gehörten Pünktlichkeit, Fleiß und Rechtschaffenheit gegenüber jedermann. So hatte er sich eine gesicherte Existenz aufgebaut, zumal der herzogliche Hof, wenn er nicht wieder einmal finanziell klamm war, ihm so manchen schönen Auftrag bescherte.

Doch in den vergangenen Wochen war alles im Leben des Johann Nepomuk Immermann ins Wanken geraten. Mit leeren Augen saß er an der Werkbank und nahm oft gar nicht wahr, wenn ihn einer der Gesellen etwas fragte. Der Goldschmiedemeister lebte in einer anderen Welt, einer Welt, die aus Trauer und Verzweiflung bestand.

Vor etwas mehr als einem Jahr hatte Immermanns Tochter Henriette, im 17. Lebensjahr stehend, eine Schwangerschaft nicht länger verbergen können. Wer der Vater war, wollte sie ihm partout nicht sagen. Sie war seine einzige Tochter, und immer hatte er ein waches Auge auf sie geworfen und geglaubt, sie unter Kontrolle zu haben. Und dann diese Schwangerschaft! Immer wieder grübelte er, wer der Vater sei und wie er die Schmach von seiner Familie wenden könne. In der ersten Frage kam er nur zu einer Vermutung, da weder Drohen noch gutes Zureden einen Hinweis, ja nur eine Andeutung der Tochter auf den möglichen Vater erbrachten. Die einzigen Momente, in denen seine Tochter unbeaufsichtigt war, waren die Botengänge, die sie für ihn erledigte, insbesondere ins nahe gelegene Schloss, wo sie vor allem bei der Herzogin und manchen Hofdamen die Entwürfe für die goldenen Ketten vorlegte. Oft musste sie lange dort verweilen, bis man sie vorließ, damit sie ihren Auftrag erledigte. Sollte in einer dieser Stunden einer der Herren am Hof, ein Laufbursche, Stalljunge oder auch einer der höher gestellten, ein Offizier, die Lust am jungen Fleisch entdeckt und sich an ihr verlustieret haben, an seiner so wohl behüteten Tochter, vielleicht sogar ein im Range noch höher stehender …?

Alles Grübeln führte immer wieder an den Anfang des Nachdenkens zurück: Wer war der Vater? Er kam nicht weiter.

Wohl aber bescherte ihm in der zweiten Frage der Himmel, wie er meinte, ein Geschenk beim Abendschoppen im Schwarzen Bären. Da kam er mit dem aus Halle angereisten Doktor ins Gespräch, jenem Ignatius Furrer, der nicht nur ein Meister der ärztlichen Kunst, sondern auch ein Wunderheiler zu sein vorgab. Ihm schilderte er seine Notlage und alsbald bot der Doktor ihm die Lösung an, wie denn das werdende Leben aus der Welt zu schaffen war. Die Frage nach der Vaterschaft verlöre dann an Bedeutung, auch wenn Immermann es nie verschmerzen würde, dass seine Tochter ihm, dem rechtschaffenen Bürger, eine solche Schmach bereitet hatte und sich verweigerte, ihm den Galan zu benennen, der sich ihrer Unschuld bemächtigt hatte.

Am Tag nach der Behandlung Henriettes durch jenen Doktor Furrer war, wie vorausgesagt, der Abgang der Leibesfrucht erfolgt. In den Wochen danach war Henriette abwesend, traurig, was der Vater für eine normale Reaktion hielt, wie sie seine Frau in der Zeit des Kindbetts ebenfalls gezeigt und wie sie Furrer prognostiziert hatte. Als dann kurz vor Weihnachten Henriettes frohes Lachen gelegentlich wieder durch die Werkstatt klang, als sie mit ihrem ozeanblauen Kleid, das so trefflich mit ihren blauen Augen und ihrem lockigen blonden Haar korrespondierte, wieder die Treppe von der Wohnstube zur Werkstatt herunterkam und die Blicke aller in der Werkstatt auf sich zog, da glaubte der Vater, alles werde ein gutes Ende nehmen und bald werde einer der Gesellen oder vielleicht sogar ein weitgereister hoher Herr oder einer der Herren Offiziere am Hofe bei ihm um die Hand seiner Tochter anhalten. Das glaubte er.

Welch jäher Schlag, wie unbegreiflich war das, was vor vier Wochen geschah. Am Morgen eines Sonntags war Henriette nirgends zu finden, als sich der Goldschmiedemeister mit Ehefrau anschickte, den Gottesdienst in der Stadtkirche St. Peter und Paul zu besuchen, um den berühmten Johann Gottfried Herder predigen zu hören. Wo nur war Henriette? Mit stürmendem Herzen suchte er in den Straßen, eilte zum Schloss, ohne zu wissen, wie er dort seine Suche eigentlich begründen sollte, bis ihn eine plötzlich Eingebung in den Park trieb, just an die Stelle, an der der hallesche Doktor seine Tochter vor gut einem Jahr behandelt hatte. Der Doktor, der sich auffallend schnell entfernt hatte, nachdem er, der auftraggebende Vater, ihm einen kräftigen Batzen Geld bezahlt hatte. Noch ein gutes Stück Weg von der Eiche entfernt, an der die Prozedur stattgefunden hatte, leuchtete dem Vater das Blau von Henriettes Kleid entgegen. Schon hob er die Hand, um ihr zu winken, hatte Worte auf den Lippen wie „Wir werden über das Geschehene reden, du musst ja furchtbar darunter leiden, meine liebe Henriette“, da erkannte er, was sich ereignet hatte: Henriette baumelte leblos an einem Ast der alten Eiche. Sie hatte sich mittels aufgetürmter Holzscheite eine Erhöhung geschaffen, von der sie sich, nachdem sie sich den Strick um den Hals gebunden und zugezogen hatte, abstieß, um so den Tod als den einzigen Ausweg aus ihrem scheinbar unmenschlichen Leiden zu wählen.

Wie groß dieses Leiden war, erfuhr der auf dem feuchten Wiesenboden liegende und vor Kummer laut aufheulende Vater aus einem kleinen Brieflein, das Henriette sich mit einer Nadel am Ausschnitt ihres Kleides befestigt hatte. Sie schrieb darin:

Meine geliebte Frau Mutter, mein geliebter und verehrter Herr Vater,
Ihr werdet enttäuscht von mir sein, so wie damals, als Ihr bemerktet, daß mir ein Kind geschenkt ward, das Ihr nicht annehmen wolltet, weil der Vater geheim bleiben mußte. Wie gut konnte ich diese Eure Enttäuschung verstehen. Ich glaube, wir hätten trotzdem mit dem Kinde leben können, ohngeachtet aller Reden in der Stadt. Wieviele Kinder, außerhalb der Ehe geboren, gibt es in unserer Stadt! Aber Ihr hattet Angst. Für diese Angst habe ich Verständniß, nicht aber für das, was mir hier an dieser Eiche angetan ward. Dieser widerliche Doktor, wenn man ihn überhaupt so nennen kann. Wie er mir in den Magen mit seinem Stab gestoßen, wie er mir das Kind förmlich zu Tode gequetschet und gekratzet! Das, liebste Eltern, kann ich nicht aus meiner Erinnerung streichen. Morgens beim Aufwachen ist dieses Erlebnis mein erster Gedanke, den ganzen Tag über holt es mich heim, und nachts liege ich stundenlang wach und sehe das grausame Lächeln des Kindsmörders vor mir. Auch mich hat er damals getötet. Innerlich abgestorben, läuft das Leben an mir vorbei. Ich will dort sein, wo mein Kind ist, das das Licht der Welt nicht erblicken durfte. Lebt wohl, liebe Eltern, wir werden uns in einer anderen Welt wiedersehen, in der es, wie es in der Offenbarung des Johannes heißt, kein Leid und kein Geschrei mehr gibt und wo die Liebe allein herrschet.
Vergebt mir
Henriette

Der Goldschmiedemeister band Henriette vom Baum ab, versteckte sie unter einem Gebüsch und kam eine Stunde später mit einem Pferdefuhrwerk vorbei, um die tote Tochter, unter einer Plane verborgen, nach Hause zu transportieren. Dort baute er unter dem Dachboden einen Galgen auf, hing die Tochter in den gleichen Strick, den sie im Park verwendet hatte und alarmierte anschließend den nächstwohnenden Arzt, der auf dem Todesschein den Freitod bestätigte. Nach außen hin musste er den völlig Ahnungslosen spielen, warum seine Tochter auf diese Weise geendigt hatte, nur seine Ehefrau weihte er zum Teil ein, ohne ihr allerdings den Abschiedsbrief der Tochter zu zeigen.

Der Abschiedsbrief war es, der ihn, wenn ihn die Trauer nicht gerade wieder überwältigte und er völlig apathisch in seiner Werkstatt saß, ins Grübeln brachte. Dieser Doktor Furrer hatte offenbar mit bloßer Gewalt für den Abgang des Kindes bei Henriette gesorgt. Wie dumm und verantwortungslos war er als Vater gewesen, als er sich von diesem Furrer schon im Schwarzen Bären bereden ließ, bei der Behandlung der Tochter nicht zugegen zu sein, sondern sich in das Dunkel der Nacht zu begeben und keinesfalls heimlich zuzusehen. Die magnetischen Kräftefelder könnten dadurch gestört werden, hatte ihm der Doktor eingeredet, das furrersche Fluidum könne womöglich durch einen Beobachter abgelenkt werden und nicht in die andere Person übergehen, ja, er habe da so seine Erfahrungen. Ein Scharlatan war dieser Furrer! Ihm müsste er auf die Schliche kommen, ihn öffentlich bloßstellen! Doch wie? Immerhin konnte ihn dieser Furrer erpressen: Jederzeit könnte er bei einem Angriff sagen, er habe nur im Auftrag des Herrn Goldschmiedemeisters Immermann gehandelt, der es abgelehnt habe, der Großvater eines unehelichen Kindes zu werden ...

Schon wollte Immermann den Plan wieder aufgeben, Furrer aufzusuchen und ihn mit den Folgen seiner frevelhaften Tat zu konfrontieren, da fiel ihm in einer nachdenklichen Stunde in seiner Werkstatt ein, was Furrer beim Abschied gesagt hatte: Ein Manuskript wolle er in Leipzig mit seinem Verleger besprechen, in dem er seine Behandlungsmethoden offen lege und in welchem vielleicht auch Henriette, wenn auch nicht namentlich, so doch als ins Allgemeine gefasstes medizinisches Exempel Eingang finden werde.

So manches Mal schon war es ihm möglich, Einblick in ein Buch der herzoglichen Bibliothek zu erhalten, vor allem natürlich aus dem Bereich seines Handwerks, der Goldschmiedekunst, wo die Bibliothek über vorzügliche Anleitungen und Zeichnungen verfügte. Die herzogliche Bibliothek war keineswegs nur den Herren des Hofes und den hohen Gelehrten vorbehalten, wie es in anderen Fürstentümern noch der Fall war. Sein vorzüglicher Ruf auch am Hofe bewährte sich hier auf vorteilhafte Weise, zumal er die Buchbinderei des Hofes mit Gold belieferte, mit dem die Buchtitel und Besitzstempel in die Pergament- und Lederrücken gestanzt wurden.

Am nächsten Morgen hielt er das Buch in Händen, das ihm, ohne dass er es gekannt hätte, in der vergangenen Nacht den Schlaf geraubt hatte. Zu seinen beruflichen Marotten gehörte es, vor Abschluss eines Meisterwerks, also vor dem letzten Schliff eines goldenen Kelchs für die Stadtkirche St. Peter und Paul etwa, noch eine Minute der inneren Sammlung einzulegen. Dabei setzte er sich kerzengerade hin, zog seinen königlichen Bauch so weit wie möglich ein und straffte Weste und Hemd. Mit geschlossenen Augen rief er die Heiligen seiner Zunft an, atmete exakt zwölf Mal in tiefen Zügen durch und machte sich dann ans Werk. Dieses Ritual wandte er auch jetzt an, bevor er das Buch öffnete. *Ignatius Furrer,* las er als erstes, und ein Schaudern, gepaart mit ohnmächtiger Wut, überlief ihn. Noch einmal schnaufte er tief, dann las er den Titel:

Remedium oder von dero wunderlichen Erscheinungen im Bereich der Medizin, dem Dr. Mesmer und dem Pfarrer Gaßner zu verdanken und allhiero in eine Synthesis zusammengefasst, dem maladen Menschen Abhilfe gewährend durch theoretische Erwägungen und praktische Beispiele.

Mit zusammengekniffenen Augen, er hatte sein Monokel vergessen, las er kreuz und quer im Buch und verlor mit der Zeit ein wenig die Konzentration. Doch dann stockte ihm das Blut in den Adern, als er ganz am Schluss ein Kapitel fand, das von seiner Tochter handelte, auch wenn ihr Name nicht darin vorkam: *Wie einem Fräulein Abhilfe verschaffet werden kann bei einer unerwünschten Geburt in einem extremen Falle, so bei Gefährdung des Lebens von Mutter und Kind, mit Hilfe der eigenen Kräfte und von Stabmagneten.*

Gefährdung des Lebens? Immermann stieß einen schrillen Laut aus, so ungehalten, dass ein Bibliothekar zu ihm kam und nach seinem Befinden fragte. Zeile für Zeile las Immermann den Bericht Furrers, Zeile für Zeile stieg in ihm etwas hoch wie ein wildes Tier, das nur darauf wartet, Beute zu machen und sie in der Luft zu zerreißen. Dieser Lump Furrer! Dieser Lügner! Dieser Widerling!

Wäre in diesem Augenblick der Gescholtene in die herzogliche Bibliothek getreten, der Goldschmiedemeister hätte alles aufs Spiel gesetzt, sogar seinen guten Ruf. Eigenhändig hätte er ihn erwürgt, dann mit einem Buchbindermesser, das er mit seinen wild rollenden Augen in einer Fensternische des Bibliothekssaals erblickte, gevierteilt oder noch besser gesechzehntelt oder gehundertstelt und dann jedes einzelne Teil

in die Ilm geworfen, mit dem nicht nachlassenden Gefühl, an Gottes Statt Gerechtigkeit zu üben.
Unterdessen weilte Furrer in diesen Tagen in Leipzig, nachdem ihm in Halle eine empörte Bürgerschaft auf Grund eines völlig fehlgeschlagenen Heilungsversuchs und nach Aufdeckung seiner Betrugsmanöver verjagt hatte. In der Messestadt hoffte er auf ein aufnahmewilligeres Publikum für seine magischen Praktiken. Hier war 1774 der legendäre Kaffeewirt Johann Georg Schrepfer, ein Magier großen Stils mit weitreichender Klientel aus allen Schichten vom Bierkutscher bis zum Herzog, zuletzt doch als Schwindler enttarnt worden und auf obskure Weise geendet. Wie ihm zu Ohren gekommen, gab es immer noch einen kleinen Kreis von Verehrern und auch Verehrerinnen des Magiers, die ob dessen Todes untröstlich waren. Genau die Lücke, in die Ignatius Furrer zu springen gedachte.
Dem Weimarer Goldschmiedemeister Johann Nepomuk Immermann war dieses neue Vorhaben des obskuren Doktors gänzlich unbekannt, als er sich im Oktober 1779 nach Halle an der Saale aufmachte, den Mörder seines Enkelkinds und den Verderber seiner Tochter zur Rechenschaft zu ziehen.

V

Samstag, 28. August 2004

SEIN VORERST LETZTES WOCHENENDE in Weimar wollte Rammy Carranza genießen. Noch einmal war er, auf dem Kopf die rote Baseball-Kappe mit den Buchstaben TX für seine Heimat Texas, auf dem Weg zur Bibliothek am Van-de-Velde-Haus und am Römischen Haus vorbeigegangen, hatte kurz dem Haus am Horn zugeblinzelt und dann, am Parkausgang, das Wohnhaus von Franz Liszt passiert. Auf dem Spaziergang hatten sich ihm die großen kulturellen Traditionen des *good old europe* noch einmal in einzigartiger Weise aufgetan: Kunst und Architektur des Bauhauses, Literatur von Goethe, der den Park an der Ilm in einem seiner vielen Nebenberufe gemeinsam mit Herzog Carl August nach Dessauer Vorbild umgestaltet hatte, Musik des Klaviervirtuosen, Richard-Wagner-Förderers und wagemutigen musikalischen Neuerers Franz Liszt. Wo sonst auf der Welt verdichteten sich die höchsten Künste auf so engem Raum, zudem eingebettet in eine weiträumige Parklandschaft, die mit ihren, zum Teil künstlich angelegten alten Ruinen, ihren Denkmälern, ihrem russischen Soldatenfriedhof auch das Nachdenken über politische Geschichte anregte. Und zwischen allem floss die Ilm, ewig ruhig und ewig andächtig, als wolle sie von noch viel früheren Zeiten künden, als sich am östlichen Ende des heutigen Parks, in Ehringsdorf, Urmenschen mit Faustkeilen die Natur untertan machten.

Vom Liszthaus aus überquerte Rammy die Marienstraße und setzte sich auf die flache Mauer der Grünanlage vor den Bauten, von denen das Bauhaus ausging und die heute die Bauhaus-Universität beheimaten. Er betrat das Hauptgebäude, ging langsam die beeindruckende Wendeltreppe, die Henry van de Velde geschaffen hatte, hinauf und wieder herunter. Unten angekommen, wusste er in diesem Augenblick, wo er zumindest zeitweise studieren wollte, falls Architektur und Germanistik die beiden auserwählten Fächer blieben: In Weimar und in Jena, einst auch als Doppelstadt bezeichnet, deren beide Universitäten

Namensgeber hatten, die ihn faszinierten – Bauhaus und Friedrich Schiller. Ob die Bauhäusler Schiller gelesen haben, fragte er sich. Ob sie seine Dramen geschätzt haben?

Inc. 122a schrieb Rammy auf den Ausleihzettel. Nur kurz hatte er den Katalogsaal der Bibliothek betreten, um die Bestellung für den Lesesaal am Montag aufzugeben. Sein Problem war: Er hatte zwar eine mögliche Signatur, aber keinen Verfasser, keinen Titel, keinen Erscheinungsort, gar nichts sonst. Ob der Leihzettel überhaupt bearbeitet würde? Er hatte keine Alternative.

Es war einer jener warmen Spätsommertage in Weimar, an denen das Pendel zwischen Weltstadt und Provinz, zwischen fast mondäner Offenheit und kleinlicher Selbstbespiegelung zur Ruhe zu kommen und wo alles Treiben dem schönen Augenblick verhaftet schien. Auf dem Marktplatz boten die Händler die Früchte des Umlandes in überbordender Fülle feil; die ersten Zwiebelrispen wiesen auf das in wenigen Wochen sich ereignende, auf einer jahrhundertealten Tradition beruhende Volksfest, den Zwiebelmarkt, hin; ein Brautpaar verließ unter Reisregen das Rathaus. Ein Stadtoberhaupt, dem Brautpaar folgend, schüttelte Passanten die Hände, egal ob Einheimische oder Besucher. Ihnen allen schien er zuzurufen: Hier bist du Mensch, hier darfst du‘s sein. Nur noch eines Pieter Breughels hätte es bedurft, um den glückhaften Stillstand der Zeit an diesem Samstagmorgen in ein Gemälde zu bannen.

Rammy genoss diese Stimmung in vollen Zügen. Eingangs der Schillerstraße setzte er sich an einen der Cafétische, um die kauflustigen, die flanierenden oder die einem Stadtführer folgenden Menschen zu beobachten. Gerade hob er die Hand, um eine der vielbeschäftigten Bedienungen auf sich aufmerksam zu machen, da fasste einer der Passanten die Handbewegung als einen freundlichen Gruß auf, murmelte ein „Hallo“ und blieb kurz stehen. Rammy erkannte den vielleicht vierzigjährigen Mann mit den langen, zu einem Zopf gebundenen Haaren nicht sofort, bot ihm aber instinktiv einen Stuhl zum Sitzen an, was dieser gerne annahm. Eine merkwürdige Situation entstand, saß er doch mit einem Mann an einem der kleinen Tische, ohne zu wissen, wer er war und was sie voneinander wollten. Inzwischen hatte auch die Bedienung sie bemerkt. Beide bestellten einen Cappuccino.

„Was forschen Sie in der Anna Amalia Bibliothek?", fragte der Unbekannte mit dunkler Stimme.
Das graue Kollarhemd, fuhr es Rammy durch den Kopf. Der Geistliche! Er erläuterte kurz sein Interessensgebiet, um dann die gleichlautende Gegenfrage zu stellen.
„Ich bin Pfarrer, evangelisch, in einer kleineren Stadt hier bei Weimar. Apolda, ich weiß nicht, ob Sie die Stadt kennen."
Rammy schüttelte den Kopf, seine Zeit in Thüringen war so knapp bemessen, dass er bisher lediglich einen Ausflug zur Wartburg und einen nach Erfurt zur Krämerbrücke geschafft hatte. Außerdem hatte er sich die Gedenkstätte Buchenwald angesehen. Den Rest an Freizeit, der ihm verblieb, nutzte er, um mit einem geliehenen Kajak auf der Saale zu trainieren; denn in den USA hatte er schon mehrere nationale Wettkämpfe gewonnen und insgeheim hoffte er, einmal bei den Olympischen Spielen für sein Land zu starten.
„In Apolda haben wir eine bemerkenswerte Kirche", fuhr der Pfarrer fort, und für einen Moment dachte Rammy, welcher Pfarrer das wohl nicht von seiner Kirche behaupten würde, war dann aber zunehmend gefesselt von dem, was ihm der Geistliche erzählte.
„Diese Kirche ist ein typisches Zeugnis der Luther-Rezeption des späten 19. Jahrhunderts. Damals war Luther für die engagierten Protestanten ein Heiliger. Man nannte die Kirche nach ihm. Ob ihm, der immer gesagt hat, dass Christus allein der Weg zum Heil ist, das gefallen hätte, bezweifle ich. Denn er hat seinen Namen, mit ein bisschen understatement, als heillos bezeichnet, weswegen die Kinder Christi auf keinen Fall den Namen einer lutherischen Kirche tragen sollten. Aber egal. Man baute die Kirche in neogotischem Stil auf, in dem für unsere Region untypischen roten Backstein. Als Wahrzeichen thront sie über der Stadt, täglich für Zehntausende Zugreisende wahrnehmbar."
Der Pfarrer unterbrach seine Rede kurz, weil die Bedienung die zwei Cappuccinos brachte.
„Bitte verstehen Sie mich nicht falsch", setzte er fort, „Martin Luther ist mir in vielen Dingen ein theologisches Vorbild. Ich schätze sein Ringen um die Wahrheit der Bibel, ich bewundere sein mutiges Auftreten auf dem Wormser Reichstag und vieles mehr. Aber zur ganzen Wahrheit gehören auch die dunklen Punkte in Luthers Biographie. Seit meinem

Studium beschäftigt mich die Frage, warum Luther 1543 so eine fürchterliche Hetzschrift gegen die Juden geschrieben hat. Auch andere antijüdische Aussagen gibt es von ihm zuhauf. Gerade er als herausragender Theologe hätte doch die gemeinsame Wurzel des christlichen und des jüdischen Glaubens viel stärker hervorheben müssen. Verboten sei das lieblose Verdammen und die offene Lästerung, so legt er selbst das neunte Gebot aus, worin es heißt, wir sollten kein falsch Zeugnis reden wider unseren Nächsten. Hier ist Luther an seinen eigenen Ansprüchen gescheitert. Das gilt im Übrigen auch für seine Tiraden gegen die Muslime. Die waren für das christliche Abendland zwar eine wirkliche Bedrohung. Aber ein auf den Jesus der Bergpredigt sich berufender Theologe kann nicht so über Andersgläubige herziehen. Am ehesten nachvollziehen kann man vielleicht noch Luthers Angriffe gegen die Bauern. Da fürchtete er das Chaos, die Anarchie. Denn die Bauern hatten seine Formel von der Freiheit eines Christenmenschen falsch verstanden. Alles das darf nicht verschwiegen werden. Aber aus der Geschichte der Lutherkirche in Apolda heraus beschäftigt mich vor allem Luthers Judenfeindschaft und die Frage, wieso ein so gebildeter, sich auf Jesus berufender Mensch dazu in der Lage war. Die These vom Altersstarrsinn ist mir jedenfalls zu schlicht. Denn bereits die frühen Psalmenvorlesungen sind voller Ressentiments gegen die Juden."

Rammy dachte bei diesen Worten an Professor Kornblum, der sich aus seiner jüdischen Sicht einmal ähnlich über Luther geäußert hatte.

„Die Lutherkirche in Apolda steht auch für diese dunkle Seite Luthers und seiner Rezeption, auch wenn das nur wenigen bewusst ist. Denn mit der Machtergreifung Hitlers im Jahre 1933 und mit dem immer stärkeren, offenen Antisemitismus hat sich auch ein großer Teil der Kirche den neuen Machtverhältnissen unterworfen und die Bibel verbogen und zurecht interpretiert, um die Jagd auf die Juden theologisch zu rechtfertigen. ‚Deutsche Christen' nannten sich diese Kirchenleute, die hier in Thüringen, in Eisenach begannen und in der Lutherkirche in Apolda eine Hochburg hatten. Der damalige Bischof der Thüringer Kirche, Martin Sasse, war in dieser Hinsicht ein übler Demagoge und Judenhasser. Luthers Aussagen gegen die Juden waren ihm eine willkommene Vorlage. Tiefpunkt der christlichen Tradition ist nach meiner Ansicht die sogenannte Reichspogromnacht 1938. Damals gingen mehr als tausend Synagogen im Deutschen Reich in Flammen auf. Die Tempel brannten, und fast alle Kirchenverantwortlichen haben entweder geschwiegen oder die Aktion in den Predigten in ihren Gotteshäusern sogar begrüßt. Apolda liegt nur eine Autoviertelstunde entfernt vom ehemaligen Konzentrationslager Buchenwald, dessen Glockenturm sich über Weimar erhebt. Hier sind rund 53 000 Menschen in der Nazizeit ums Leben gekommen, Zehntausende mussten fürchterliche Qualen erleiden. Der amerikanische Friedensnobelpreisträger und ehemalige Buchenwald-Häftling Elie Wiesel hat in ergreifenden literarischen Texten darüber geschrieben. Auch der Literaturnobelpreisträger Imre Kertesz, der ebenfalls auf dem Berg über der Stadt im Lager war ..."

Der Pfarrer machte eine Pause und hing seinen Gedanken nach. Erst die Frage Rammys holte ihn in die Gegenwart zurück:

„Sie planen irgendetwas, um diese dunkle Seite Ihrer Kirche in Apolda hervorzuheben?"

„Ja", antwortete der Pfarrer, „mit anderen Mitstreitern in Apolda möchte ich die Kirche zu einem Ort machen, an dem die glorifizierende Sicht Luthers durchbrochen und er zwar als Vorreiter in vielen Glaubensdingen anerkannt, zugleich aber auch als scheiternder und verführbarer Mensch gezeigt wird, der sich zu antijüdischen Schriften hat hinreißen lassen. Auch weil die Stimmung in der Bevölkerung solche Äußerungen dankbar annahm."

„Wie wollen Sie das denn umsetzen? Ich meine, wer lässt sich schon gerne so ein unangenehmes Bild von Luther zeigen? Wenn ich es richtig sehe, sind doch die Kirchen in Deutschland ohnehin bei Gottesdiensten ziemlich leer. Im Unterschied zu denen in den USA. Das finde ich so irritierend: In den Kernlanden der Reformation gehen nur noch wenige in die Kirche. Wie wollen Sie da so eine kritische Sicht auf Luther verkaufen, wenn schon der positive Luther kaum noch jemanden interessiert?"

Der Pfarrer rückte seinen Stuhl unmerklich näher heran.

„Ich sage Ihnen jetzt etwas Vertrauliches, okay? Vertraulich, weil wir noch in Verhandlungen sind und das ganze Projekt erst mit einem großen Pressetermin öffentlich wird. Einverstanden?"

Rammy nickte.

„Wir planen ein Musiktheaterstück, in dessen Mittelpunkt Luther stehen soll. Mit eingängigen Melodien, mit packenden Szenerien erreicht das Stück die Herzen der Menschen. Das also, was unsere Kirche sonst nur noch selten schafft. In diesem Stück soll das Schicksal einer jüdischen Familie zur Sprache kommen, während sich gleichzeitig Luther zum führenden Theologen und Reformator entwickelt. Die jüdische Familie durchlebt Anfeindungen, hat Existenznöte und fürchtet sich vor Pogromen und Mord. Dafür suche ich in der Bibliothek in Weimar nach Belegen, Zitaten, Anknüpfungspunkten. Wir wollen dem träge gewordenen Protestantismus in Deutschland neues Leben einhauchen und gleichzeitig Buße für die Mitschuld der Kirche am Holocaust leisten."
Rammy stutzte. Ein solch großes Projekt hätte er seinem Gegenüber nicht zugetraut, der nicht nur einen leichten Thüringer Akzent sprach, sondern trotz seiner extravaganten Frisur auf ihn eher bieder und altbacken gewirkt hatte.
„Wie wollen Sie das denn finanzieren?", fragte er den Pfarrer interessiert.
„Wir sind in Gesprächen mit Investoren, auch mit einigen wohlhabenden Lutheranern aus Ihrer Heimat. Wenn wir nicht genügend finden, scheitert das Projekt."
Rammy zog die Augenbrauen hoch. Ihm fiel gerade etwas ein. Aus seinem Geldbeutel kramte er den Zettel hervor, auf dem er sich die handschriftlichen Einträge des Buchdeckels in der Bibliothek notiert hatte.
„Können Sie damit irgendetwas anfangen?", fragte er den Mann, dessen Namen er immer noch nicht kannte.
Lange schaute der Pfarrer auf den Zettel, drehte ihn hin und her. Endlich räusperte er sich und sprach mit leiser Stimme:
„*R.C.* ist das Kürzel für die Rosenkreuzer. Ich hatte dieser Tage ein Buch im Lesesaal, das zu den wichtigsten Schriften dieses Geheimordens gehört. Geschrieben hat es der Theologe Johann Valentin Andreae, dessen Vater ein Meister der Alchemie war. Er selbst setzte sich kritisch mit der lutherischen Kirche seiner Zeit auseinander, die er als eine leere Verordnungs- und Gelehrtenkirche empfand, die an den Herzen der Menschen vorbeiging."
Zum ersten Mal lächelte der Pferdeschwanz-Pfarrer, und Rammy wusste, warum: Der Pfarrer fühlte sich dem Theologen, der vor vierhundert

Jahren gelebt hatte, offenbar nahe. Auf einen Zettel notierte der Pfarrer die Einträge, die Rammy in dem Einband entdeckt hatte.
„*Das Geheimniß des H.*, tja, da habe ich eine Vermutung", dachte der Pfarrer laut weiter, „also, hm, *H.* könnte für Hiram stehen. Die Freimaurer und auch einige Vereinigungen im Dunstkreis der Jesuiten schreiben Hiram Abif eine entscheidende Rolle beim Bau des Tempels zu. Sie berufen sich dabei auf die Bibel, wo in den Büchern der Könige und in den Chroniken in der Tat ein solcher Baumeister erwähnt wird, allerdings nicht so detailliert, wie die Freimaurer und andere behaupten. Demnach hat Hiram eine Formel gekannt, das Meisterwort, das die Grundlage für den Bau des Tempels war, den Salomo vor rund 3 000 Jahren errichten ließ. Am Entstehen des Tempels hat nicht nur Gott selbst mitgewirkt, sondern in seinem Innerstem nahm Gott auch Wohnung, um von dort aus die Welt zu regieren. Der Tempel war ein Ort des Gebets für alle Völker und Gott saß hier auf dem Gnadenstuhl und verkündete von dort sein Wort. Drei seiner Gesellen sollen Hiram, den Baumeister, heimtückisch ermordet haben, um an sein Meisterwort zu gelangen. Doch damit sind sie gescheitert, das Meisterwort ist bis heute unbekannt. Ja, und *A.T.S.* könnte heißen: Arcana Templis Salomonis. Übersetzt: Die Geheimnisse des Tempels Salomos. Auch die übrigen Sätze, die Sie notiert haben und die von einem Geheimnis berichten, das über die Weltalter weitergetragen wurde, passen gut dazu. Ich weiß nicht, was *HA-S-D* bedeuten könnte. *1143* ist sicher eine Jahreszahl. Da müsste man mal in einer Chronik nachschauen, was sich da alles ereignet hat. *Inc. 122a* sieht nach einer Signatur aus. Vielleicht sollten wir das Buch ausleihen?"
„Schon passiert", antwortete Rammy. Er freute sich, in dem Pfarrer einen kompetenten Mitstreiter gefunden zu haben, was den rätselhaften Eintrag betraf. Sie tauschten ihre Handynummern aus. Der Pfarrer stellte sich Rammy jetzt mit seinem Namen Friedemann Schalbe vor und bot ihm das Du an. Sie verabredeten sich für Montagmittag in der Bibliothek, wo sie hofften, das Geheimnis des Eintrags weiter zu lüften.
Sie zahlten, unterhielten sich noch eine Zeit lang stehend an der Ecke, an der man Marktplatz, Frauenplan und Schillerstraße gleichermaßen im Blick hatte, und gingen dann in unterschiedliche Richtungen

davon. Den Zettel mit den Einträgen, die er sich abgeschrieben hatte, vergaß Friedemann Schalbe allerdings. Zwei ältere Herren, beide ganz in schwarz gekleidet, der eine mit noblem Hut, nahmen am selben Tisch Platz, an dem kurz zuvor noch Rammy und der Pfarrer gesessen hatten. Nur beiläufig nahmen sie den Zettel wahr, lasen ihn aber mit steigendem Interesse.

Erst am Abend kehrte Rammy Carranza von seinem Weimar-Bummel zurück. Seine Hoffnung, Professor Kornblum aus Austin habe ihm geantwortet, hatte sich nicht erfüllt. Stattdessen fand er eine Mail seines Vaters vor.

Lieber Rammy,

Nat Kornblum hat bei unserem Rotary-Treffen heute Mittag von deiner Mail berichtet. Demnach bist du einem alten Text auf der Spur, der unter Umständen ein wichtiges Geheimnis offenlegt. Er sagt, der Text könne etwas mit Salomos Tempelbau zu tun haben und wäre für die jüdische Geschichtsschreibung unter Umständen von großer Bedeutung. Er könne sich vorstellen, über jüdische Organisationen viel Geld zu beschaffen, um an diesen Text zu gelangen. Er will bei der Bibliotheksleitung anfragen, ob man dort an einer eventuellen Offerte interessiert ist.

Danke für die Info zum Flug. Ich werde dich Samstag 15.38 Uhr auf dem Flughafen in Austin abholen. Alle freuen sich, dich wiederzusehen.

Herzlichst

Dad

Eine Stunde lang sinnierte Rammy über die Mail seines Vaters und über die Ereignisse seit der Entdeckung des rätselhaften Eintrags. Friedemann Schalbe und Professor Kornblum hatten unabhängig voneinander die Beziehung zu Salomos Tempelbau benannt. Musste da nicht etwas dran sein? Es war 22.15 Uhr, als er sich entschied, trotz der späten Zeit zum Handy zu greifen.

„Schalbe? Hallo?“, meldete sich eine müde Stimme.

„Hier ist Rammy Carranza. Ich glaube, es gibt eine Möglichkeit, das Luther-Stück zu finanzieren.“

„Das Musiktheaterstück zu Luther zu finanzieren? Welche Möglichkeit siehst du da, Rammy?“

Was der junge Amerikaner nicht ahnen konnte: Während er im Rahmen seines erleuchteten und offenen Fenster saß und mit dem Apoldaer Pfarrer telefonierte, drückten sich zwei ältere, ganz in schwarz gekleidete Männer an die Hauswand und atmeten lautlos. Sie waren Rammy schon seit dem Nachmittag unauffällig gefolgt, nachdem er sich von Friedemann Schalbe verabschiedet hatte. Erst als Rammy das Fenster schloss und ein Hund einige Häuser weiter wütend anschlug, stahlen sie sich in die Nacht davon.

VI

Mittwoch, 9. September 2009

Der Anruf aus Halle erreichte Gülcan Aydin zu einem ungünstigen Zeitpunkt. Vor drei Wochen hatte die Kriminaloberrätin ihren Dienst als Leiterin der Kriminalpolizeiinspektion Jena angetreten und war sogleich mit dem Fall einer Einbrecherbande konfrontiert, die ganze Wohnviertel in Jena und Weimar in Angst und Schrecken versetzte. Die Presseartikel anlässlich ihrer Amtseinführung waren voll des Lobes über den Mut des Innenministers, die Besetzung der Stelle auf diese Weise vorzunehmen. Denn Aydin war für eine so hohe Leitungstätigkeit mit 38 Jahren vergleichsweise jung. Zum anderen waren diese herausgehobenen Positionen nach wie vor Männern vorbehalten, während bei den unteren Dienstgraden der Polizei seit Jahren immer mehr junge Frauen Aufnahme fanden. Aydin war die Karriereleiter zielstrebig nach oben geklettert. Was bei ihrer Ernennung am meisten für Aufsehen sorgte: Sie brachte das mit, was man Migrationshintergrund nennt. Ihre Eltern waren in den 1960er Jahren nach Deutschland gekommen, nach Stuttgart, wo das große Autowerk in Sindelfingen viele Fließbandarbeiter benötigte, die der deutsche Arbeitsmarkt nicht hergab. Neben Italienern, Portugiesen, Spaniern, Jugoslawen waren es vor allem Türken, die ihre Heimat verließen, um sich in Deutschland eine bescheidene Existenz aufzubauen und mit ihrer Arbeit dazu beizutragen, die gestiegenen Konsumbedürfnisse in der Wirtschaftswunder-Bundesrepublik zu befriedigen. Gülcan war die jüngste von drei Geschwistern und in den letzten Jahren fünffach Tante geworden. Die Kinder ihrer Schwester und ihres Bruders lebten jetzt in dritter Generation in Deutschland und waren vergleichsweise wenig mit der türkischen Kultur vertraut. Die Mädchen trugen kein Kopftuch, mit ihren Jeans und T-Shirts unterschieden sie sich von deutschen Kindern und Jugendlichen rein äußerlich allenfalls durch einen dunkleren Teint.

Gülcan selbst war ledig und kinderlos, zu sehr hatte sie die Karriere bei der Polizei in Beschlag genommen. Nach der Ausbildung für den Höheren Dienst an der Hochschule der Deutschen Polizei in Hiltrup hatte sie zunächst in Frankfurt am Main bei der Drogenfahndung gearbeitet, war dann zur Polizeirätin bei der Kripo Mannheim aufgestiegen, bis der auch für sie überraschende Anruf aus Erfurt kam.
Das Zuständigkeitsgebiet der Kriminalpolizeiinspektion Jena umfasste auch die Stadt Weimar und die dortige Kriminalpolizeistation. Ein Zeitungskommentar anlässlich ihrer Ernennung zog deshalb sogar eine Parallele zum ehemaligen Konzentrationslager Buchenwald: Diskriminierung dürfe, so die Lehre aus Buchenwald, nie mehr eine Chance haben, und es sei ein klares politisches Zeichen in diesem Sinne, wenn eine junge Frau mit Migrationshintergrund für die Verbrechensbekämpfung in der Kulturhauptstadt verantwortlich zeichne.
Dass nicht alle Menschen in Weimar diese Ansicht teilten, dokumentierten anonyme Flugblätter, die wenige Tage später in vielen Briefkästen lagen. „Sollen jetzt Türkinnen etwa deutsche Bürger festnehmen?", hetzten die Verfasser, um dann die Forderung zu stellen: „Keine Türken in den deutschen Staatsdienst!"
Auch einem Weimarer Lokalpolitiker kam dieses Flugblatt zu Händen, was ihn zu einem Leserbrief herausforderte, den alle Thüringer Medien veröffentlichten:
An die Flugblattschreiber (warum verstecken Sie Ihre Meinung in der Anonymität?):
Die Frage, die Sie stellen, ist einfach zu beantworten: Natürlich darf eine Türkin deutsche Bürger und im Übrigen auch Bürgerinnen festnehmen, weil erstens die Türkin keine Türkin, sondern eine Deutsche ist (seit ihrer Geburt). Sie hat sich auf das Grundgesetz der Bundesrepublik Deutschland vereidigen lassen. Und weil zweitens der deutsche Bürger und die deutsche Bürgerin, die etwas auf dem Kerbholz haben, selbstverständlich zu verhaften sind, weil, und das dürfte in Ihrem Sinne sein, Flugblattschreiber, sonst keine Ordnung mehr herrscht. Deshalb muss (muss!) die deutsche Kommissarin Gülcan Aydin, korrekter: die Kriminaloberrätin Gülcan Aydin, die Festnahme bei ihren straffälligen deutschen Landsleuten anordnen und womöglich persönlich vornehmen. Das gilt insbesondere auch für Straftaten, die dem Delikt der Volksverhetzung zuzuordnen sind. Darum rücken auch Sie, Flugblatt-

schreiber, in den Fokus der Ermittlungen und viele wache Bürgerinnen und Bürger unserer Stadt werden genau beobachten, wer wann welche Flugblätter heimlich in Briefkästen wirft, und gegebenenfalls die Ermittlungsbehörden benachrichtigen. Dann haben Sie, Flugblattschreiber, die Möglichkeit, die Kriminaloberrätin Gülcan Aydin persönlich kennen zu lernen, was Sie in einer ganz bestimmten Hinsicht zwar verdient haben, in anderer Hinsicht wäre es allerdings auch ein unverdientes Geschenk für Sie, einer so bemerkenswerten Person gegenübertreten zu dürfen.

Horst Luckner, Altenburger Straße 7, Weimar

Gülcan Aydin freute sich über diese Solidarität, zugleich war sie traurig, dass es solcher Solidaritätszeichen bedurfte, nur weil sie einen türkischen Namen trug und ihre Eltern sich einst für den Weg nach Deutschland entschieden hatten, wohin man sie damals abgeworben hatte.

Jetzt also der Anruf vom Kollegen Reimann aus Halle, der Aydin von einem toten Antiquar berichtete, von Büchern aus dem Bestand der Herzogin Anna Amalia Bibliothek, vielmehr einem Bücherrücken, vom Gespräch mit dem Archivar der Franckeschen Stiftungen in Halle und von einer geheimnisvollen Buchstabenfolge, die er ihr diktierte.

„Ist es denn möglich, uns den Buchrücken mit der Buchstabenfolge im Original zuzusenden?", fragte die Kommissarin.

„Der Buchrücken ist noch im Labor. Aber das dürfte kein Problem sein. Ich frage gleich mal nach, und wenn alles gut geht, bringen ihn unsere Leute heute bei Ihnen vorbei."

Aydin hatte bis in die Morgenstunden alle Spuren im Falle der Einbrecherbande nochmals überprüft. Seit zwei Tagen war kein Einbruch mehr passiert, gut denkbar, dass Mittelthüringen der Bande zu heiß geworden war und sie sich eine andere Region für ihre Taten ausgesucht hatte. Doch war das kein Grund, nicht auch in Weimar und Jena die Spuren zu ermitteln und das Netz um die Bande damit enger zu ziehen. Jede unaufgeklärte Tat würde den Prozentsatz in der Verbrechensstatistik so verschieben, dass manch potenzieller, aber noch unentschlossener Täter sich ermutigt fühlte, eine Tat zu wagen.

Die Kommissarin hatte sich um 10 Uhr mit dem Kulturdezernenten der Stadt Weimar verabredet. Ihr war es wichtig, sich den einflussreichen Leuten in den Städten ihres Zuständigkeitsbereichs persönlich bekannt zu machen. Für ihre Ermittlungen konnte das nur von Vorteil sein. Sebastian Lenzner, den Kulturdezernenten, hatte sie beim Empfang zur ihrer Amtseinführung kennen gelernt. Neben dem in Weimar so wichtigen Bereich der Kultur war er verantwortlich für die Schulen und für das Ressort Soziales. Zum Gespräch in seinem Büro hatte er die drei verantwortlichen Amtsleiter eingeladen, die er ihre jeweiligen Aufgabenfelder vorzustellen bat, ehe er sie wieder entließ, um das Gespräch mit der Kommissarin alleine fortzusetzen. Schon bald kamen sie zu konkreten Verabredungen: Sie planten Veranstaltungen zur Gewaltprävention in Schulen, vereinbarten einen kurzen Draht zwischen Stadtverwaltung und Polizei bei Vorfällen an den sozialen Brennpunkten der Stadt und ein koordiniertes Vorgehen bei Razzien gegen Drogenverdächtige, die, so das Gerücht, auf Weimarer Schulhöfen eine nachwachsende Klientel suchten. Zum Abschluss des Gesprächs überreichte Lenzner der Kommissarin ein von ihm selbst verfasstes Buch, einen großformatigen Weimar-Reiseführer mit vielen Fotos von Sabrina Santini, einer italienischen Starfotografin. Aydin war aufrichtig erfreut, sie blätterte im Buch und stieß auf ein ganzseitiges Foto des Rokokosaals der Herzogin Anna Amalia Bibliothek.

„Das ist neu gegenüber den früheren Auflagen", erläuterte Lenzner, „dort waren nur die Fotos vor dem Brand drin. Blättern Sie mal die Seiten vorher auf!"

Sie sah Bilder vom Bibliothekssaal vor dem Brand, von den viele Meter hoch aus dem Bibliotheksdach schlagenden Flammen, vom zerstörten Innenraum, von den Aufräumarbeiten und vom Richtfest des neuen Dachstuhls. Das Buch in Halle beim toten Antiquar, schoss es ihr in den Kopf. Sie holte den Zettel aus ihrer Handtasche, auf dem sie sich die geheimnisvolle Buchstabenfolge notiert hatte und hielt ihn kommentarlos Lenzner hin.

„Hm, sagt mir nichts, außer das doppelte A. Das ist das Siegel der Herzogin Anna Amalia. Das *Inc. 125* könnte eine Signatur sein."

Aydin dankte herzlich für das Geschenk und das Gespräch und machte sich auf den Weg zur Weimarer Polizeiinspektion. Dort gaben ihr die Kollegen die neuesten Ermittlungsergebnisse zu der Einbruchsserie bekannt. Sie ihrerseits unterrichtete den Chef der Weimarer Kriminalpolizeistation, Hauptkommissar Torsten Liepsch, vom Anruf aus Halle und bat ihn, sie zu dem für 14 Uhr vereinbarten Gespräch mit dem vom Bibliotheksdirektor delegierten Bibliothekar Matthias Brill zu begleiten. „Von ihm erhoffe ich mir etwas Erhellendes zu den Buchstaben aus Halle, die mir der Kollege genannt hat“, erläuterte sie Liepsch den Grund des Gesprächs, „wenn die Kollegen aus Halle den Buchrücken vorbeibringen, sollen sie ihn bitte direkt in die Bibliothek schaffen. Können wir zu Fuß zur Bibliothek gehen?“

Liepsch nickte: „In Weimar gibt es keine weiten Wege.“

Sie machten sich auf, warfen einen Blick in den neu errichteten Bücherkubus des Studienzentrums der Bibliothek und blieben noch eine Weile auf dem Platz der Demokratie stehen. Liepsch zeichnete der Kommissarin die dramatischen Stunden des 2. September 2004 nach, insbesondere aus Sicht der polizeilichen Maßnahmen.

„War die schwer zu überblickende Lage in dieser Nacht mit den vielen freiwilligen Helfern nicht eine günstige Gelegenheit für Diebe, sich an wertvollen alten Büchern zu bedienen?“

Die Frage Aydins irritierte Liepsch einen Augenblick, auch weil er sich noch einmal die Sicherungsmaßnahmen der Nacht vergegenwärtigen musste.

„Die Feuerwehr hatte Brandwachen eingesetzt. In der Brandnacht selbst war es unübersichtlich, das stimmt. Die erste Brandmeldung kam um kurz vor halb neun. Wenn ich mich richtig erinnere, hatten wir spätestens um 22 Uhr, als es völlig dunkel war, wahrscheinlich sogar schon früher, eine Absperrung um das gesamte Gebäude errichtet, mit unseren Leuten im Abstand von wenigen Metern. Da ist niemand mehr unkontrolliert durchgekommen. Außerdem hatten wir Streifenwagen mit Personenkontrollen an allen Straßen postiert, die aus der Altstadt führen. Wir mussten ja auch von Brandstiftung, von flüchtenden Tätern ausgehen. Wenn also jemand die Situation ausnutzen wollte, dann hätte er nur ein kleines Zeitfenster gehabt, sagen wir mal maximal die Stunde von 20.30 bis 21.30 Uhr. Er hätte nur Bücher kleineren Formats in einer Tasche oder einem anderen Behältnis mitnehmen können. Denn wenn jemand mit einem Folianten aus der brennenden Bibliothek davonstürmt, hätten auch Weimarer Bürger sofort Verdacht geschöpft. Außerdem waren ja auch noch unsere Streifenwagen da.“

Matthias Brill war nicht nur Bibliothekar, er sah auch so aus, wie man sich landläufig einen Büchermenschen vorstellt. Das Haar grau und licht, dafür ein umso längerer, voller Bart, die Brille in einem alten Design oder vielmehr ohne Design, einfach nur ein schwarzes Gestell mit Gläsern, der Tisch in seinem Büro übersät mit Büchern, Zetteln und Post. Bilder von früheren Bibliothekaren waren an den wenigen Freiflächen der Wände zu sehen, die im Übrigen mit überbordenden Bücherregalen zugestellt waren. Zu all dem Antiquierten passte einzig der Stuhl nicht, von dem er sich beim Eintreten der beiden Beamten erhob: Ein Freischwinger, der in seinen Ursprüngen auf die Bauhauszeit zurückging. Mit fahrigen Bewegungen versuchte er eine einladende Geste, ein Eremit in seinem Bücherschneckenhaus, aufgescheucht durch zwei Polizeibeamte, die er konfus bat, sich zu setzen, obwohl der einzig vorhandene Stuhl neben dem Freischwinger bis oben hin mit alten Büchern vollgepackt war. Aydin überlegte, ob sie sich auf den Bücherstapel setzen und den Weimarer Kollegen dann einladen sollte, auf ihrem Schoß Platz zu nehmen. Für einen Augenblick konnte sie ein Lachen nicht unterdrücken, was den Bibliothekar zusätzlich durcheinander brachte.

„Wir haben nur ein paar Fragen, Herr Brill", erläuterte Aydin jetzt stehend den Anlass ihres Kommens. Sie zeigte dem Bibliothekar den Zettel mit der Buchstabenfolge und erläuterte, woher sie die Kombination habe. Binnen Sekunden verwandelte sich der so unbeholfen Wirkende in einen wachen Geist, dessen Augen bei jeder Äußerung aufblitzten:

„Also, ähm, Frau Kommissarin, wenn da tatsächlich ein doppeltes *A* draufsteht, die beiden *A* mit einem ganz bestimmten Schwung, dann dürfen wir davon ausgehen, dass es sich um ein Buch aus unserem Bestand handelt. Sie sagten, es gibt nur den Buchrücken? Na gut. *Inc.* ist selbstverständlich ein Hinweis auf unsere Inkunabeln, also auf die Drucke des 15. Jahrhunderts, und Teil der Signatur. Das hat mein Kollege in Halle natürlich gleich richtig erkannt. Die Inkunabel-Nummer 125 ist, Moment", dabei blätterte Brill in einem alten Heft mit handschriftlichen Einträgen, „ja, ich wollte mich nur noch mal vergewissern, das ist die letzte vorlutherische gedruckte deutsche Bibel, und zwar genauer gesagt in niederdeutscher Übertragung, 1494 von Steffen Andres in Lübeck gedruckt."

„Wissen Sie denn, ob bei diesem Buch der Rücken fehlt?“, unterbrach die Kommissarin den jetzt sehr konzentriert wirkenden Bibliothekar.
„Das kann ich mir nicht vorstellen“, entgegnete er, „aber wenn Sie möchten, kann ich Ihnen das Exemplar gerne zeigen.“
Sie verließen das Büro und erfuhren beim Gang durch das Labyrinth der Bibliothek mit ihrem jetzt neuen Tiefmagazin unterhalb des Platzes der Demokratie etwas über die nunmehr vorzügliche Brandmelde- und Löschtechnik. Brill streifte sich weiße Handschuhe aus Kunststoff über, öffnete den Schuber und holte die Inkunabel aus dem Jahre 1494 heraus.
„Mehr als 500 Jahre alt!“, entfuhr es Liepsch, der wie seine Kollegin von der Ausstrahlung des alten Buches gebannt war. Der Bibliothekar wiederum war gerührt von der Faszination der beiden Besucher und taute noch mehr auf.
„Sie sehen, der Rücken ist tadellos erhalten. Außerdem hat er nicht diese Buchstabenkombination und den Pfeil. Was die bedeutet, ist mir insgesamt ein Rätsel, auch wenn ich zu einzelnen Buchstaben schon sagen könnte, wofür sie eventuell stehen. Aber ich zeige Ihnen noch was anderes.“
Er verpackte die niederdeutsche Bibel vorsichtig und zog dann aus einem anderen Schuber die erste Vollbibel in der Übersetzung Martin Luthers aus dem Jahr 1534.
„Die hat unser Direktor in einer dramatischen Aktion in der Brandnacht am 2. September 2004 gemeinsam mit einem Feuerwehrmann gerettet.“
Man merkte dem Bibliothekar den Stolz auf das Buch und auf die Rettungstat seines Vorgesetzten an. Aydin und Liepsch bestaunten die kolorierten Bilder aus dem Alten Testament.
„Was ist das für eine Szene?“, fragte die Kommissarin den Bibliothekar.
Zwei Säuglinge auf weißem Leinen lagen auf dem Fußboden vor den Stufen eines Palastes, an ihrer Seite jeweils eine Frau, und aus dem Palast kam der Herrscher. Brill erläuterte das Bild, das den König Salomo zeigte, wie er sein zum Sprichwort gewordenes Urteil fällt.
„Ein weiser Herrscher, dieser Salomo“, bestätigte Aydin.
Sie verließen die Bibliothek und setzten sich in den Innenhof des neuen Studienzentrums, wo Liepsch Kaffee aus der Bibliothekscafeteria orga-

nisierte. Noch einmal gab Aydin dem Bibliothekar den Zettel und bat ihn, über die Buchstabenfolge nachzudenken. In dem Moment hörten sie kräftige Schritte in Richtung des Eingangs. Zwei Polizeibeamte in Uniform waren es, Kollegen aus Halle, die den Original-Buchrücken dabei hatten. Mit einem „Ach so" und einem „Ja, also", im mehrfachen Wechsel, leise vor sich hingesprochen, betrachtete Brill mal den Notizzettel, mal den Buchrücken, mal schüttelte er den Kopf.
„Na", hakte nach einer Weile Aydin, die ihren schwarzen Moleskine gezückt hatte und den Stift für Notizen bereithielt, ungeduldig nach, „was erstaunt sie so offenkundig?"
Doch der Bibliothekar ließ sich Zeit, bat sogar darum, kurz in sein Arbeitszimmer zurückkehren zu dürfen, weil er dort etwas nachschlagen müsse. Nach einer Viertelstunde kehrte er zurück, schüttelte nochmals den Kopf und hob dann an:
„Also, zunächst mal zu dem doppelten *A*. Das ist das Zeichen der Herzogin, also die ersten Buchstaben von Anna und Amalia. Die beiden *A* sind sehr schwungvoll gezogen, genau wie bei den Supralibros der anderen Bücher, die der Herzogin gehörten. Doch ist das doppelte *A* in diesem Falle eine Fälschung. Denn wenn man genau hinschaut, erkennt man, wie der rechte untere Bogen der beiden *A* anders ausläuft als in all unseren Exemplaren, die wir in der Bibliothek haben. Zugegeben, eine gute Fälschung und auf den ersten Blick nicht so leicht erkennbar. Die Fälschung ist aber kaum neueren Datums. Denn dagegen spricht die schon teils abgeblätterte Goldprägung, auch bei den anderen Buchstaben. Das ist auch der Grund, warum ihr Hallenser Kollege, sehr geehrte Frau Kommissarin, ich will ihm nicht zu nahe treten und er ist ja kein Buchexperte, warum er aber einiges falsch gelesen hat. Hätte er nämlich genau auf die Prägespuren der Buchstaben und nicht auf die Goldreste geachtet, dann wäre er zu exakteren Angaben gekommen. So fehlt in der Transkription gleich schon der erste Buchstabe, ein *A*, dahinter steht, wie auch bei allen anderen Buchstaben ein Punkt. Soll ich Ihnen auch gleich sagen, wie ich die Buchstaben interpretiere?"
Aydin hatte atemlos zugehört und beeilte sich, zustimmend zu nicken, um den Redefluss des Bibliothekars am Laufen zu halten.
„Also, die Buchstaben sind, wie die Punkte dahinter unterstreichen, Abkürzungen. Sie sind zu Paketen geordnet, die jeweils eine Botschaft

enthalten. *A.T.S.* ist das erste Paket. Vermutlich steht es für Arcana Templis Salomonis und ist ein Hinweis auf die Geheimnisse des Tempels, den Salomo erbaut hat. Um dieses Geheimnis reißen sich seit dem Tempelbau die unterschiedlichsten Bünde und Gruppierungen."

„Können Sie uns da einige nennen?", hakte die Kommissarin nach.

„Als erstes dürften jüdische Organisationen ein großes Interesse haben. Vor allem orthodoxe Kreise, die damit den Anspruch auf den Tempelberg in Jerusalem untermauern könnten, insbesondere gegenüber muslimischen Argumenten. Denn jetzt stehen auf dem Tempelberg, wie Sie sicher wissen, herausragende islamische Bauwerke, der Felsendom und die al-Aqsa-Moschee. Allerdings haben orthodoxe Juden zugleich ein distanziertes Verhältnis zu eben diesem Tempelberg und betreten ihn nicht. Ihrem Glauben nach hat dort Gott selbst im Allerheiligsten des Tempels unter Salomo Wohnung bezogen und sie fürchten sich davor, Gott zu nahe zu treten. Darin bestärkt sie die jüdische Geschichte. Denn als unter einem der heidnischen römischen Kaiser im Jahre 363 nach Christus der Wiederaufbau des Tempels begann, soll die Erde gebebt haben, Feuer entstand, unerklärliche Phänomene zeigten sich. Die Bauleute jedenfalls sollen damals geflohen sein und der Tempelbau fand keine Fortsetzung. Ja, also, neben jüdischen Organisationen haben auch esoterische Bündnisse wie die Rosenkreuzer oder die Freimaurer, aber auch katholische Traditionalisten wie die Jesuiten im Laufe der letzten Jahrhunderte Interesse an diesem Geheimnis des Tempelbaus angemeldet. Wir wissen da wenig Konkretes, aber offenbar vermuteten diese Organisationen in dem so genannten Meisterwort des Hiram, so heißt nach der Bibel der Baumeister des Tempels, eine Art Welterklärungsformel. Wenn jemand für Gott eine Wohnung plant, dann muss er auch wissen, wozu Gott die Welt geschaffen hat und was also ihr oberstes Bauprinzip ist."

Brill war anzumerken, wie eingehend er sich mit dieser Materie befasst hatte. Die Kommissarin vergaß, sich Notizen zu machen, so gefesselt war sie von den Ausführungen des Bibliothekars, auch unabhängig vom konkreten Mordfall in Halle.

„Wie Sie uns an der Bibel, die Luther übersetzt hat, vorhin gezeigt haben", warf sie ein, „ist Salomo dort ja als weiser Herrscher dargestellt. Seine Weisheit ist vielleicht als Abglanz der Weisheit Gottes zu deuten.

Eine Weisheit, die dann im Tempelbau ihre anschauliche Umsetzung fand", ergänzte sie den Bibliothekar, der regungslos auf den Buchrücken starrte.
„Ja", pflichtete er ihr tonlos bei, „die Christen haben dann die Vorstellung vom Tempel weiter entwickelt. Sie haben sie auf jedes einzelne Leben übertragen: Gott hat nicht nur den Tempel in Jerusalem, sondern auch jeden einzelnen Menschen, also auch mich ganz persönlich so und so gebaut und hat das und das mit mir vor. Was die Menschen immer so verzweifeln lässt, die Frage nach dem Wohin des Lebens, sie könnte hier eine Antwort finden. Die Christen beziehen sich auf das Paulus-Wort, dass der menschliche Leib der Tempel Gottes sei. Aber das führt jetzt vielleicht zu weit."
Die Kommissarin nickte.
„Die Rosenkreuzer, die Freimaurer, die Jesuiten habe ich mir noch notiert. Können Sie mir deren Beziehung zu den Geheimnissen des Tempelbaus kurz erläutern?"
Der Bibliothekar tat das ausführlich, und die Beamten staunten über sein stupendes Wissen. Nur ihre Frage, ob diese Bünde und Gruppierungen auch heute noch aktiv seien, konnte er nicht genau beantworten.
„Also, die Freimaurer, die agieren heute noch weltweit. Wir hatten hier in Weimar 2002 eine große Ausstellung zum Thema ‚Geheime Gesellschaft. Weimar und die Freimaurer'. Sie glauben gar nicht, wie viele Briefe von offenbar aktiven Freimaurern uns zu dieser Ausstellung erreicht haben. Von großem Lob bis zu wütenden Angriffen ist alles dabei gewesen." Brill kraulte sich den Bart und sah ins Leere.
„Wütende Angriffe? Haben Sie die Briefe noch?", wollte Aydin wissen. Der Bibliothekar zuckte mit den Schultern, es könne sein, dass die beim Brand 2004 und dem hektischen Umzug danach abhanden gekommen sind. Aber er wollte nachschauen. Zu den Jesuiten erzählte er, die habe der Papst zwar mal von 1773 bis 1813 verboten, doch heute betrieben sie Universitäten und seien eine große Fraktion innerhalb der katholischen Kirche, wenn auch nicht mehr von der zentralen Bedeutung wie in früheren Jahrhunderten. Inwieweit sie an solch eher esoterischen Dingen wie dem Salomonischen Tempelgeheimnis noch in diesen Tagen interessiert waren, entzog sich seiner Kenntnis. Auch

wusste er nicht, ob die Rosenkreuzer heute noch Nachfolger hatten. Irgendetwas müssen wir ja auch noch zu tun haben, sagte sich Aydin.
„Allerdings“, setzte der Bibliothekar nach einem Schluck kaltem Kaffee wieder an, „ist die Verbindung zu den Rosenkreuzern in Zusammenhang mit unserem Buchrücken von besonderem Interesse. Denn das *R* und das *C* sind eindeutig deren Kürzel.“
Aydin hatte sich ihren Assistenten Robert Leicht für besondere Recherchen auserkoren, nachdem sie gesehen hatte, wie schnell er bei den Ermittlungen zur Einbruchsserie Informationen über das Internet oder andere Kanäle beschaffte. Noch auf der Rückfahrt nach Jena wollte sie ihn bitten, bis morgen zu eruieren, ob es noch aktive Rosenkreuzer gebe, was deren Ziele seien, wie man an deren Namen komme und ob ein Wilfried von Radestock in Halle dazugehört hatte. Ihr war klar, dass der Hallenser Fall nicht in ihrer Zuständigkeit lag. Die Staatsanwaltschaft und die Kripo in Halle hatten die Fäden in der Hand. Die Hilfe aus Weimar und Jena hatten sie auf dem kleinen Dienstweg erbeten, mehr auch nicht. Aber sie wäre, so dachte sie, eine schlechte Kommissarin, wenn ihr nicht die Aufklärung eines Verbrechens wichtiger wäre als irgendwelche klar abgegrenzten Zuständigkeiten. Ich muss, sagte sie sich, nur vorsichtig sein und den Kollegen in Halle so oft wie möglich mit einbeziehen. So oft wie möglich, das bedeutete auch: Manchmal ging es nicht und sie musste als Einzelkämpferin arbeiten. Außerdem hatte sie an der Seite von Kriminaldirektor Brückner, ihrem früheren Chef in Mannheim, gelernt, auf die Instinkte zu vertrauen. Und ihr Instinkt sagte ihr, dass am Fall des ermordeten Antiquars in Halle auch ein Verbrechen in Weimar hing. Noch konnte sie es nicht genauer definieren. Aber sie musste dranbleiben, recherchieren, befragen, und irgendwann würde sich der Knoten lösen. Sie durfte nur nicht ungeduldig werden, auf konkrete Ergebnisse drängen, sie musste verwunderte Blicke ihrer Mitarbeiter aushalten, wenn diese nicht wussten, in welche Richtung sie eigentlich ermittelten, ohne klares Tatgeschehen oder Täterprofil …
„Hallo, hören Sie mir überhaupt noch zu? Ich habe auch noch anderes zu tun“, holte sie ein leicht eingeschnappter Bibliothekar Brill in das Gespräch oder vielmehr in seinen Vortrag zurück. Aydin entschuldigte sich und Brill fuhr, anfangs noch mit etwas beleidigtem Unterton, fort:

„Die weitere Buchstabenfolge ist auch eine andere, als Ihr Kollege entziffert hat. Sonst wäre ich natürlich gleich auf die Lösung gekommen. Also, es heißt *HA*, dahinter steht ein Bindestrich, dann S mit Bindestrich, und dann ein D. Also insgesamt: *HA-S-D*. Das ist das Kürzel des berühmten Verfassers der Weltchronik von 1493, Hartmann Schedel. Eine Inkunabel, die wir ebenfalls", jetzt war die Stimme des Bibliothekars wieder fest und klar, „in unserer Bibliothek besitzen. Ja, und 1143 könnte eine Jahreszahl sein."
Er erläuterte nun die Inhalte der Weltchronik, die sieben Weltalter von der Erschaffung der Welt bis zum Blick in die Zukunft, dem Untergang der Welt und dem Jüngsten Gericht. Auch auf die Rolle des Königs Salomo in der Weltchronik ging er kurz ein.
Komisch, schon wieder taucht der Name des Königs Salomo auf, überlegte Aydin. Sie wagte es nicht, den Bibliothekar zu unterbrechen, da sie befürchtete, er werde sich schmollend weiteren Auskünften verweigern. Irgendwie spürte sie, etwas Besonderes werde ihm noch einfallen, was sie weiterbringen könnte.
„Was nun, um die Sache abzuschließen, das Erstaunliche an dem ganzen Buchrücken ist, das ist die Signatur. Die heißt nämlich nicht, wie ihr Kollege entziffert hat, *Inc. 125*, sondern *Inc. 122a*. Da hat ihr Kollege einfach schludrig gelesen."
Brill sah die Kommissarin herausfordernd an, als sei die Erkenntnis von Reimanns falscher Lesart die entscheidende Botschaft. Schon wollte sie ihn fragen, was es mit der Inkunabel 122a auf sich habe, da sagte er trocken:
„Die gibt es nicht."
„Wen gibt es nicht?" Die Kommissarin stutzte.
„Die 122a. Wir haben sehr wohl die Inkunabel 122. Und die ist mit Rücken bei uns vorhanden. Ich habe sie gerade vorhin, als ich irrtümlich die 125 suchen musste, mehr zufällig in der Hand gehabt. Alles in unverändertem Zustand. Da fehlt kein Rücken, da sind keine Einträge auf dem Rücken. Nichts von alledem. Ihr Buchrücken mit dem gefälschten Herkunftsnachweis und der Buchstabenfolge gehört jedenfalls nicht zur Inkunabel 122. Und eine Inkunabel 122a, was ja dann wohl eine zweite Ausgabe der Schedelschen Weltchronik wäre, besitzen wir nicht."
„Sind denn Ausgaben dieser wertvollen Weltchronik heute noch auf

dem Markt, also kann man die denn beispielsweise in einem Antiquariat noch kaufen?", fragte Aydin und bemerkte ein leicht spöttisches Lächeln Brills beim Wort „wertvoll".

„Wertvoll! Das sind absolute Raritäten weltweit. Bedenken Sie: Die gesamte Auflage des Buches betrug, die lateinische und die deutsche zusammengenommen, nur etwas über zweitausend. Seitdem sind mehr als 500 Jahre vergangen. Mit unzähligen Kriegen, Plünderungen, Bränden. Aber alle diese Geschehnisse haben der Weltchronik nicht so viel Schaden zugefügt wie der Kapitalismus."

Aydin stutzte, ihr Kollege Liepsch schaute verlegen auf den Boden. War dieser Bibliothekar noch ein Relikt aus der Zeit der DDR? Wieso war der Kapitalismus noch mehr schuld am Untergang der Schedelschen Weltchronik als alle die Kriege? Brill bemerkte den kritischen Blick der Kommissarin, fuhr aber ungerührt fort:

„Der Kapitalismus hat zum Ziel, möglichst viel Geld aus Menschen oder Gegenständen herauszuholen. Im Falle der Weltchronik haben gierige Händler das Buch auseinandergenommen und die wertvollen Holzschnitte von Stadtansichten einzeln verkauft."

Aydin, die ihr ganzes Leben bisher in der alten Bundesrepublik und dann im Westen des wiedervereinigten Deutschland verbracht hatte, fühlte sich zum Widerspruch veranlasst. Sie erkannte in den Worten des Bibliothekars eine Provokation, die er gar nicht beabsichtigt hatte. Schon wollte sie ihn fragen, ob denn die staatlichen Antiquariate der DDR nicht genauso verfahren seien, um an Devisen zu kommen, beherrschte sich aber. Sie durfte, das hatte sie schon bald gemerkt, den Bibliothekar als Informanten nicht verlieren. Und außerdem war es wichtig, sich in die Mentalität der Menschen im Osten Deutschlands einzufühlen. Wenn sie es sich genauer überlegte, der Bibliothekar hatte ja in gewisser Weise Recht. Geld dominierte sehr oft das Denken der Menschen und war neben Eifersucht, Machtwunsch und Rache eines der großen Motive für Gewalttaten.

„Noch eine Frage, Herr Brill, ich muss das fragen, auch wenn es merkwürdig klingt. Haben Sie in Ihrer Bibliothek Nachweise, wer wann welches Buch ausgeliehen hat? Konkret also, ob jemand mal das Buch mit der Signatur *Inc. 122a*, das es ja gar nicht gibt, auszuleihen versucht hat?"

„Auch bei uns gibt es Datenschutz", reagierte der Bibliothekar zu Aydins Überraschung gelassen. „Und Datenflut. Wo kämen wir hin, wenn wir alle Leihnehmer von allen Büchern speichern. Allerdings geschieht das bei den sogenannten ‚Rara', also den älteren und besonders kostbaren Büchern. Wir können dann Lesersoziologie betreiben. Auch wenn etwas in diesen Büchern fehlt, eine Beschädigung entdeckt wird oder gar das Buch wegkommt, können wir so Aufschlüsse über eventuelle Täter erhalten. Da es die *Inc. 122a* nicht gibt, wird es auch keine Leihnachweise geben. Aber in unserer Ausleihe arbeitet Frau Seyfarth. Sie hat ein phänomenales Personengedächtnis und kann Ihnen vielleicht helfen. Falls jemand ein Buch leihen wollte, das es nicht gibt."

Brill war anzusehen, wie wenig er glaubte, jemand habe allen Ernstes ein Buch mit dieser Signatur ausleihen wollen. Auf dem Weg zur Ausleihe fragte Aydin den Bibliothekar, ob er irgendeine Vorstellung habe, wie der Buchrücken aus der Herzogin Anna Amalia Bibliothek in ein Hallenser Antiquariat gelangt war.

„Nein, habe ich nicht", räumte er ein, „wenn Sie mich fragen: Dieser Rücken und ein eventuell dazugehöriges Buch waren nie in unserer Bibliothek. Denn das zu der Signatur gehörige Buch gibt es nicht, ich wiederhole mich. Und die Signatur ist gefälscht."

Ist ja schon gut, dachte die Kommissarin und war froh, Frau Seyfarth gegenüberzustehen.

„*122a*, also Moment mal, da war was, ja", erinnerte sich die Bibliothekarin nur langsam und undeutlich, „das ist allerdings schon Jahre her. Ja, Moment, das war noch vor dem Umzug, kurz davor. Genau, da war jemand, der ein Buch mit dieser Signatur wollte."

Matthias Brill schaute ungläubig zu seiner Kollegin, während Aydin die Spannung kaum aushielt.

„Wer?", hauchte sie Frau Seyfarth zu, um deren Konzentration nicht zu stören.

„Moment, ja, da war dieser amerikanische Student mit der roten Mütze. Oder war er nicht noch Schüler? Na egal, Namen weiß ich nicht mehr, der war hier eine Zeit lang im Lesesaal. Und eines Tages hat er einen Leihschein nur mit dieser Signatur eingeworfen. Ohne Verfasser, ohne Titel, ohne Erscheinungsjahr. Erst wollte ich den Leihschein schon wegwerfen, weil ich dachte, da will uns jemand auf den Arm

nehmen. Aber ich kannte den Namen unter dem Leihschein ja. Und als er dann kam, um das Buch in Empfang zu nehmen, da habe ich ihm gesagt, dass Inkunabeln nicht ausleihbar und auch im Lesesaal nur aus wichtigem Grund einzusehen sind. Als ich ihm dann noch mitteilte, die 122a gebe es nicht, sondern nur die 122, und das sei die Weltchronik des Hartmann Schedel, da hat er mich ungläubig angestarrt."
„Haben Sie ihn denn nicht gefragt, wie er auf die Signatur gekommen ist?", wollte Aydin wissen.
„Wahrscheinlich schon. Aber sehen Sie, das ist Jahre her, ich habe täglich Hunderte von Bestellungen ..."
„Schon gut, Frau Seyfarth", stimmte Aydin zu, „ich bin froh, dass Sie sich überhaupt an diesen Fall erinnern. Könnten Sie den Amerikaner eventuell beschreiben oder mithelfen, ein Porträtbild von ihm zu erstellen?"
„Nein, da muss ich passen, ich habe zwar ein gutes fotografisches Personengedächtnis. Aber nach so langer Zeit geht das nicht. Allerdings fällt mir ein: Das Buch mit dieser Signatur wollte zur selben Zeit noch jemand haben. Ein Mann. Aber beim besten Willen weiß ich nicht mehr, wie der aussah. Der hat sich, als ich ihm verwundert sagte, die Signatur gebe es nicht und die gleiche Signatur hätte am selben Tag schon jemand angefordert, ganz schnell davongemacht. Ich habe dann auch gemerkt, dass der Name, der auf dem Leihzettel stand, bei uns nicht als Nutzer registriert war."
Eine Pause entstand. Aydin zwang sich, die Stille auszuhalten. Denn es war gut möglich, dass in diesen Momenten die Erinnerung der Bibliothekarin arbeitete und vielleicht noch einen wichtigen Hinweis brachte. Torsten Liepsch schaute leicht ungeduldig auf die Uhr. Aydin bemerkte es, ließ sich aber nicht verunsichern. Die Stille jetzt bringt mehr als ein Dutzend Befragungen, hoffte sie. So standen sie sich wie ein modernes Genrebild im Eingangsbereich des Studienzentrums stumm gegenüber, Aydin und Liepsch auf der einen Seite, Frau Seyfarth an ihrem Ausleihtresen auf der anderen, neben ihnen der Bibliothekar Brill, der sich an seinem grauen Bart festhielt. Nur die leisen Gespräche an der Ausleihe, die eine Kollegin von Frau Seyfarth mit Bibliotheksnutzern führte, gaben der Stille einen sonoren Grundton.
„Da war noch was", sagte nach einer langen halben Minute Frau

Seyfarth, „eigentlich müssten Sie sich auch daran erinnern, Herr Brill."

Der Bibliothekar schaute verwundert auf.

„Da kam doch ein Brief mit der Anfrage nach der *Inc. 122a* damals, kurz vor dem Umzug. Der ging an die Direktion und wir hatten den Auftrag, den Vorgang zu prüfen. Moment mal, kam der nicht aus Israel?"

„Stimmt, ja, jetzt wo Sie es sagen", pflichtete Brill bei, „der Brief! Aber der kam doch nicht aus Israel, sondern, wenn ich mich nicht irre, von einer jüdischen Organisation aus den USA."

„Wissen Sie, ob es diesen Brief noch gibt? Und wann kam die Anfrage?", fragte Aydin und ihre grünen Augen erschienen noch etwas größer als sie es ohnehin schon waren.

„Das weiß ich wegen des besonderen Termins noch ziemlich genau", erinnerte sich Brill, „der Brief kam als Eilschreiben, und zwar kurz vor dem 2. September 2004, dem Tag des Bibliotheksbrands. Wenn ich richtig informiert bin, hatte Herr Setzpfand von der Direktion die Kolleginnen an der Ausleihe beauftragt, die Anfrage zu bearbeiten. Damals haben wir uns doch gewundert, wie jemand eine gar nicht existierende Signatur anfragen konnte, ohne irgendwelche Angaben zu dem Buch selbst. Wenn wir gewusst hätten, das bei Ihnen noch weitere Anfragen zu dieser Signatur eingegangen sind, Frau Seyfarth, dann hätten wir die Sache vielleicht mehr beachtet. Haben Sie denn die Direktion über diese Anfragen informiert?" Bei der Frage hatten sich Brills Lippen zu einem Strich zusammengezogen und man erkannte unter dem grauen Bart kaum noch einen Mund.

Frau Seyfarth strich sich eins ihrer langen Haare aus dem Gesicht und wollte gerade mit einer Verteidigungsrede anfangen, doch Aydin ging dazwischen.

„Das dürfte fünf Jahre nach dem Geschehen nicht mehr von Belang sein. Außerdem hätte Frau Seyfarth wohl viel zu tun, wenn sie jede auffällige Bestellung gleich der Direktion melden würde. Wo können wir Herrn Setzpfand finden?"

Der sei mittlerweile im Ruhestand, erläuterte Brill. Die Polizeibeamten bedankten sich für das Gespräch bei den beiden Bibliotheksangestellten und ließen sich mit einem Streifenwagen in die Cranachstraße fahren. Aydin bewunderte, während sie bei Setzpfand geklingelt hatten

und warteten, den Baustil der vielen dort erhaltenen Häuser aus der Gründerzeit, zum Teil mit Ornamenten des Jugendstils.
Der pensionierte Bibliothekar erinnerte sich sofort an das Schreiben aus den USA, es sei von einem Professor aus Texas gekommen. Er habe angefragt, ob das Buch mit der Signatur 122a für eine Ausleihe in die USA, zum Beispiel ins Jewish Museum nach New York, in Frage komme. Man habe Hinweise, dass in diesem Buch wichtige Hinweise zur jüdischen Geschichte enthalten seien. Eventuell seien diese Angaben handschriftlich eingefügt, vielleicht auch an verstecktem Ort. Wenn keine Ausleihe möglich sei, fragte er ersatzweise an, ob er in das Exemplar in Weimar Einsicht nehmen könne. Falls das Buch über den geheimen Eintrag verfüge, wären ihm und seinen Organisationen sehr daran gelegen, diesen Eintrag als Erste zu sehen. Man sei bereit, viel Geld zu zahlen, auch, falls die Weimarer Bibliothek sich das vorstellen könne, für den Ankauf des Buches.
„Und haben Sie dem Professor geantwortet?“, fragte die Kommissarin.
„Ja, aber nur mit einer E-Mail. Ich war mir nicht sicher, ob uns da jemand auf den Arm nehmen wollte. Denn die Signatur *Inc. 122a* gibt es gar nicht. Nur die 122, die Schedelsche Weltchronik. Aber da enthält das Weimarer Exemplar keine handschriftlichen Einträge, so wie sie der Professor beschrieb.“
Setzpfand konnte sich nicht mehr an den Namen des Professors erinnern, auch habe er den größten Teil seiner Mails mit dem Abschied aus dem Dienst gelöscht, so auch die an den Professor. Der Brief des Professors selbst sei in den Wirren des Brandes verloren gegangen, er habe ihn offen auf seinem Schreibtisch liegen gehabt und durch das Öffnen des Fensters in seinem Dienstzimmer seien eine ganze Reihe Schreiben entweder in den knöchelhoch stehenden Löschschaum oder ins Freie geweht worden. Immerhin wusste er noch, dass auf dem Brief des Professors eine Adresse in Austin angegeben war. Noch eine Aufgabe für Robert Leicht, sagte sich Aydin.
„Puh, mir brummt schon richtig der Kopf vor lauter Informationen, die man uns in den letzten Stunden vermittelt hat“, stöhnte Liepsch, als sie wieder im Auto saßen.
„Ja“, bestätigte Aydin, „das ist schon verwirrend. Aber haben Sie nicht auch das Gefühl, dass wir einem Geheimnis auf der Spur sind?“

Sie verabschiedeten sich auf dem Innenhof der Weimarer Polizeidienststelle und Aydin stieg in ihr Auto. Auf der Rückfahrt nach Jena versuchte sie, die vielen Informationen für sich zu sortieren. Am klarsten erkennbar war der Bezug zur Signatur *Inc. 122a*. Sie bezog sich demnach auf einen alten Druck, der in der Bibliothek gar nicht existierte. Mindestens drei Personen hatten ein brennendes Interesse daran: Ein junger Amerikaner, ein unbekannter Mann, der ebenfalls 2004 an der Ausleihe in Weimar war, und ein Mann in Austin/Texas. Brennend, das war auch das Stichwort für den anderen Bezug: Offenbar stand der Wunsch nach diesem Buch auch im Zusammenhang mit dem Bibliotheksbrand, ob eher zufällig oder direkt damit verbunden, war noch nicht auszumachen. Auf der anderen Seite gab es einen toten Mann in Halle, der mit alten Büchern handelte und der kurz vor seinem Tod mit einem Buch oder einem Teil eines Buches beschäftigt war. Dessen Herkunft aus der Weimarer Bibliothek war zwar zweifelhaft, aber nicht ausgeschlossen. Zumindest hatte vor längerer Zeit jemand versucht, mit dem Kürzel des doppelten *A* den Eindruck zu erwecken, das Buch stamme aus dem Bestand der Anna Amalia. Rosenkreuzer, Freimaurer, Jesuiten, jüdische Organisationen in den USA, das waren alles nur vage Andeutungen, die aber der Kollege Leicht mal näher beleuchten sollte, insbesondere wie weit diese Organisationen heute noch aktiv waren und welche Bezüge sie zu einem Geheimnis hatten, das mit dem Tempelbau Salomos vor bald dreitausend Jahren zusammenhing. So absurd diese Zeitspanne angesichts eines heutigen Verbrechens war, sie hatte auf der Polizeihochschule gelernt, man dürfe nie etwas für zu abwegig halten, wenn es um die Aufklärung einer Tat ging. Die Abgründe der menschlichen Seele ermöglichten Motive, die man mit normalem Verstand kaum nachvollziehen konnte. Auch sollte Leicht die Jahreszahl 1143 überprüfen.
Das Telefon klingelte und sie drückte auf den Knopf der Freisprechanlage. Der Kollege Reimann aus Halle berichtete über die neuesten Ergebnisse. Der oder die Täter waren im Hallenser Antiquariat professionell vorgegangen, die Leute im Labor waren aber zuversichtlich, DNA-Material sicher zu stellen. Gerade auch der Buchrücken gab das wohl her. Von Radestock, der Antiquar, war spezialisiert gewesen auf Bücher aus den Bereichen Alchemie, Magie, Mystik, kurzum auf das, was man

heute Esoterik nennt. Die Bücher, mit denen er handelte, waren zu einem erheblichen Teil sehr alter Provenienz, bis ins 16. Jahrhundert zurückgehend. Seine Kundschaft wohnte vor allem im Ausland, von den USA und Kanada bis Japan, von Russland bis nach Südafrika. Eine seiner Spezialitäten waren ganz offenkundig Bibliotheksexemplare gewesen. Viele der Bücher, die er in seiner Wohnung hatte, trugen einen entsprechenden Stempel, also zum Beispiel aus alten Klosterbibliotheken wie der von Stift Melk an der Donau oder der Benediktinerabtei Plankstetten, aber auch aus wissenschaftlichen Sammlungen wie der Universitätsbibliothek in München.
Ob er diese Bücher legal erworben hatte, weil die Bibliotheken sie doppelt besaßen, oder ob sie gestohlen waren, konnte man jetzt noch nicht definitiv sagen. In jedem Falle war in seiner Kartei kein Buch mit der Signatur *Inc. 125* oder einer ähnlichen Signatur verzeichnet. Entweder er hatte es erst vor kurzem erhalten oder es war so geheim, dass er es nicht mal in seiner eigenen Kartei erfassen wollte. Natürlich hatte man die Geschäftsleute aus der Nachbarschaft befragt, ob in den vergangenen Tagen irgendwelche Personen in Zusammenhang mit dem Antiquariat aufgefallen waren. Die Vietnamesen aus dem Obst- und Gemüseladen hatten ein paar Tage vorher einen vielleicht zehnjährigen Jungen beobachtet, der mit einer Frischhaltebox in das Geschäft gegangen und ohne sie wieder herausgekommen war. Er hatte sehr vergnügt gewirkt und bei ihnen einen Obstsalat gekauft, den er mit einem Zwanzig-Euro-Schein bezahlte. Sie würden den Jungen wiedererkennen und man war dabei, ein Phantombild zu erstellen, um dann an Hallenser Schulen dezent nachzufragen, ob dieser Junge bekannt war.
Was Kommissar Reimann nicht wusste und daher der Kollegin Aydin nicht mitteilen konnte: Herr Fridolin Hempel hatte am Tattag nach seinem ausgiebigen Frühstück den Computer eingeschaltet und an seinen Bekanntenkreis eine Rundmail mit einem ausführlichen Bericht über das Geschehene versandt.
Ach, was war das für eine wunderbare Errungenschaft, das Mailen! So wussten binnen Sekunden die Cousine in Dortmund, der Neffe in Paris, die Schulkameraden Willi in Delitzsch, Otto in Düben und Hans in Möckern von dem Vorfall. Eine Leiche mit ausgestochenen Augen

und ohne Nase und Oberlippe, na, wenn das nicht mal was Aufregendes war! Und er, der 73-Jährige, agierte mittels Internet weltweit!

VII

Im Oktober 1779

Schwer kämpften sich die Räder der Reisekutsche durch die morastigen Wege. Der unaufhörliche Regen der vergangenen Tage hatte den Untergrund aufgeweicht und Matschklumpen spritzten bis zu den Fenstern. Fand sich mal ein Stück festeren Wegs, übertrug sich bei jeder Unebenheit der Schlag auf die Achse direkt auf das Gesäß der Insassen. Nein, Reisen mit einer Kutsche war eine Tortur, und nur mit einem verlockenden Ziel vor Augen ließ es sich leidlich aushalten.

Verlockendes Ziel, für Goldschmiedemeister Johann Nepomuk Immermann waren Wut- und Rachegefühle der Antrieb seiner Reise. Diesem Ignatius Furrer wollte er gegenüberstehen, Aug in Aug! Ihm wollte er klarmachen, was er mit seiner Pfuscherei und Scharlatanerie angerichtet hatte! Vor allen Leuten wollte er ihm das in aller Deutlichkeit und weithin hörbar vortragen, seinen Ruf nachhaltig beschädigen wollte er. Nicht noch weitere Opfer wie seine Tochter sollte es geben!

Ein gewaltiger Schlag riss Immermann aus seinen finsteren Gedanken. Die Kutsche war zum Stehen gekommen, in Schräglage. Immermann war unfreiwillig auf einen Mitreisenden gerutscht, die Arme verkreuzten sich ungewollt ineinander wie bei einem sich wild küssenden Liebespaar. Die Reisegesellschaft stieg aus. Die beiden männlichen Reisegäste und der Kutscher versuchten, die Kutsche aus dem Graben zu schieben. Doch die Achse war gebrochen. Alles half nichts: Die Havarie zwang die Reisenden im Gasthaus „Zum Goldenen Hirschen“ in Naumburg zu einer Zwangspause. Die Ersatzkutsche stand erst am nächsten Morgen zur Verfügung.

Bei einem Glas trockenen Unstrutweins kam der Weimarer Goldschmied mit dem Herrn ins Gespräch, den er beim Achsenbruch unfreiwillig unter sich begraben hatte. Der stellte sich als Johann Jakob Bünzli aus Basel vor, von Profession Erforscher der Alpenpflanzen. Ein

Manuskript habe er bei sich, erzählte der Schweizer leutselig, das er dem größten deutschen Verleger und Buchhändler, dem Herrn Philipp Erasmus Reich in Leipzig, vorstellen werde.
„Seit Albrecht von Hallers großem Alpengedicht aus dem Jahre 1729 und seit Jean-Jacques Rousseaus Gedanken zum Naturzustand hat Literatur über die Alpen Konjunktur. Die vergangenen Sommer habe ich auf einer Sennhütte gelebt und bin tagtäglich, wenn es die Witterung zuließ, über die Alpenwiesen gezogen. Dort habe ich Hunderte Pflanzen, die nur hier zu finden sind, gezeichnet und kategorisiert. Ein Künstler muss die Zeichnungen nur noch in Kupfer stechen, dazu kommen meine botanischen Beschreibungen, ein wunderbares Werk entsteht auf diese Weise, das nicht nur alle Bibliotheken, sondern auch der interessierte Privatmann sich zuzulegen bedacht sein werden." Bei diesen Worten zog Bünzli das Manuskript aus seiner Tasche und zeigte Immermann stolz die Ergebnisse seiner Arbeit.
Die junge Bedienung in Naumburger Tracht brachte ihm bereits den fünften Schoppen. Bünzli flößte der gute Tropfen immer mehr Vertrauen zum Goldschmiedemeister ein, obwohl der kaum ein Wort sprach und nur ab und zu mit bewundernden Zwischenlauten den Redefluss des Schweizers anstachelte. Bünzli schaute sich unvermittelt in der von Pfeifenrauch vernebelten Gaststube um, senkte dann die Stimme, um Immermann verschwörerisch zuzuraunen:
„Außerdem will ich den Schrepfer-Nachfolger in Leipzig erleben!"
Immermann sah ihn fragend an. Ob seines geheimen Wissens fuhr Bünzli triumphierend fort:
„Haben Sie denn nie was vom berühmten Kaffeehauswirt Johann Georg Schrepfer gehört?"
Der Schweizer erzählte dem Goldschmied ausführlich, hinter vorgehaltener Hand, um den vertraulichen Gehalt zu bestärken, von Schrepfers magischen Fähigkeiten, von dessen bürgerlicher und adeliger Klientel, kurzum von Schrepfer als Ereignis, das so jäh mit dessen mysteriösem Tod im Leipziger Rosental im Jahre 1774 endete. Dieser Schrepfer, er war nach Bünzlis Meinung ein wahrer Teufelskerl gewesen, oder vielmehr einer, der auch über den Teufel Macht hatte und der Tote wieder ins Leben rief. Er hatte mit seinen Wundertaten in dunkle Abgründe hineingeleuchtet und ein beredtes Zeugnis abgelegt für die doppelte

Wirklichkeit, nämlich die vor Augen liegende, jedem einsehbare, und die dunkel-mystische, nur wenigen zugängliche. Der Leipziger Café-Besitzer war aber, so Bünzli, beileibe nicht der einzige, der sich durch übernatürliche Fähigkeiten auszeichnete. Auch der berühmte Doktor Franz Anton Mesmer aus Konstanz hatte ein Verfahren naturwissenschaftlicher Art kreiert, den so genannten Tierischen Magnetismus, der in seinen Wirkungen gigantisch war: Magnetische Ströme entrückten und entzückten Patienten nach einer Phase der Krise. Bestimmte astronomische Konstellationen begünstigten zusätzlich die Heilungsprozesse.

Immermann hatte sich bei diesen Ausführungen immer mehr aufgerichtet, der Blick war starr auf den Schweizer gerichtet. Magnetische Ströme, er dachte an den Magneten, den ihm Furrer beim Abschied aus Weimar in die Hand gedrückt hatte. Hatte der nicht auch von einer Phase der Krise gesprochen? Henriette trat vor sein inneres Auge, auf seine Stirn zog eine tiefe Längsfurche oberhalb der Nasenwurzel. Bünzli führte den Anblick Immermanns auf bewunderndes Interesse und konzentriertes Zuhören zurück. Beflügelt fuhr er fort:

„Dann gibt es, neben Schrepfer und Mesmer, noch einen dritten im Bunde dieser Wunderheiler und Magier, den ich Ihnen, verehrter Freund aus Weimar, nennen muss. Ich merke Ihren großen Wissensbedarf. Ja, sagen Sie nichts, ich kann mir vorstellen, dass in Ihr Städtchen so manches Weltwissen noch nicht gedrungen ist. Ewiges Los der Provinz, nicht verärgert sein! Eine Reise bildet, wie Sie sehen. Also der Dritte: Johann Joseph Gaßner, bei den Jesuiten ausgebildet und anno 1750 in Chur zum Priester geweiht. Vor wenigen Monaten ist er in Pondorf an der Donau verstorben. Auch ihn hatte eine höhere Macht begnadet, und zwar mit der Fähigkeit, Dämonen auszutreiben, die sich mittels einer Krankheit in Menschen eingenistet hatten. Wie viele Patienten hat er von ihrem Leiden erlöst! Gott hab ihn selig!“

Gaßner, überlegte Immermann, habe ich den Namen nicht in Furrers Buch in der herzoglichen Bibliothek gelesen? Indessen leerte der Schweizer seinen sechsten Becher Unstrutwein.

„Alle diese übernatürlichen Fähigkeiten sind Beweise“, nuschelte Bünzli sichtlich angetrunken in des Goldschmieds stark behaarten Ohrgang, „Beweise, dass Kant aus Königsberg sich irrt, wenn er meint,

der Mensch könne sich selbst aus seiner Unmündigkeit befreien. Dazu bedarf es auch Einblicken in die Mysterien, in das Außersinnlich-Erfahrbare. Einzelne überragende Heiler, Erwählte einer göttlichen Macht vermitteln uns diese Einblicke. Schrepfer, Mesmer, Gaßner. Hicks. Sonst bleibt alle Erkenntnis nur ein, um mit Paulus an die Korinther zu sprechen, dunkles Bild, das wir jetzt durch einen Spiegel sehen. Wollen wir aber nicht sehen von Angesicht zu Angesicht?"
Bünzli orderte den siebten Schoppen, öffnete den obersten Knopf seines Leibrocks und fuhr mit schwerer Zunge fort:
„Ich will aber nicht irgendwann im Jenseits von Angesicht zu Angesicht sehen, oder? Ich will jetzt das Gesicht sehen, das von einer jenseitigen Welt erleuchtet ist. Es gibt das Gesicht, und dieses Gesicht, hicks, dieses Gesicht, hicks, dieses Gesicht ..."
Immer wieder nahm Bünzli Anlauf, doch die Rede stockte partout wie ein Pferd vor einem vom Sturm gestürzten, den Weg versperrenden Baum, den zu übersteigen die Sprungkraft nicht ausreichte. Erst als er den neuen Schoppen in einem Zug ausgetrunken hatte und der achte vor ihm stand, versuchte er es aufs Neue.
„Dieses Gesicht hat einen Namen, er hält sich in Leipzig auf, der das Gesicht hat, er wird am 31. Oktober ein großes Geheimnis, ähm, also, hicks, offenbaren. Ach, Quatsch ist das natürlich, hicks, nicht ein Geheimnis, das Geheimnis ..."
Immermann entschied sich, den trunkenen Bünzli ins Nachtquartier zu verfrachten. Er legte den Arm Bünzlis über seine Schulter und bugsierte ihn, an der betreten nach unten blickenden Bedienung vorbei, die Stubentür hinaus und die Treppe zu den Gastzimmern hoch. Als er ihn endlich auf der Rosshaarmatratze abgelegt hatte, versuchte der Schweizer, ihm einen Gutenacht-Kuss zu geben. Der Goldschmied wehrte das gerade noch ab und wollte sich in sein eigenes Zimmer begeben, als ihn ein dahingelallter Satz Bünzlis wie ein Schuss in den Rücken traf:
„Der das Geheimnis verwahrt, pssst", dabei suchte er mit dem ausgestreckten Zeigefinger seine Lippen, „der ist der Nachfolger von Schrepfer. Das Geheimnis ist für die ganze Welt bedeutsam. Er weiß es. Ja, er! Und wisst Ihr, wie er heißt? Pssst, nicht weitersagen, Furrer, Ignatius Furrer."
Kein Auge konnte Immermann in dieser Nacht zudrücken, so sehr be-

schäftigte ihn das, was der Schweizer in seinem Rausch ausgeplaudert hatte. Immerhin hatte sich eine Frage damit geklärt, nämlich die, wie er Furrer wohl finden würde. Er musste dem morgen sicher nicht mehr so redseligen Bünzli nur folgen, unauffällig, und er käme von ganz alleine dahin, wo Furrer seine großen Auftritte feierte. Als Wunderheiler. Dem würde er die Meinung geigen! Was aber hatte es mit dem Geheimnis auf sich, über das Furrer verfügte? Offenbar hing von diesem Geheimnis viel, wenn nicht alles ab: Sein Ansehen gegenüber der Schar der Anhänger, seine öffentliche Reputation, Aufträge aus adligen Kreisen. So jedenfalls konnte er es sich aus den diffusen Äußerungen des betrunkenen Schweizers zusammenreimen. In ihm blitzte ein Gedanke auf, der sich immer mehr verfestigte. Ob es für Furrer nicht eine größere Strafe und für ihn als Vater der unglückseligen Henriette nicht eine viel stärkere Genugtuung war, wenn er das Geheimnis des Quacksalbers Furrer, auf das dieser offenbar so stolz war, erfuhr und öffentlich machte? Waren es nicht gerade diese Geheimniskrämereien, derentwegen er vielen Menschen so begnadet, so überirdisch vorkam? War das nicht das Prinzip vieler geheimer Gesellschaften, sich auf ein Geheimnis zu berufen, das nie gelüftet werden durfte, da sonst die magische Kraft verloren zu gehen drohte? Er, Immermann, war doch selbst auf dieses Geheimgetue reingefallen, als er diesem Furrer seine Tochter überließ. Auf keinen Fall dürfe er ihn, den großen Meister, bei der Behandlung beobachten, hatte ihm Furrer eingeschärft. Jetzt wusste er, warum. Die Behandlung war nichts anderes als eine körperliche Misshandlung! Und er war so dumm gewesen, diesem Scharlatan zu vertrauen! Wenn es ihm gelang, Furrers Geheimnis herauszufinden und offenzulegen, dann würde der Mythos, den Furrer sich im Gefolge der Schrepfers, Mesmers und Gaßners aufzubauen gedachte, erheblich angekratzt, vielleicht sogar zerstört! Doch wie sollte er an das Geheimnis herankommen?

Am nächsten Morgen, in aller Herrgottsfrühe, traf die Ersatzkutsche ein, die die Herren Bünzli und Immermann mit den anderen Reisenden gen Leipzig brachte. Der Schweizer gab ein Bild des Jammers ab, so hatte ihm der Wein zugesetzt. Was er dem Herrn neben ihm erzählt hatte, wusste er nicht mehr. Nur ein ungutes Gefühl jagte durch seinen von Schmerzen geplagten Kopf. Vorsichtshalber schaute er die Fahrt über angestrengt aus der Kutsche. Kein Wort mehr wechselte er mit dem Goldschmied aus Weimar.

VIII

Montag, 30. August 2004

Das Musiktheaterstück zu Luther finanzieren. Seit dem Telefonat am Samstagabend dachte Friedemann Schalbe über den Vorschlag des jungen Amerikaners nach. Rammy Carranza hatte ihm angeboten, Professor Kornblum und seine Kontakte zu nutzen. Kornblum war in vielen jüdischen Organisationen in den USA aktiv. Über den Rotary Club in Austin und andere wohltätige Organisationen hatte er sicherlich Möglichkeiten, ein Stück zu fördern, das ein so unkonventionelles, aber wichtiges Thema wie Luther und die Juden behandelte. Er wollte ihn heute beim Treffen in der Bibliothek genauer befragen, wer dieser Professor Kornblum war.

Für 13 Uhr hatte er sich mit Rammy vor der Bibliothek verabredet. Sie gingen gemeinsam in den Park und setzten sich ans Ufer neben dem Reithaus. Rammy erzählte Schalbe von Kornblum und dessen historischen Studien, vor allem zur frühen Geschichte des Orients. Auch seine vielfältigen sozialen Engagements listete er auf. Schalbe holte einige Blätter aus seiner Tasche, den Business-Plan für das geplante Musiktheaterstück, in dessen Einleitungsteil er die theologische Perspektive umrissen hatte.

„Den kannst du vertraulich deinem Professor zeigen", gestand Schalbe Rammy zu, der den Plan an sich nahm.

„Wir müssen an das Geheimnis des Salomonischen Tempels kommen", beschwor Rammy das, was auch Schalbe seit zwei Tagen klar war.

„Hat denn die Ausleihe deinen Bestellschein schon bearbeitet?" Nervös hatte Schalbe die Frage gestellt.

„Um 14 Uhr kann ich nachfragen." Rammy sah nachdenklich einigen Fahrradfahrern zu, die den Ilmradwanderweg in Richtung Bad Sulza fuhren. „Dieser Text, das wäre der Schlüssel für meine Landsleute, nicht nur für die jüdischen. Luther spielt bei vielen Christen eine große Rolle. Ein Luther-Stück wie ihr es in Apolda plant, Friedemann, würde in die Geschichte eingehen, wenn es das Luther-Bild zurechtrückt, eine versöhnliche Geste gegenüber dem Judentum beinhaltet und gleichzeitig ein 3 000 Jahre altes Geheimnis damit gelüftet wird."

Der Pfarrer zog nachdenklich den Gummi fest, der seine vollen Haare zum Zopf zusammenordnete.

„Rammy, glaubst du wirklich, dass es diesen Text gibt? Ein rätselhaftes Baugeheimnis, das sich über die Jahrtausende erhalten hat? Mir klingt das ein bisschen nach Dan Brown und den schwindelerregenden Theorien in seinen Romanen. Der behauptet ja sogar, Jesus habe mit Maria Magdalena ein Kind gezeugt und einen Stammbaum begründet, der bis in unsere Zeit reicht. Irgendwie glaube ich manchmal, wir sitzen da einer großen Spinnerei auf."

„Jetzt spricht aus dir der Rationalist, der kühle klare Denker. Aber wir dürfen nicht unterschätzen, dass es neben den Kräften der Aufklärung auch immer, wie ein unterirdischer Strom, die Mächte der Mysterien, der Magie, des Geheimnisvollen gegeben hat. Darum gab es im 18. Jahrhundert neben einem Vernunftphilosophen wie Immanuel Kant und den französischen Enzyklopädisten und allem Fortschrittsgeist auch das Hineinleuchten in die Abgründe des Seelischen, das Glauben an die dunklen Kräfte, die wirken und die sich, zumindest vorerst, unserer Erkenntnis entziehen. Nimm mal den Doktor Mesmer, der zu Kants Zeiten gewirkt hat. Von Mesmer handelt das Buch, das ich zufällig ausgeliehen hatte und in dem der rätselhafte Hinweis auf dem Innendeckel enthalten ist. Dieser Mesmer hat den so genannten Tierischen Magnetismus eingeführt, der Versuch, mittels Stabmagneten Menschen von Besessenheiten zu heilen. Mesmer verstand sich als Naturwissenschaftler, der aber über besondere Befähigungen verfügte. Heute würden wir sagen: Er hat Patienten, die zur Hysterie neigen, mit Hilfe einer Vorform der Hypnose ein wenig Abhilfe geschaffen. Also etwas, aus heutiger Sicht, Unspektakuläres. Damals aber sind ihm die Menschen hinterhergelaufen, weil sie sich seine gelegentlichen Heilungen nicht erklären konnten. Deshalb halte ich es für möglich, dass es über die Jahrtausende hinweg genügend Menschen gab, die an Geheimnissen und ihrer Tradierung interessiert waren. Nicht auszuschließen also, dass auch der sagenumwobene Text zum Bau des Salomonischen Tempels auf dem unterirdischen Strom bis in unsere Zeit

weitertransportiert wurde. Wie willst du dir sonst auch den Eintrag auf dem Buchdeckel erklären?"
Der Pfarrer verstand Rammy, antwortete aber erst nach einer Weile und zögerlich:
„Wenn wir den Text tatsächlich finden, weiß ich nicht, ob es uns zusteht, ihn zu öffnen. Nehmen wir mal an, er ist tatsächlich zwei- oder dreitausend Jahre in einer verschlüsselten oder versteckten Form überliefert worden. Könnte seine Veröffentlichung nicht Schaden anrichten? Ist das nicht gefährlich?"
„Siehst du, Friedemann, jetzt schwimmst du auch gerade auf dem unterirdischen Strom. Du glaubst, dem Text wohnen magische Kräfte inne. Wer ihn anrührt, wird von einem Fluch eingeholt. Aber ich bin da viel zu aufgeklärt. Wir sollten den Text suchen, und wenn wir ihn finden, überlegen wir uns, wie wir damit umgehen."
„Ja", pflichtete Schalbe bei, „ich hätte da auch eine Idee. Gehen wir einmal davon aus, der Text enthält neben den Angaben in der Bibel noch weitere Hinweise auf die Bauweise des Tempels. Vielleicht eine geheime Formel für die Baumaße oder so was. Dann würde ich diesen Hinweis gerne für die Bühne des Musiktheaterstücks nutzen und diese nach den geheimen Angaben des Meisters Hiram bauen lassen. Das wäre eine tiefe Symbolik: Wir zeigen eine schlechte Seite Luthers und gleichzeitig, nur für die Eingeweihten erkennbar und zum Lob des Gottes der Juden, wird an die frühe Phase des erwählten Volkes erinnert, an den von Gott zum König über Israel erkorenen Salomo."
Fast eine Stunde hatten sie sich unterhalten, ehe sie sich auf den Weg in die Bibliothek machten. Sie gingen am Pförtner vorbei, der Schalbe ehrfürchtig grüßte. Mit Spannung warteten sie an der Ausleihe. Die Bibliothekarin sah Rammy verwundert an, als sie den Leihzettel aus dem Bündel der nicht zu bearbeitenden Scheine herausgezogen hatte.
„Tut mir leid. Die Signatur gibt es nicht."
„Auch keine ähnliche?", hakte Rammy nach.
Die Bibliothekarin schüttelte den Kopf: „Wir haben die *Inc. 122*, eine Inkunabel. Die können wir Ihnen aber nicht in den Lesesaal geben. Da müssen Sie bei der Direktion einen Antrag mit ausführlicher Begründung stellen."
Rammy sah schwarz, war er doch nur noch bis Freitag in Europa.

„Was, bitte, ist denn *Inc. 122* für ein Buch?"
Die Bibliothekarin runzelte die Stirn und warf ihr langes Haar zurück.
„Es handelt sich um die Weltchronik des Hartmann Schedel aus dem Jahre 1493. Ein bisschen wundern muss ich mich jetzt aber schon. Erst werfen Sie einen Leihschein ein ohne alle Angaben zum Buch außer der Signatur. So einen Schein bearbeiten wir normalerweise gar nicht. Wie sich jetzt bestätigt, wussten Sie gar nicht, welches Buch Sie ausleihen wollten. Und dann war vor wenigen Minuten ein Herr hier, der genau dasselbe Buch ausleihen wollte."
Rammy sah die Bibliothekarin ungläubig an.
„Ja, was gucken Sie so? Der hatte heute Morgen einen Leihschein eingeworfen mit noch weniger Angaben als Sie. Sie haben ja wenigstens Ihren richtigen Namen und Ihre Adresse eingetragen. Aber der hatte einen Namen angegeben, der nicht einmal bei uns registriert ist. Sonst nur die Signatur 122a. Als ich ihm mitteilte, dass es ein Buch mit dieser Signatur gar nicht gibt und noch jemand dieses Buch angefordert hat, ist er wortlos gegangen. So langsam glaube ich, hier spukt es. Der Nächste bitte!"
Auch der hinter Rammy stehende Friedemann Schalbe war konsterniert und starrte die Bibliothekarin nur an, obwohl er jetzt an der Reihe war. Mit einem Seufzer begab sich die Bibliothekarin an ihren Schreibtisch.
„Wenn Sie es sich überlegt haben, welches Buch Sie bestellt haben, können Sie sich ja bei mir melden", gab sie Schalbe genervt zu verstehen.
Mit einer Kopfbewegung wies Rammy in Richtung Lesesaal. Dort zeigte er Schalbe das Buch von Ignatius Furrer. Der Pfarrer blätterte lange darin, bis er sich an den Kopf griff und ein leichtes Aufstöhnen die anderen Lesesaalbenutzer aufschreckte und ihm einen mehr als strengen Blick der Lesesaalaufsicht einbrachte.
Er zog Rammy in die Zeitschriftenecke des Katalogsaals, wo sich gerade niemand aufhielt.
„Oh Mann, weißt du, was mir gerade eingefallen ist, als ich die Geheimbuchstaben gesehen habe? Ich habe mir die doch am Samstag in diesem Straßencafé aufgeschrieben. Auf einen Zettel. Und, tut mir leid, das ist peinlich, aber ich habe den liegen gelassen. Zu Hause jedenfalls fand ich ihn nicht mehr."

Rammy war viel zu sehr in Gedanken, um sich über den vergessenen Zettel aufzuregen. Immerhin hatten sie jetzt eventuell eine Erklärung, wieso noch jemand die Signatur *Inc. 122a* unbedingt ausleihen wollte. Sie beschlossen, zu dem Straßencafé zu gehen und die Bedienung zu fragen, ob sie sich an den Samstagvormittag erinnern könne. Doch im und vor dem Café servierten andere Kellnerinnen und sie kamen nicht weiter.

„Egal, wer das Buch mit der ominösen Signatur noch ausleihen wollte", resümierte Schalbe, „das ist schlimmstenfalls ein Konkurrent, der den tieferen Sinn der Buchstaben erkannt hat und jetzt die gleiche Hoffnung hegt wie wir. Aber wir sind ihm einen Schritt voraus, wissen wir doch, wo der Hinweis auf die Buchstaben steht. Das kann er nicht wissen."

„Ja", gab Rammy zu, „wichtig ist, dass wir vor ihm an die *Inc. 122a* kommen."

„Du glaubst, dass es die Signatur wirklich gibt? Die Bibliothekarin sagt doch, sie sei gar nicht vergeben."

„Das stimmt schon, aber du musst bedenken: Es geht hier um ein großes Geheimnis, eins mit gewaltiger Wirkung, wenn es entdeckt wird. Darum hat derjenige, der das Geheimnis unterbringen wollte, bewusst nicht den Weg eines ganz normalen und katalogisierten Buches gewählt."

„Sondern?", fragte Schalbe neugierig nach.

„Ich glaube, es gibt ein Buch mit der Signatur *Inc. 122a*. Ein Buch, das vielleicht so ähnlich ist wie die Weltchronik des Hartmann Schedel. Zum Beispiel ein zweites Exemplar. Der, der ein Geheimnis weitergeben wollte, hat dieses zweite Exemplar heimlich in die Bibliothek geschmuggelt."

„Aber warum hätte er das tun sollen?" Schalbe begriff nur allmählich, worauf Rammy hinauswollte.

„Weil er Angst hatte, es öffentlich zu tun. Erinnere dich an den Text. *Doch itzo ist es an der Zeit, es zu lüften. Zu viele dunkle Kräfte missbrauchen es.* Genau diese dunklen Kräfte musste der fürchten, der das Geheimnis preisgibt. Darum dieser versteckte Weg."

„Was aber", sinnierte Schalbe weiter, „sollten diese dunklen Kräfte sein? Mir fielen da die Freimaurer ein. Deren Gegner damals waren vor allem in der katholischen Kirche zu finden, konkret bei den Jesuiten. Demnach könnte unser Geheimschreiber ein Jesuit sein?"

Rammy überlegte, dann schüttelte er den Kopf.

„Wohl kaum, denn ein Jesuit würde das anders schreiben. Der würde von der Macht des Teufels sprechen, von dämonischen Kräften, von satanischer Verführung. Dunkle Kräfte, das klingt so unbestimmt. Ich glaube eher, wir müssen den Verfasser im Zusammenhang mit dem Inhalt des Buches suchen, in das er die geheimen Zeichen eingetragen hat."

Schalbe erklärte sich bereit, noch am selben Tag mit der Lektüre des Buches zu beginnen. Die Lesesaalaufsicht durfte nur nicht bemerken, dass er das auf Rammy Carranzas Namen ausgeliehene Buch las.

Bevor er zurück in die Bibliothek ging, drängte sich ihm noch eine Frage auf.

„Gib's zu, Rammy, du würdest am liebsten selbst im Rokokosaal nach der *Inc. 122a* suchen!"

Rammy schob sich sein Cap etwas hoch und nickte.

„Ja, das würde ich tun, aber hast du eine Idee, wie ich unbemerkt in den Lesesaal komme?"

Als Schalbe nicht antwortete, fuhr er fort:

„Du bist vorhin vom Pförtner der Bibliothek, am Eingang vor dem Katalogsaal, scheu, fast demütig begrüßt worden. Kennst du ihn näher?"

Schalbe staunte über Rammys Beobachtungsgabe.

„Ja, schon, aber ich darf dir nicht sagen, woher ich ihn näher kenne und warum er mich so merkwürdig begrüßt. Das fällt unter die seelsorgerliche Schweigepflicht."

„Hm", gab Rammy nachdenklich von sich, „ich muss ja auch gar nicht wissen, warum er dir auf diese Weise entgegentritt. Aber könntest du dir vorstellen, ihn mal für einige Augenblicke abzulenken?"

Rammys Plan war verwegen. Er hatte zufällig beim Gang zum Schließfach ein Gespräch zwischen Bibliotheksmitarbeitern mitgehört. Am Mittwoch und Donnerstag sollte eine Baukommission in die Bibliothek kommen, um den Rokokosaal zu besichtigen. Die Renovierungsmaßnahmen waren der Grund. Das Gespräch würde sich, so vermutete der Amerikaner, einige Zeit hinziehen. In dieser Spanne musste er versuchen, den Rokokosaal heimlich zu betreten, am günstigsten, wenn sich

die Kommission auf einer der Galerien aufhielt. Dann würde er warten, bis die Kommission ginge, um sich von ihr einsperren zu lassen. Wieder rauskommen würde er schon irgendwie, im äußersten Falle müsste er den Erschöpften spielen, den irgendwelche Leute einer Baukommission zu seinem großen Erschrecken eingeschlossen hatten.
In der Tat brauchte er somit nicht zu wissen, warum der Pförtner Hans Söllner dem Pfarrer so ehrfurchtsvoll und ängstlich begegnete. Schalbe lag nämlich ein Schreiben der *Bundesbeauftragten für die Unterlagen des Staatssicherheitsdienstes der ehemaligen DDR* in Kopie vor, demzufolge Söllner viele Jahre unter dem Decknamen „Wilhelm" Kolleginnen und Kollegen an seinem früheren Arbeitsplatz bespitzelt und angeschwärzt hatte. Einer dieser Kollegen, der in Apolda lebt, war jetzt bei der Akteneinsicht auf Söllner gestoßen und hatte einen Brief an Pfarrer Schalbe geschrieben mit der Bitte, Söllner auf die Enttarnung anzusprechen und zu fragen, wann er sich bei seinen Opfern zu entschuldigen gedenke. Ja, natürlich, er werde das demnächst tun, hatte Söllner Schalbe am ganzen Körper zitternd bei einem Gespräch angekündigt. Das war jetzt schon zwei Jahre her. Ob Söllner sich entschuldigt hatte, wusste der Pfarrer nicht. Immer nur sah er den devoten Blick, sobald er ihm unter die Augen trat. Für Rammys Plan war die Konstellation nicht ungünstig. Er könnte dem Pförtner seinen Komplex nehmen, indem er ihn auf irgendetwas Alltägliches ansprach. Auf das Wetter, die Umzugspläne der Bibliothek, irgendwas. Mit Normalität im Umgang Söllner vom psychischen Druck entlasten, der ganz offensichtlich auf ihm lag. Wenn Rammy die Situation nutzte, um ungesehen die Ebene des Rokokosaals zu erreichen, war das ein guter Nebeneffekt, mehr nicht.
Heute aber ging Schalbe nur mit einem kurzen Nicken an Söllner vorbei wieder in den Lesesaal. Das Buch des Ignatius Furrer lag noch an Rammys Platz. Er begann darin zu lesen.
Rammy indes ging nach Hause. Er wollte noch mal Kajak fahren. Schon eine Woche hatte er nicht trainiert. Er eilte in sein Zimmer in der Belvederer Allee, um sich umzuziehen. Wie unter Schockstarre blieb er in der Tür stehen, als er sah, was dort geschehen war: Irgendjemand hatte das Fenster aufgebrochen. Alle Schubladen standen offen, seine Kleider, Bücher, alles war durcheinandergeworfen. Keine Frage, hier hatte jemand etwas gesucht. Aber, so staunte Rammy nach einiger

Zeit des Prüfens, es schien nichts zu fehlen. Die Flugtickets lagen auf dem Schreibtisch, auch einiges Bargeld, das er dort deponiert hatte, war nicht angerührt worden. Was, fragte er sich, hat man bei mir gesucht?

IX

Donnerstag, 10. September 2009

Immer wenn ein Signalton den Eingang einer neuen Mail verkündete, sprang Fridolin Hempel fröhlich zum Computer. Er liebte es, Mails zu schreiben und zu empfangen. Der Mordfall in der Hallenser Innenstadt bescherte ihm die Gelegenheit, ausgiebig und aus erster Hand zu berichten und so den Mailpegel reichlich zu erhöhen. Mehrmals täglich begab er sich zum Tatort und notierte jedes kleinste Detail, das er dann als Rundmail weiterleitete. So entstand ein Internetforum, in dem sich vor allem die Schulkameraden Willi in Delitzsch und Hans in Möckern, aber auch die Cousine Emma aus Dortmund als Privatermittler in alle möglichen Verschwörungstheorien verstiegen. Cousine Emma sah vor allem im Papst und seinen Kardinälen die Schuldigen, Willi in Delitzsch meinte, der amerikanische Geheimdienst habe seine Finger im Spiel, Hans in Möckern schwankte noch zwischen der italienischen oder der russischen Mafia. Alle zwei oder drei Stunden erhielten ihre Thesen neue Nahrung durch Mails aus Halle, deren Informationen sie in ihre jeweilige Theorie einpassten, um sie dann als Mail an Fridolin Hempel zurückzusenden. Der Rentner in Halle wiederum versuchte, die verschiedenen Theorien gegeneinander abzuwägen. Er war der Chefermittler, der Überflieger, der alles Durchschauende, der seine Mailkommissare immer wieder wie hungrige Haie mit neuen Informationen zu füttern hatte. So schrieb er ihnen:

Habe heute in aller Frühe noch ausländischen Kunden informieren müssen. Wollte zum Antiquar. Sah sehr wohlhabend aus. Vermute Geldadel von der Côte d'Azur. Sprach kein Deutsch, nur gebrochen Englisch.
Stand: Donnerstag, 3.9.2009, 8.17 Uhr

Bald kam die nächste Mail:

Antiquariat ist weiterhin versiegelt. Ermittler erhoffen immer noch neue Spuren. DNA-Funde ergeben noch keine Erkenntnisse. Stand: Donnerstag, 3.9.2009, 9.48 Uhr.

Gut eine Stunde später:
Kommissar Reimann war eben bei mir. Bin offenbar sein Hauptzeuge. Wollte wissen, ob ich irgendetwas im Raum verändert habe. Habe ich natürlich nicht. Ob ich jemanden gesehen habe. Habe ich natürlich nicht. Sonst hätte ich die Person schon bei der ersten Befragung benannt und beschrieben. Kripo tappt noch im Dunkeln. Wir sind da schon weiter. Stand: Donnerstag, 3.9.2009, 10.55 Uhr

In einem Punkt hatte der Rentner Hempel Recht: Zwar hatten die Laboruntersuchungen DNA-Material an der Kleidung des Opfers ergeben, aber ein Abgleich mit der zentralen DNA-Datei beim Bundeskriminalamt in Wiesbaden brachte kein Ergebnis. Der Täter war demnach noch nicht mit DNA-Spuren bei anderen Verbrechen aufgefallen. Am Buchrücken selbst waren zwar viele Blutspuren zu finden, aber nur die von Radestocks. Hatte der Täter selbst den Buchblock vom Rücken getrennt, wären sonst Spuren auf dem Buchrücken zu finden, es sei denn, er hatte Handschuhe benutzt, mit denen er auch das Auge von Radestocks unter dem Buchrücken deponiert hatte. Wahrscheinlich war, dass von Radestock den Block vom Rücken abgetrennt hatte und der Täter dann nur noch den Buchblock mitgenommen hatte.
Wie die Nachfragen der Hallenser Ermittler in der Stiftsbibliothek in Melk an der Donau, in der Benediktinerabtei Plankstetten und in der Universitätsbibliothek in München des Weiteren ergeben hatten, war von Radestock dort ein alter Bekannter. Seit vielen Jahren bot er diesen Bibliotheken wertvolle alte Drucke an, die sie nicht in ihrem Bestand hatten. Waren die Bibliotheken an einem Erwerb interessiert, flossen selten Barmittel. Von Radestock durfte sich stattdessen an den Dublettensammlungen der Bibliotheken bedienen. Für beide Seiten war das ein attraktives Geschäft: Die Bibliotheken verschonten ihren stets zu knappen Erwerbungsetat, und von Radestock erwarb alte Drucke deutlich über den Wert hinaus, den das Buch hatte, das er der Bibliothek überließ. Diese alten Drucke konnte er dann gezielt seiner Klientel anbieten, mit Original-Bibliotheksstempeln, was viele Sammler besonders wertschätzten. Mit der Herzogin Anna Amalia Bibliothek in Weimar, so ergab ein Anruf Reimanns bei Bibliothekar Matthias Brill, stand der Antiquar von Radestock allerdings nicht in Geschäftskontakt.

Die Ermittlungen scheinen, so sagte sich Reimann beim Zurücklehnen in seinem Arbeitsstuhl, in eine Sackgasse zu geraten. Erst das Klingeln des Telefons holte ihn aus seinen trübsinnigen Gedanken.

„Wir haben den Jungen!“

Georg Piller, Reimanns Assistent, war mit dem Phantombild des Jungen, wie es der Erkennungsspezialist der Polizeiinspektion nach der Beschreibung der vietnamesischen Händler erstellt hatte, in Halle von Schule zu Schule gezogen und hatte endlich an einer Regelschule Erfolg. Tobias Möller, 11 Jahre alt, besuchte dort die fünfte Klasse. Die Schulsekretärin erkannte den Jungen sofort, der Direktor bestätigte den Verdacht. Piller wartete auf Reimanns Eintreffen. Am Ende der Schulstunde begleitete sie der Direktor zum Klassenraum und sie gingen mit Tobias in ein separates Zimmer.

„Tobias, kennst du das Antiquariat von Radestock in der Leipziger Straße?“, fragte Reimann freundlich.

Der Junge zuckte mit den Schultern.

„Na, du wirst doch mit Ja oder mit Nein antworten können. Wie soll ich dein Schulterzucken deuten?“

Der Junge schwieg weiter. Er schaute auf den Boden und malte mit seinen Füßen Kreise in die Luft.

„Warst du in den vergangenen Tagen in diesem Geschäft?“, versuchte es der Kommissar erneut.

Wieder nur Schweigen. Reimann überlegte.

„Es gibt Leute, die haben dich dort hineingehen sehen. Und offenbar hast du dort Geld bekommen.“

Nur kurz schaute Tobias hoch. Dann konzentrierte er sich wieder auf seine Fußbewegungen. Reimann atmete tief durch.

„Na gut, Tobias, wenn du nicht mit uns sprichst, dann werden wir jetzt deine Eltern aufsuchen und sie befragen. Sie werden ja wohl eingeweiht sein, wenn du irgendwelche wertvollen Sachen verkaufst.“

Reimann erhob sich und deutete auch Piller mit einem Kopfnicken an, es ihm gleich zu tun.

„Bitte nicht zu den Eltern gehen“, presste Tobias jetzt endlich hervor. Die Beamten nahmen wieder Platz. Reimann rückt seinen Stuhl ganz nahe an den Jungen heran und schaute ihn eindringlich an, auch wenn dieser nur kurz den Blick erwiderte und dann wieder auf den Boden sah.

„Also, ja, ich kenne diesen Mann kaum. Wusste nur, dass der mit so alten Büchern handelt. Und ich habe so ein altes Buch gefunden."
„Gefunden?", fragte Reimann zweifelnd, „Wo?"
Tobias biss sich auf die Lippen.
„An der Saale, beim Spielen."
„Du spielst also an der Saale. Und da liegt dann so ein altes Buch einfach rum."
„Nein", entgegnete der Junge, „das lag da nicht so rum. Also, das war ja auch gar kein ganzes Buch, sondern nur so ein Teil, der Umschlag davon halt nur. Und der war in einem Plastebehälter."
„Plastebehälter? Wie sah der aus?"
Tobias überlegte.
„Also wir haben zu Hause auch solche Behälter, wenn wir einen Ausflug machen. Da machen wir immer das Essen rein."
Reimann versuchte sich einen Reim auf das zu machen, was ihm der Junge erzählte.
„Du hast also einen Teil eines Buches in so einem Plastebehälter, einer Frischhaltebox gefunden. Wo ist denn dieser Behälter jetzt?"
„Den habe ich doch mitgenommen ins Geschäft. Ich habe dem Mann dort alles gegeben. Er hat es sich angeschaut und gesagt, das sei ja alles nichts wert. Der Rest eines Buches, kaputt und zerrissen. Da habe ich gesagt, ich nehme es wieder mit. Aber dann hat der Mann mir 20 Euro dafür angeboten. Das hat mich zwar gewundert, wenn das ganze Zeug nichts wert sein soll. Aber ich habe das Geld genommen und bin gegangen."
Natürlich, die Frischhalteboxen im Regal im Geschäft!, schoss es Reimann durch den Kopf. Neben den angeschwärzten Bananen!
„Wissen deine Eltern davon?", wollte Piller wissen.
Tobias schüttelte den Kopf. Noch einmal wandte sich Reimann dem Jungen zu.
„Tobias, kannst du uns die Stelle zeigen, wo du den Behälter gefunden hast?"
Es half nichts, sie mussten die Eltern informieren, auch wenn Tobias in Erklärungsnot kam, wo denn die zwanzig Euro jetzt waren. Noch am Telefon musste er seinem Vater schließlich gestehen, dass er sie in einen Obstsalat beim Vietnamesen und mehrere Drachen und

Dinos investiert hatte. Der Vater, seit zwei Jahren arbeitslos, erlaubte den Kriminalbeamten, mit ihrem Sohn zur Fundstelle an die Saale zu kommen. Da sie in der Pfälzer Straße wohnten, war er selbst nach wenigen Minuten ebenfalls dort.

Seinen Ärger über die zwanzig Euro, die der Sohn einfach so ausgegeben hatte, obwohl es ihnen finanziell sehr schlecht ging, ließ er sich nicht anmerken.

„Mensch, Tobi, was machst du denn für Sachen?", empfing er seinen Sohn. Sie gingen durch hochstehendes Gras ans Ufer der Saale. Auf einem Sandstreifen blieben sie stehen.

„Hier", deutete Tobi auf eine Stelle direkt am Flusslauf. Die beiden Kriminalbeamten gingen umher und blieben dann etwas abseits stehen.

„In den vergangenen Wochen hat es nur wenig geregnet und es war ziemlich warm", sagte Reimann zu Piller, „sieht fast so aus, als hätte die Saale den Behälter hier angeschwemmt. Beim nächsten Regen wäre er wohl weitergetrieben."

Piller nickte: „Ja, und von Radestock würde vielleicht noch leben!"

„Rein theoretisch kann natürlich auch jemand den Behälter hier abgelegt haben", gab Reimann zu bedenken. Er holte das Handy raus und bat die Spurensicherung, sowohl die Fundstelle als auch die Frischhaltebox in von Radestocks Regal zu untersuchen.

„Entschuldigung", näherte sich der Vater des Jungen ängstlich, „brauchen Sie uns jetzt noch?"

Reimann ahnte, was den Vater so besorgt machte.

„Nein, wir brauchen Sie vorerst nicht mehr. Und wegen der zwanzig Euro machen Sie sich keine Gedanken. Die brauchen Sie nicht zurückzuzahlen."

Vater und Sohn entfernten sich. Reimann und Piller warteten noch das Eintreffen der Spurensicherung ab, zeigten den Kollegen die Fundstelle und fuhren dann zurück in die Polizeiinspektion. Inzwischen waren der Bericht von Dr. Feustel, dem Pathologen, und die Stellungnahme der Spurensicherung eingegangen. Die Tür zum Geschäft war demnach unbeschädigt und das Opfer hatte den oder die Täter hereingelassen, es sei denn, dieser habe einen eigenen Schlüssel besessen. Das Opfer war gegen 23 Uhr durch zwei Schüsse in die Schläfe getötet worden. Das Ausstechen der Augen war den Schüssen unmittelbar vorausgegangen

und musste mit einem Messer oder einer Nadel geschehen sein. Offenbar hatten der oder die Täter das Opfer damit überrascht. Die Tat war am Verkaufstresen geschehen. Den Sterbenden hatte man dann in den Lagerraum gezerrt und ihm dort Nase und Oberlippe abgeschnitten.
Reimann blätterte noch eine Weile in den Berichten, dann griff er zum Hörer, um seine Kollegin in Jena über den neuesten Stand zu informieren.
In Jena hatte Kriminalhauptkommissar Robert Leicht den ganzen Vormittag recherchiert. Er trat in Gülcan Aydins Büro. Sie unterrichtete Leicht über die Informationen, die sie von Reimann aus Halle erfahren hatte.
„Und jetzt schieß du los, Robert!", bat sie ihn dann um die Ergebnisse seiner Recherchen.
Leicht ließ sich auf den Besucherstuhl vor dem Schreibtisch fallen, setzte die Lesebrille auf und blätterte in seinem Notizblock.
„Also, zunächst mal die einfachste Recherche, der Professor in Austin. Es muss sich um einen Herrn Nat Kornblum handeln, ein in den USA sehr bekannter und vielfach ausgezeichneter Historiker, der auf die frühe Geschichte des Orients spezialisiert ist. Ein Anruf in seinem Büro hat bestätigt, dass er seit fünf Jahren auf eine Antwort aus der Weimarer Bibliothek wartet."
„Wie hast du das rausgefunden? Hast du dich etwa als Bibliotheksmitarbeiter gemeldet?" Leicht schwieg vielsagend und Aydin fragte sich, ob sie eine solche Täuschung der Sekretärin in Texas tadeln oder, was ihr näher lag, bewundern sollte.
„Er ist in zahlreichen Gremien jüdischer Verbände in den USA ehrenamtlich aktiv", fuhr Leicht ungerührt fort. „Über den Rotary Club hat er verschiedene amerikanische Austauschschüler nach Deutschland vermittelt. Vielleicht auch den, der, wie du erzählt hast, für einige Zeit in Weimar war und der diese ominöse Signatur ausleihen wollte. Seinen Namen von ihm herauszufinden, dürfte in einem persönlichen Gespräch mit Professor Kornblum kein Problem sein. Hier ist die Nummer."
„Warum hast du ihn nicht selbst angerufen?"
„Weil das Sache der Chefin ist!", gab er der Kriminaloberrätin bestimmend zu verstehen. Er hat ein Gespür für Hierarchien, dachte Aydin

und fragte sich zugleich, ob sie diese Hierarchien überhaupt wollte. Andererseits konnte eine Polizeiinspektion wahrscheinlich nur so funktionieren. Sie nahm den Zettel an sich und Leicht fuhr fort.

„Außerdem hast du mich gebeten, wenn auch außerhalb des Protokolls, – ich weiß schon, erfährt niemand, die Hallenser Kollegen, Zuständigkeitsbereiche und so, – also du hast mich gebeten, etwas über die Verstümmelung des Opfers herauszufinden. Ausgestochene Augen, abgeschnittene Nase und Oberlippe, es spricht einiges dafür, dass der Täter dafür ein Vorbild hatte. Zum Beispiel Kaiser Friedrich Barbarossa, der bei der Eroberung Mailands 1162 einmal fünf Mailändern beide und einem sechsten ein Auge ausstechen ließ. Die Verstümmelten schickte er in die belagerte Stadt zurück, um so die Panik unter der widerständigen Bevölkerung zu erhöhen. Oder Simon von Montfort ist so ein Vorbild für unseren Täter. Der war ein gnadenloser Verfolger der Katharer im sogenannten Albigenserkreuzzug. Er handelte im Auftrag der katholischen Kirche und sollte die Katharer in den Städten und Dörfern des Languedoc ausrotten. Egal wie. Denn die Katharer waren aus Sicht der katholischen Kirche Ketzer, obwohl diese sich auf die Bibel beriefen, viel fasteten, Sünden beichteten, einfach und dem Evangelium gemäß leben wollten und Frauen als den Männern ebenbürtig achteten. Gerade das aber war der herrschenden Kirche ein Dorn im Auge, bedeutete es doch ein ständiges Untergraben des von ihr errichteten Machtgebäudes. Dieser Simon von Montfort traf im Jahre 1210 auf erbitterten Widerstand von Kreuzrittern in der Stadt Bram, die die Katharer schützten. Als er Bram endlich eingenommen hatte, ließ er einhundert der unterlegenen Ritter zum Marsch in die dreißig Kilometer entfernte Stadt Cabaret antreten, in der ebenfalls Katharer eine Zuflucht gefunden hatten. Um diese einzuschüchtern, ließ er dann allen einhundert Rittern die Augen ausstechen, die Nase und die Oberlippe abschneiden. Die auf diese Weise schrecklich Zugerichteten schickte er dann nach Cabaret. Damit das Heer der Verstümmelten den Weg fand, war dem Mann an der Spitze des Zuges ein Auge belassen worden. Man kann sich gut vorstellen, dass der Kampfeswille in Cabaret angesichts des grauenhaften Anblicks der Soldaten und deren Erzählungen schnell gebrochen war."

Aydin verbarg den Kopf in ihren Händen.

„Wer denkt sich so etwas Bestialisches aus? Wozu tun sich Menschen so etwas an?“, fragte sie mehr sich selbst als Leicht.
„Tja, die Geschichte der Kirche, die Geschichte der Religionen ist voll von Folter, demonstrativ grausamen Hinrichtungen, Verstümmelungen. Die Katharer zum Beispiel sind oft in großen Gruppen auf dem Scheiterhaufen gelandet. Die Flammen loderten zum Himmel, kilometerweit sichtbar. Stell dir mal diesen Anblick vor! Das Geschrei! Der Gestank! Das sollte den Zuschauern durch Mark und Bein gehen, damit sie der Kirche treu blieben und nicht aufmüpfig wurden!“
Ein Schaudern packte die Kommissarin und sie bat den Kollegen fortzufahren.
„Du hast mich gebeten, auch zu den Rosenkreuzern, Freimaurern und Jesuiten etwas herauszufinden, vor allem inwieweit die heute noch aktiv sind und welche Bezüge zum Salomonischen Tempel bestehen.“
Ausführlich schilderte Leicht seine Ergebnisse. Aydins Gedanken aber waren bei den Katharern und bei Simon von Montfort hängen geblieben. Diesem Anführer waren die gefangenen Ritter nur noch Objekte, über deren Leben und Tod er verfügte. War das nicht die höchste Anmaßung des Menschen, sich gottgleich zu stellen und über das Leben anderer zu bestimmen? Sie dachte an die Verstümmelungen und so genannten Ehrenmorde, die so manche ihrer muslimischen Glaubensbrüder auch in Deutschland verübten, nur weil ihre Schwester oder Tochter sich in einen Mann verliebt hatte, der nicht den engen Vorstellungen der Familie entsprach. Wie froh war sie, dass ihre Familie sie in dieser Hinsicht völlig in Ruhe ließ. Sie hatte sogar das Gefühl, ihr Vater sei stolz, dass sie es in Deutschland als Kind türkischer Eltern beruflich so weit gebracht hatte, auch wenn sie vor allem deswegen noch unverheiratet und ohne Kinder war. Doch warum lief das in anderen Familien so gänzlich anders? Und warum gab es immer wieder diese grauenhaften Folterfälle, auch und gerade im Namen der Religionen? War das durch die Religionen gedeckt? Doch wohl kaum. Sonst taugten die Religionen nichts.
„Noch ein Letztes“, hörte sie Leicht sprechen, „wenn 1143 eine Jahreszahl ist, dann könnte eine Querverbindung zu den Katharern bestehen. Denn 1143 sind sie erstmals schriftlich erwähnt, und zwar als Ketzer im Kölner Raum, die seit langem im Verborgenen gewirkt und eine große

Anzahl von Anhängern auf der ganzen Welt hatten. Zwei von ihnen starben 1143 in Köln auf dem Scheiterhaufen."
Damit beendete er seine Ausführungen und wartete auf eine Reaktion Aydins.
„Auch wenn es absurd klingt", schloss die Kommissarin das Gespräch ab, „ich glaube, das mit den Katharern ist ein Hinweis auch in unserem Fall. Der Täter wollte anderen demonstrieren: Die ausgestochenen Augen, passt auf, da hat einer zu sehr in eine okkulte Sache hineingeschaut! Die Nase, passt auf, da hat einer zu sehr in eine Sache hineingeschnüffelt! Die Oberlippe, passt auf, da hat einer eine große Lippe riskiert! Die Zahl 1143, passt auf und denkt daran, wie die beiden Katharer in Köln geendet sind! Ja, vielleicht ist die Verbindung zu den Katharern noch konkreter. Die waren, so hast du gesagt, offen gegenüber Frauen und Juden, entgegen dem Trend ihrer Zeit und entgegen der offiziellen Kirche. Zumindest was die Juden betrifft, hätten wir hier eine Verbindung. Professor Kornblum und seine Verbände waren an dem Tempelgeheimnis Salomos interessiert. Nehmen wir mal an, von Radestock hat dieses Geheimnis in der Frischhaltebox gefunden, die ihm der Junge von der Saale gebracht hat. Nehmen wir mal weiter an, von Radestock hat das Geheimnis verschiedenen Interessenten angeboten. Was, wenn da einer dabei war, der unbedingt verhindern wollte, dass dieses Geheimnis auffliegt? Freimaurer oder Jesuiten oder Rosenkreuzer oder irgendwelche anderen Orden und Gemeinschaften könnten das nach deinen Ausführungen sein! Was, wenn da jemand auf keinen Fall wollte, dass jüdische Organisationen diesen Text bekommen, da sie daraus Ansprüche herleiten könnten, die seinem eigenen Weltbild entgegenstanden? Da wären dann neben den genannten Organisationen auch radikale Muslime nicht auszuschließen. Denn wie uns der Bibliothekar erläutert hat, ist der Tempelberg in Jerusalem heute mit Moscheen bebaut. Aber auch rechtsextreme Gruppierungen kämen in Frage, die, ohne eigentlich zu wissen warum und nur weil ihnen das irgendwelche Rattenfänger eintrichtern, einfach alles bekämpfen, was dem jüdischen Volk irgendwie wichtig und heilig ist."
„Mit den genannten Religionen und Gemeinschaften hast du ungefähr zwei Milliarden Tatverdächtige", gab Leicht bissig zu bedenken.
Aydin sah gedankenverloren aus dem Fenster und nickte bedächtig.

„Aber nur so können wir uns einem Täterprofil nähern. Es war ja kein Raubmord. Auch im privaten Umfeld ist kein Motiv erkennbar. Reimann in Halle sagt, von Radestock sei Junggeselle gewesen und habe nur mit und von seinen Büchern gelebt. Keine erkennbaren Hobbys, Mitgliedschaft in Vereinen, soziale Kontakte. Nicht einmal die Nachbarn in seinem Wohnhaus wussten Genaueres über ihn. Der Schlüssel für den Mord und seine Aufklärung muss in den geheimen Buchstaben und Zahlen liegen."

Die Kommissarin gab Leicht auf, bei den Hallenser Kollegen die Telefonkontakte von Radestocks zu erfragen, den Postverkehr, offene Rechnungen und so weiter. Auch solle er sich mit seinem angesammelten Wissen um die vielen Geheimgesellschaften noch mal die Einträge auf dem Buchrücken ansehen. Vielleicht ergeben sich neue Hinweise. Und mit Frau Seyfarth, der Bibliothekarin, sollte er noch mal sprechen, sie immer wieder nach den Ereignissen vor dem Umzug der Bibliothek befragen, vor allem nach denen, die versucht hatten, das nicht vorhandene Buch mit der ominösen Signatur auszuleihen. Vielleicht fiel ihr noch etwas Weiterführendes ein.

Leicht seufzte tief. Aydin beobachtete ihn, wie er sich erhob und aus dem Zimmer schlurfte. Er trug ein rotkariertes Hemd und eine viel zu weite ockerfarbene Cordhose, die er mit einem Gürtel über den Hüften festgezurrt hatte. Von hinten erinnerte er an einen der gelben Säcke zum Entsorgen von Kunststoffverpackungen. Sie wurde aus dem Kollegen nicht recht schlau. Er sprach nie über private Dinge. Sie wusste nicht einmal, ob er Familie hatte. Zufällig hatte sie ein kleines gerahmtes Foto einer Frau auf seinem Schreibtisch gesehen. Wer wohl diese Frau war? Ihre Mitarbeiterin Doreen Simoneit hatte einmal andeutungsweise über Leichts Schicksalsschlag gesprochen. Doch sie waren von einem Telefonat unterbrochen worden. Ich muss dieses Gespräch mit Doreen wieder aufnehmen, sagte sie sich, oder behutsam Leicht selbst ansprechen. Denn sie war der Überzeugung, eine gute Chefin müsse über die private Situation ihrer engsten Mitarbeiter Bescheid wissen. Auch, um sie vor der Konfrontation mit unangenehmen Situationen zu bewahren.

Sie griff zum Hörer. Nach einigen Anläufen hatte sie Professor Kornblum in Austin am Apparat. Sie schilderte ihm nur kurz den Grund

ihres Anrufs und fragte ihn dann konkret, ob er erstens vor fünf Jahren in der Herzogin Anna Amalia Bibliothek ein Buch angefordert oder zumindest Informationen dazu erbeten habe, und ob er zweitens einen Schüler oder Studenten kenne, den sein Rotary Club vor etwa fünf Jahren zu einem Studienaufenthalt nach Weimar gesandt habe. Kornblum bestätigte ihr in aller Offenheit sein Interesse an dem Weimarer Buch mit der Signatur *Inc. 122a*.
Für die jüdische Geschichtsschreibung, aber auch für die politische Position Israels sei das Werk von höchstem Interesse. Allerdings müsse er, so räumte er ein, ehrlich zugeben, er habe nicht wirklich geglaubt, dass der Text in Weimar in der Bibliothek auftaucht. Wie sollte er dorthin kommen? Wenn überhaupt, dann müsste er doch eher in Israel zu finden sein. Aber, so habe er sich gesagt, die Wege des Schicksals sind unberechenbar und man solle es daher nicht unversucht lassen. Er habe von diesem Buch durch den Schüler Rammy Carranza erfahren, der damals zufällig einen Hinweis, einen geheimen Eintrag dazu in einem anderen Buch gefunden habe.
Ob er den Verfasser des anderen Buches kenne, wollte die Kommissarin wissen. Kornblum suchte Rammys Mail von damals heraus und nannte ihr den Namen Ignatius Furrer.
Er habe, nahm Kornblum den Faden wieder auf, keine Antwort auf sein Schreiben erhalten, allerdings hatte sich in dieser Zeit der Brand in der Bibliothek ereignet und er war davon ausgegangen, seine Anfrage sei gar nicht angekommen. Um so mehr habe er sich gefreut, dass sich die Bibliothek heute, fünf Jahre später, gemeldet habe. Aber der Anrufer habe nicht mal seinen Namen bei der Sekretärin hinterlassen, und als sie in der Bibliothek zurückrief, hatte man dort nichts von einem Anruf gewusst.
„Offenbar ist man dort immer noch konfus, weil es vor fünf Jahren gebrannt hat“, gab er mit einem nachsichtigen Lachen zu verstehen und die Kommissarin schämte sich ein bisschen für ihren Kollegen Leicht, der mit seiner Trickserei die Bibliothek in ein solches Licht gebracht hatte. „Ich bin ohnehin schon verwirrt gewesen über diesen Anruf, denn vor wenigen Tagen hat ein rotarischer Freund aus New York ein Angebot aus Deutschland erhalten, das genau den gleichen geheimen Eintrag von damals enthielt.“

Die Kommissarin horchte auf und wollte die Adresse des New Yorker Rotariers wissen, die ihr Kornblum bereitwillig gab.

„Noch eine Bitte, Professor, können Sie mir die Adresse des Schülers nennen, der über ihren Rotary Club vor fünf Jahren in Weimar war?"

„Sein Name ist Rammy Carranza", antwortete Kornblum mit etwas verwunderter Stimme, „aber wissen Sie nicht, dass er tot ist?"

Jetzt stockte der Kommissarin der Atem.

„Tot? Wie ist er denn gestorben?"

„Das war doch bei der Rückreise aus Weimar passiert. Ihre Zeitungen haben vielleicht darüber berichtet. Der Rotary Club Weimar wollte jedenfalls eine Pressemeldung herausgeben. Rammy ist am Tag nach dem Bibliotheksbrand in die USA zurückgeflogen, wie vorgesehen. Sein Dad, der im Übrigen mein bester Freund war, hat ihn abgeholt, nachmittags um 15.38 Uhr auf dem Flughafen in Austin. Das weiß ich noch ganz genau, denn um ein Haar wäre ich mitgefahren, aber wir haben überraschend Besuch bekommen. Es hatte an diesem Tag geregnet. Auf der Rückfahrt müssen sie ins Schleudern gekommen sein. Das Auto jedenfalls wurde aus einer Kurve getragen, überschlug sich mehrfach und ist schließlich in Flammen aufgegangen. Erst Stunden später hat eine Sportmannschaft, die mit dem Bus unterwegs war, sie neben der einsamen Straße entdeckt. Da waren beide längst tot."

Aydin dankte dem Professor, doch der hatte seinerseits noch eine Frage.

„Sie heißen Gülcan? Aydin? Das ist doch ein türkischer Name. Kommen Sie aus der Türkei? Sind Sie Muslimin?"

Nachdem Gülcan ihm bestätigt hatte, dass sie türkische Eltern habe und sie Muslimin sei, klangen die Worte Kornblums erleichtert:

„Das ist gut so. Wissen Sie, ich bin oft in Europa, in Deutschland. Immer wieder wundere ich mich über die Angst, die dort vor dem Islam und anderen Religionen herrscht. Hier in den USA finden Sie in jeder Stadt Kirchen, Moscheen, Synagogen und vielleicht auch noch buddhistische oder hinduistische Tempel in einträchtigem Nebeneinander. Trotz der vielen Angebote sind die Amerikaner zum größten Teil christlich geblieben. Und zwar viel entschiedener als im alten Europa. Jeder zweite Amerikaner geht sonntags in einen christlichen Gottesdienst. Ich finde, man sollte das in Europa viel entspannter sehen und mit den

Muslimen in einem selbstverständlichen Miteinander und weniger in einem Gegeneinander leben. Aber ich bin weit weg, vielleicht kenne ich die wirklichen Verhältnisse zu wenig. Jedenfalls ist es gut, dass Sie trotz Ihrer Herkunft so weit gekommen sind. Das macht mir Hoffnung. Leben sie wohl. Schalom."

Aydin legte den Hörer auf und staunte über die Worte des jüdischen Professors, der so völlig vorurteilslos gesprochen hatte. Doch mehr noch beschäftigte sie der Tod von Rammy Carranza. Kriminaldirektor Brückner in Mannheim hatte ihr einmal den Rat gegeben, den ersten Gedanken sehr ernst zu nehmen, da er auf Intuition beruhe, die einem guten Kriminalisten gegeben ist. Ihr erster Gedanke war: Der Tod des Schülers und seines Vaters war kein bloßer Unfall, nein, den hatte jemand bewusst herbeigeführt.

Sie bat die Sekretärin, Doreen Simoneit zu rufen. Die Kriminaloberkommissarin, 28 Jahre alt, hatte während ihrer Tätigkeit bei der Polizei zwei Jahre im Kosovo im Rahmen der UN-Mission gearbeitet und dabei gute Kontakte zu amerikanischen Kollegen aufgebaut. Sie sprach nahezu perfekt englisch, fließend französisch und kannte sich gut mit den amerikanischen Polizeistrukturen aus. Aydin bat die Kollegin, ihre Kontakte nach Amerika zu nutzen, um an Informationen zum Verkehrsunfall von Vater und Sohn Carranza am 4. September 2004 zu kommen, vielleicht sogar an eine Kopie der Akte selbst.

„Ich weiß", beantwortete sie den fragenden Blick Simoneits, „der normale Weg geht über das Landeskriminalamt und die Abteilung für Auslandsermittlungen. Den gehen wir auch, wenn wir auf dem kleinen Dienstweg erfolglos bleiben. Aber ich dachte mir, wir könnten es ja erst mal über deine Beziehungen aus der Kosovo-Zeit versuchen ..."

„Okay", stimmte Simoneit zu, „ein Kollege arbeitet in Houston. Der kann da vielleicht was machen."

„Alle Details in diesem Fall sind wichtig", fügte Aydin erleichtert hinzu, „also auffallende Bremsspuren, Zeugen mit Vermutungen und so weiter."

Die junge Oberkommissarin lächelte leicht unsicher, klappte ihr Notizbuch zu und verabschiedete sich. Aydin wusste, was sie der Kollegin mit ihrer Bitte zumutete. Simoneit hatte ihre Polizeiprüfungen nur mit mäßigem Erfolg bestanden und versuchte, diese schlechten Abschlüsse durch übertriebene Korrektheit auszugleichen. Wenn ihre Recherchen in den USA aufflögen, käme sie in Bedrängnis: Aydin und mit ihr Simoneit ermittelten an der Staatsanwaltschaft und an den Kollegen in Halle vorbei. Aber Aydin sah keine andere Möglichkeit, schnell zu Ergebnissen zu kommen.

Sie wählte die Nummer des von Kornblum genannten New Yorker Rotariers, der Samuel Scheid hieß. Das Büro einer Investmentbank meldete sich und erst nach langem Zureden und verschiedenen weiteren Büros gelang es ihr, zu dem Mann selbst vorzudringen, der in der Hierarchie der Bank ganz oben stand. Er habe nur wenig Zeit, gab er ihr zu verstehen. Erst als sie ihm vom Mord am Antiquar in Halle erzählte und den Namen Kornblum fallen ließ, änderte er seine ablehnende Haltung. Betroffen schilderte er ihr seine Vorliebe für alte Bücher und Gemälde. Von Radestock war nur einer von etwa einem Dutzend Antiquaren in Deutschland, mit denen er regelmäßig in Kontakt stand. Sein Hauptinteressensgebiet waren Judaica. In zwei Jahren, wenn er in den Ruhestand ginge, wollte er eine Stiftung ins Leben rufen. Sie sollte Trägerin eines Museums in Harlem werden, das seine seit mehr als 30 Jahren gesammelten Exponate ausstellt. Eine entsprechende Immobilie, die er an die Stiftung vermieten werde, hatte er gerade dieser Tage in Harlem, wo die Preise im Vergleich zu Manhattan noch günstig waren, erworben. Thema der Ausstellung sollte das jüdische Leben in Europa vom Mittelalter bis in die Gegenwart sein. Er wollte mit seiner Ausstellung positive Bilder von jüdischer Gelehrsamkeit und jüdischem Forschergeist, von jüdischem sozialem Engagement und dem Beitrag jüdischer Künstlerinnen und Künstler zur abendländischen Kultur zeigen. Von Radestock hatte ihm schon so manche Zimelie besorgt, und kürzlich hatte er ihm, so Scheid, ein schier unglaubliches Angebot unterbreitet.

„Die Geheimnisse des Salomonischen Tempels“, sagte Aydin trocken.

„Ja, genau“, bestätigte Scheid, vom Wissen der Kommissarin überrascht. Von Radestock habe ihm das telefonisch mitgeteilt, es seien aber auch noch andere Interessenten da und er müsse sich binnen drei Tagen entscheiden.

„Hat er Ihnen gesagt, in welcher Form er über die Geheimnisse Salomos verfüge? War es ein Buch, ein Bild, ein Heft oder was war es?“

Scheid schwieg einen Augenblick.

„Das war ja das Sonderbare“, erinnerte er sich dann, „von Radestock sagte, er habe einen Buchdeckel aus der Weimarer Herzogin Anna Amalia Bibliothek. Jener Bibliothek, die 2004 gebrannt hat und zu deren Wiederherstellung ich, das nur nebenbei, eine Spende getätigt habe. ‚Nur einen Buchdeckel?‘, fragte ich ihn verwundert. Und er sagte: ‚Ja, nur einen Buchdeckel. Aber dieser Buchdeckel ist präpariert.‘ Ein Pfeil auf dem Rücken des Buchtitels und die Buchstaben *A.T.S.* hätten ihm den Hinweis gegeben. Der Pfeil zeigte nämlich auf den hinteren Innendeckel des Buches, das Folioformat hat und also groß ist. In diesem Buchdeckel ist ein versiegelter Umschlag mit den Buchstaben *A.T.S.* Darin ist das Geheimnis des Salomonischen Tempels enthalten, behauptete er. Außerdem ist ein zweiter Umschlag darin, ebenfalls versiegelt, darauf steht geschrieben *Geschichte einer Schriftrolle* und die Zahl 1143. Er hat zwar den Buchrücken vorsichtig ab- und dann den hinteren Buchdeckel aufgetrennt, um zu sehen, ob er mit seiner Vermutung richtig liegt. Und da hat er die beiden versiegelten Umschläge gefunden! ‚Das Siegel des ersten Umschlags zu erbrechen steht mir nicht zu‘, sagte er. ‚Das muss dem Erwerber des Briefes vorbehalten sein.‘ Nur den Umschlag mit der Zahl *1143* hat er geöffnet. Darin war ein längerer Text über die Geschichte der Schriftrolle, die sich in dem anderen Umschlag befand. ‚Hochinteressant zu lesen ist das‘, sagte er, ‚die Schriftrolle hat in der Zeit der Katharer eine wichtige Rolle allein nur durch ihr Vorhandensein gespielt. Aber die Katharer hatten es nicht gewagt, die Schriftrolle zu öffnen und damit die eigene Position gegenüber der sie verfolgenden Papstkirche zu stärken. Immerhin besaßen sie damit einen Schatz, der es ihnen ermöglicht hätte, die eigenen Anschauungen von Gott mit denen des Judentums zu verbünden und auf eine viel längere Tradition hinzuweisen, als sie die Papstkirche hatte. Ja, sie hätten sogar mit Gottes Eingreifen persönlich argumentieren können: Er hatte selbst dafür gesorgt, dass sie in den Besitz der Schriftrolle gekommen sind. Aber die Ereignisse sind über sie hinweggerollt. Noch ehe sie solche taktischen Erwägungen anstellen konnten, hat das Scheiterholz unter ihnen schon gebrannt.‘ Von Radestock hat den Buchdeckel wieder zugeklebt. Der Erwerber erhalte den Buchdeckel und, wenn gewünscht, natürlich auch den Buchrücken.“

„Und, haben Sie ihm gesagt, Sie möchten den Buchdeckel mit den Umschlägen kaufen?"
„Das ist nicht ganz einfach. Sehen Sie, ich müsste den Buchdeckel und seinen Inhalt ja auf Verdacht hin erwerben, auch wenn der zweite Text mit der Geschichte der Schriftrolle vielversprechend klingt. Dem stand aber ein Verkaufspreis entgegen, der selbst mich zum Nachdenken brachte, obwohl ich nicht gerade zu den Armen im Lande gehöre."
„Wieviel?", fragte Aydin.
„Er wollte eine Million Euro! Und zwar als verbindliche Vorauszahlung ohne Rückerstattung, falls der Umschlag nicht das hält, was er verspricht."
Puh, atmete Aydin aus, eine Million Euro für einen Umschlag, dessen Inhalt man gar nicht kennt. Und wozu brauchte von Radestock so viel Geld? Er lebte doch so bescheiden und kannte nur seine Bücher, hatte ihr Kollege Reimann behauptet.
„Wie sind Sie denn mit von Radestock verblieben?"
„Nun, ich habe ihm gesagt, ich sei natürlich sehr interessiert. Für mein geplantes Museum wäre das eine Sensation. Andererseits bin ich mir unsicher, ob ein solcher Text in einem privaten Museum am richtigen Ort ist und ob er nicht viel eher nach Israel gehört, ganz in die Nähe der Klagemauer, dort wo Salomos Tempel stand. Auch hege ich einige Zweifel, ob der versiegelte Umschlag wirklich das Meisterwort des Hiram und das Geheimnis des Salomonischen Tempels enthält. Meinen Freund Nat Kornblum habe ich gefragt, was es mit der Jahreszahl 1143 auf sich hat. Er hat recherchiert und mir mitgeteilt, in diesem Jahr seien in Köln die ersten Katharer aufgeflogen und zwei von ihnen auf dem Scheiterhaufen in den Flammen gestorben. Von Radestock hat ziemlichen Druck auf mich ausgeübt. Wie gesagt: Er verwies auf zahlreiche andere Interessenten. Das hat sicherlich gestimmt, denn ich weiß aus vielen Gesprächen mit ihm, dass er in der Szene der Geheimgesellschaften und unter Esoterik-Experten international einen vorzüglichen Ruf genossen hat. Ich habe ihm also gesagt, er solle mir eine Frist von einer Woche einräumen. Dann wollte ich nach Halle reisen und mir den Brief ansehen und mich auf der Stelle entscheiden. Ja, diese Woche war gestern vorbei und ich habe versucht, von Radestock zu erreichen. Schon dachte ich, er habe die Umschläge verkauft und

mache jetzt mit dem Geld Ferien auf den Bahamas, aber jetzt sagen Sie mir, er sei ermordet worden. Das ist ja fürchterlich!"

Auf Aydins Frage, ob Scheid auch andere Interessenten kenne oder vermute, denen von Radestock Buchdeckel und Umschläge angeboten habe, musste dieser passen. Er nannte nur allgemein Freimaurer, extreme katholische Gruppierungen, Rechtsextreme, Muslime. Aydin dankte Scheid und rief sogleich Robert Leicht an und bat ihn, den Einzelverbindungsnachweis für von Radestocks dienstliches und privates Telefon anzufordern. Wenn der Täter nicht einer der Angerufenen war, denen von Radestock die Umschläge offeriert hatte, so war zumindest davon auszugehen, dass einer der Gesprächspartner auf die entscheidende Spur führen werde. Ihr war auch klar, dass sie jetzt den Kollegen in Halle über ihre neuen Erkenntnisse informieren musste, zumindest was die Gespräche mit den USA betraf. Ihre Aktivitäten auf diesem Gebiet konnte sie ihm gegenüber mit Rammys Unfalltod rechtfertigen. Auch wenn dieser in den USA geschehen war, hatte sie Indizien, dass der Unfall ein arrangierter Unfall war und dass die Täter oder der Täter etwas mit der Signatur *Inc. 122a* und der Herzogin Anna Amalia Bibliothek in Weimar zu tun hatten. Vor allem eines beschäftigte sie in diesem Zusammenhang zusehends: Der Zeitpunkt der Ereignisse vor fünf Jahren! Wenige Tage vor dem Bibliotheksbrand wollten mehrere Personen unabhängig voneinander ein Buch ausleihen, das es laut Bibliothekskatalog nicht gab. Warum der Schüler und Nat Kornblum das Buch ausleihen wollten, war jetzt erkennbar. Wer aber war jener Mann, von dem die Bibliothekarin berichtet hatte und der nur einen gefälschten oder jedenfalls nicht gemeldeten Namen auf den Leihschein geschrieben hatte? Am Tag nach dem Brand reist der Schüler Rammy Carranza in die USA zurück und stirbt bei einem Verkehrsunfall, den niemand beobachtet hat. Sollte es nicht irgendeinen Zusammenhang geben zwischen dem Mann, der wie Rammy das Buch ausleihen wollte, und Rammys Unfall?

Vielleicht konnte ihr Sebastian Lenzner helfen, der Weimarer Kulturdezernent. Bei ihrer Einführungsfeier hatte er ihr angedeutet, dass er in der Brandnacht die ganze Zeit über in der Bibliothek und in ihrem Umfeld war. Sie könnte sich so ein klareres Bild von den Ereignissen verschaffen. Sie verabredeten sich für den nächsten Tag im Theatercafé.

Vom Auto aus bat sie über Mobiltelefon den Bibliothekar Matthias Brill, das Buch von Ignatius Furrer zu suchen und ihr in einer halben Stunde kurz zu zeigen. Als sie eintraf, stand der staunende Bibliothekar schon im Eingangsbereich.
„Die Geheimzeichen, hier", hielt er ihr das Buch hin, „und noch ein handschriftlicher Text hier unten auf dem Deckelrand. *Wenige in jeder Generation haben es über die Weltalter weitergetragen. Doch itzo ist es an der Zeit, es zu lüften. Zu viele dunkle Kräfte missbrauchen es. Inc. 122a.* Woher haben Sie gewusst, dass hier der Eintrag zu finden ist?"
Nur kurz erzählte Aydin von dem Telefonat mit Kornblum, gab dem Bibliothekar aber zu verstehen, dass der Professor sich über einen offiziellen Anruf der Weimarer Bibliothek sicher freuen würde und er voller Verständnis war, dass seine Anfrage vor fünf Jahren nicht beantwortet werden konnte. Sie gab ihm die Telefonnummer. Brill nickte. „Ja", sagte er, „ich werde dem Herrn Professor schreiben."

X

Im Oktober 1779

Der Goldschmied Johann Nepomuk Immermann hatte von Durchreisenden in Weimar erfahren, wie sich die Gewichte im deutschen Buchwesen verschoben. Waren sie früher noch aus allen Teilen des Heiligen Römischen Reiches Deutscher Nation nach Frankfurt am Main gereist, um ihre ungebundenen bedruckten Bogen in Fässern den Kollegen zum Tausch feilzubieten, so hatte das Jahr 1764 eine entscheidende Wende gebracht. Zum letzten Mal nahm der herausragende Buchhändler Philipp Erasmus Reich, Geschäftsführer und Teilhaber der Weidmannschen Buchhandlung in Leipzig, an der Messe in Frankfurt teil. Fortan blieben die Leipziger und nordostdeutschen Verleger der Frankfurter Messe fern, und Leipzig blühte auf. So manches änderte sich daraufhin, etwa die Einführung fester Buchpreise auf der Messe. Auch tauschte man die Bücher nicht mehr, sondern zahlte dafür.

Immermanns Bild von Leipzig war von diesen Informationen geprägt. Leipzig, das war für ihn *die* Bücherstadt. Gestern Abend, nachdem sie endlich Leipzig erreicht hatten, war er heimlich hinter Johann Jakob Bünzli hergeschlichen und hatte sich im selben Gasthof einquartiert. Wie er bei einem Gespräch am nächsten Morgen heimlich mithörte, erkundigte sich Bünzli beim Gastwirt nach Schrepfers alter Kaffeegaststätte. Den unfreundlichen Blick des Wirts bei Nennung des Namens Schrepfer besänftigte Bünzli mit einem Goldtaler, der ihm auch die gewünschte Auskunft brachte. Der gesuchte Ort war in der Klostergasse. Dort also wollte Bünzli auf Furrer treffen! Dort also würde Furrer seine große Rede schwingen! Sicherlich geschah das im schützenden Dunkel der Nacht. Er, Immermann, würde zur Stelle sein. Die Zeit vorher aber wollte er nutzen, um sich ein wenig zu bilden und Leipzig als Bücherstadt kennen zu lernen. So schlenderte er zur Thomaskirche, sah sich die Auslagen eines Goldschmiedekollegen an und fragte die Leipziger auf der Straße, wo er die Weidmannsche Buchhandlung des Verlegers Philipp Erasmus Reich finde. Auch der Schweizer Bünzli hatte diesen Reich gestern erwähnt, wollte er ihm doch sein Manuskript über die Alpenpflanzen vorlegen. Noch mehr aber reizte den Goldschmied die Vorstellung, in Reich den Mann kennen zu lernen, der auch das Machwerk des Doktor Ignatius Furrer zum Druck befördert hatte.

Nach einem langen Fußmarsch endlich angekommen, war er nicht wenig überrascht, wie geschäftig es in der Buchhandlung des Philipp Erasmus Reich zuging. Schon am Eingang standen eine ganze Reihe Kolporteure, die auf Bücher warteten, um sie mit ihren Bücherkarren auf die Dörfer und in die kleineren Städte zu bringen. Sie unterhielten sich laut über die Lesevorlieben der ländlichen Bevölkerung. Der eine meinte, Räubergeschichten gingen am besten weg, ein anderer mit verwegenem Hut und unrasiertem Gesicht schwor auf prophetische Bücher über den nahenden Weltuntergang, wieder ein anderer meinte, der Roman erobere immer mehr die Herzen, die religiöse Erbauung sei dagegen zunehmend weniger gefragt. Als Immermann das Kontor betrat, schwirrten Gesellen um ihn herum, die große Bogen beschnitten, angeleitet von einem Meister, der die Qualität des Gedruckten stichprobenartig in Augenschein nahm. Manches makulierte er oder er schrie unverständliche Anweisungen in die hinteren Räume, wo die Druckpresse arbeitete. Durch eine Scheibe sah Immermann mehrere Kupferstecher am Werke, auch sie mit kritischen Blicken die Ergebnisse ihrer Arbeit prüfend. Nur mühsam gelang es ihm, in das Ladengeschäft vorzudringen, nachdem er erfahren hatte, dass Reich verreist sei. Bücher aus fast allen Wissensgebieten lagen dort in hohen Regalen zur Ansicht und zum Kauf aus. Nach einer Stunde entschied er sich für zwei Bücher aus seinem Fachgebiet und für das furrersche Machwerk. Der für den Verkauf abgestellte Geselle ging zu einem der Meister, um den Preis zu erfragen. Der Meister, erfreut über einen kauffreudigen Kunden, kam persönlich und nahm das Geld entgegen. Er bot dem Gast an, ihm in einen weiteren Raum zu folgen, wo Reich seine besonders wertvollen Bücher aufbewahrte, die er im Laufe der Jahre auf der Frankfurter Messe eingetauscht oder in Leipzig angekauft hatte. Prachtvolle alte Bibelausgaben, von Hand koloriert, wechselten sich ab mit Werken über den Bergbau, über die Wilden in Amerika oder über die Kunst des

Musizierens. Atlanten, Globen, Büsten auf eigens dafür hergestellten Podesten rundeten den Gesamteindruck ab und erinnerten den Goldschmied an den Saal der herzoglichen Bibliothek in Weimar.
„Sind denn diese Bücher und Gegenstände auch zu kaufen?", fragte er neugierig den Meister. Ein markerschütterndes Lachen war die Antwort.
„Verkaufen? Nur, wenn das Geschäft in die Krise gerät. Aber danach sieht es nicht aus."
Wie zum Trost führte der Meister den Goldschmied in einen Raum, in dem in einem Regal eine Reihe lädierter Bücher standen. Da waren Rücken abgerissen, Einbände durch Wassereintritt beschädigt, Seiten herausgerissen oder angekokelt.
„Er ist doch Goldschmied! Also handwerklich begabt und mit gutem Werkzeug ausgestattet. Wenn er unbedingt ein altes Buch das Seine nennen will, dann kann er sich hier was aussuchen und es selbst zu reparieren versuchen. Sollte er fündig werden, melde er sich in der Binderei. Ich muss dort wieder arbeiten."
Der Meister verschwand und Immermann sah sich die alten Scharteken an, die ihn an die aus dem Siebenjährigen Krieg zurückkehrenden Truppen erinnerten: Dem einen fehlte ein Auge, ein anderer nannte nur noch ein Bein sein eigen, einem dritten waren sämtliche Haare und ein großer Teil der Kopfhaut vom Feuer abgesengt. Die Kammer war ein wahres Buchlazarett. Schon wollte er vom Kauf eines dieser Buchrelikte Abstand nehmen, da fiel ihm ein noch einigermaßen gut erhaltener Foliant in Ganzleder in die Hand. Beim Aufschlagen merkte er, warum der Band hier gelandet war. Es fehlten viele Seiten, insonderheit waren ganz offenkundig die doppelseitigen Holzschnitte entfernt.
„Geplündert!", erklärte spitz der Meister, der jetzt wieder hinter ihn getreten war. „Das war einmal ein schönes Exemplar der Weltchronik von Hartmann Schedel. Gedruckt bei einem der Großen unserer Zunft, Anton Koberger in Nürnberg, anno 1493. Hat eine Weltkarte enthalten und eine Europakarte. Außerdem 29 Ansichten von Städten auf Doppelseiten, gestochen in der Werkstatt des großen Wolgemut. Kostete damals schon drei Gulden ungebunden, das kolorierte und gebundene Exemplar gar acht Gulden. Von den 1 800 Holzschnitten sind immerhin noch einige in diesem Exemplar vorhanden. Die anderen haben die

Trödler herausgerissen und einzeln verkauft. Bringt mehr Geld. Also, wenn er es haben will, machen wir einen guten Preis, weil er schon die anderen Bücher gekauft hat. Geb er mir einen Gulden und das Buch ist sein eigen."

Der Goldschmied zögerte. Wie viele Kelche, Ketten und Ringe aus Gold musste er verkaufen, um auf einen Gulden zu kommen! Andererseits: Der Druck war älter als die Reformation Martin Luthers! Und immerhin enthielt er noch reichlich Text. Die sieben Weltalter waren da beschrieben, beginnend mit der Erschaffung der Welt und endend mit einem Ausblick auf das Jüngste Gericht. Er könnte die Seiten ausschneiden und unter einen goldenen Rahmen bringen und in seinem Geschäft ...

„Also, was ist nun?", drängelte der Meister, „drüben wartet die Arbeit auf mich!"

Immermann merkte, wie sich seine rechte Hand in Richtung des Geldsacks bewegte, den er mit sich trug. Er packte einen Gulden aus, drückte ihn dem jetzt milde lächelnden Meister in die Hand und brachte seine Erwerbung in den Gasthof, in dem er einquartiert war. Die Sonne stand schon tief im Westen und er ging sogleich los, mit knurrendem Magen, zur Klostergasse.

Als er vor der Eichentür stand, fragte er sich, wie er heimlich an so einem Treffen teilnehmen könnte. Weniger schlimm wäre es, wenn ihn Bünzli erkannte. Wohl hatte der Schweizer kaum noch eine Erinnerung an seine volltrunkene Werberede für Furrer; zu einem Verdacht gegenüber ihm, Immermann, hatte er keinen Grund. Schwieriger war es bei Furrer selbst. Auch wenn er seit dem Vorfall im Weimarer Park vor über einem Jahr noch zahlreiche weitere Opfer seiner Scharlatanerien zu verzeichnen hatte, dürfte er sich noch an Immermanns Gesicht erinnern. In jedem Falle war es ein gefährliches Unterfangen, einfach so an der Veranstaltung teilzunehmen, zumal wenn es um ein Geheimtreffen ging, bei dem die Gäste alle untereinander bekannt waren. Nein, er musste einen Weg finden, von Furrer unbemerkt teilzunehmen.

Vorsichtig öffnete er die Tür. In der niedrigen Stube standen mehrere Bänke und Tische, aber niemand war zu sehen. Nur aus der Küche waren einige schabende Geräusche zu hören. Es hatte den Anschein, dass jemand den Boden oder den Eisenherd wischte. Der schmale Raum hatte außer der Tür zur Küche noch eine weitere Tür. Auf Zehenspitzen

schlich sich Immermann dorthin und drückte sie behutsam auf. Sie führte in einen größeren Raum, eine Art Saal, in dem einige Kisten, Laternen und Kostüme herumlagen. Hier also sollte das Spektakel stattfinden! Keine Frage, er war zu früh gekommen. Für ihn eine günstige Gelegenheit, sich ein Versteck zu suchen. Leise ging er den Raum ab.
„Hallo, ist da wer?", ließ ihn eine Bassstimme aus der Gaststube zusammenfahren. Aus der Küche musste jemand herausgekommen sein und etwas gehört haben. Der Goldschmied drückte sich an den Türbogen, gerade als die Tür aufschwang. Starr blieb er dort stehen und beobachtete einen Mann mit kahlem Schädel und einer großen Narbe im Nacken, die sich unter dem weißen Unterhemd verlief. Der Mann fluchte leise vor sich hin, drehte sich dann um und ging in die Küche zurück, wo das schabende Geräusch wieder einsetzte.
Immermann untersuchte die Kisten, die Ecken des Saales, in denen Bänke gestapelt waren. Schließlich entdeckte er ein kleines Verließ im hinteren Teil des Raumes, in dem Besen und anderes Gerät aufbewahrt waren. Er baute sich einen kleinen Freiraum, um darin zu sitzen, über sich und vor sich die Gerätschaften und den Vorhang, der das Verließ vom Saal abtrennte, in Griffweite. So konnte er im Dunkeln mühelos den Vorhang je nach Bedarf so weit öffnen, wie er brauchte, um etwas zu erkennen. Einzig sein nicht geringer Bauchumfang würde ihm in so beengter Sitzhaltung auf Dauer vielleicht schmerzen. Aber es ging um viel, und da war ein bisschen Schmerz auszuhalten.
Fast eine geschlagene Stunde saß Immermann in dieser unbequemen Haltung, bis sich etwas tat. Der Raum füllte sich allmählich mit Menschen unterschiedlichster Kleidung und verschiedenster Stände. Manche entpuppten sich schnell als blasierte Adlige, die sich über die peinlichen Auftritte des Johann Georg Schrepfer tuschelnd echauffierten und im Grunde auch vom heutigen Abend nichts als eine Trickserei erwarteten, die sie mit ihrer geistigen Überlegenheit schnell enttarnen wollten. Einige aus dem bürgerlichen Stand, die separiert von den Adligen saßen, waren hoffnungsvoller, vor allem weil Furrer ja auch angekündigt hatte, die Methoden des Doktor Mesmer und auch des berühmten Johann Joseph Gaßners Lehren anzuwenden. Wieder andere waren unschwer als Studenten zu erkennen, streckten sie doch ihre Beine weit von sich, bestellten Wein nach Wein und lachten manches

Mal laut auf über einen Witz, den einer von ihnen in froher Erwartung des Kommenden gerissen hatte. Als Letzter kam Johann Jakob Bünzli, mit kreideweißem Gesicht. Er bestellte einen Schoppen Unstrutwein. Etwa drei Dutzend Menschen hatten den Saal nun bis auf den letzten Platz gefüllt.
Der Kahlschädel betrat den Raum. Immermann zog, als er sich dem Verließ näherte, blitzschnell seinen Vorhang zu und konnte nur durch einen winzigen Spalt erkennen, wie der Mann im weißen Unterhemd einen Tisch hereinschleppte, ein schwarzes Tuch darauf ausspannte und eine Kerze entzündete. Diese Kerze und die Funzel am Ende des Saals, wenige Schritte von Immermanns Verließ entfernt, waren jetzt zwar die einzigen Lichter. Die schummrige Beleuchtung tat den Gesprächen im Raum aber keinen Abbruch. Nach kurzer Zeit brachte der Kahlschädel ein Tablett mit Punschgläsern. Er stellte jedem ein Glas hin und forderte alle auf, es schnell zu leeren. Erst dann könne es weitergehen. Das Klappern der Löffel und Gläser brächte sonst zu viel Ablenkung. Auch mussten alle, die Augengläser hatten, diese bei ihm bis nach der Veranstaltung abgeben. Ab jetzt war es auch strengstens verboten, sich vom Platz wegzubewegen. Er als Gastwirt des heutigen Abends übernehme sonst keine Gewähr für das, was dann passiere.
Wom! Wom! Wom! Es wummerte an die Tür. Nur langsam versiegten die Gespräche. Immermann bemerkte aus seiner Perspektive, was den anderen verborgen blieb: Ein kleines Wesen, vielleicht ein Kind, huschte durch das Dunkel auf den Tisch zu und verbarg sich unter dem schwarzen Tuch. Die Schläge an der Tür nahmen an Lautstärke zu und dann kam sie: Die Erscheinung! Immermann zweifelte sogar anfangs, ob das tatsächlich Furrer war. Doch, er war es! Furrer hatte sich einen scharlachroten Kardinalsmantel angelegt, darüber einen langen weißen Hermelin. Auf dem Kopf trug er das Gehörn eines Widders. Unter Zischen und Zischeln betrat er den Raum.
„Niederknien!", herrschte er die Anwesenden an, die jetzt völlig verstummt waren. „Betet", wies er sie an, „betet, das Werk heute möge gelingen!" Während die Adligen stumm blieben, begannen die Bürgerlichen und die Studenten ungeordnet Gebete zu stammeln. In ihre Gebete hinein schrie Furrer entsetzliche Kommandos an die überirdischen Mächte: „Gebt sie frei, die Meister der Vergangenheit! Gebt sie frei!"

Mit einem Schwert, das er jetzt aus der Scheide unter seinem Mantel zog, schlug er wild auf die Tische. Einige Weingläser gingen dabei zu Bruch. Jetzt sanken auch die Herren Adligen auf die Knie und beteten flehentlich um Hilfe für den Meister. Furrer funkelte jedem einzeln in die Augen, manchem so nah und aufdringlich, dass dieser nach hinten von der Bank zu kippen drohte.

Nachdem er die Augenkontaktrunde beendet hatte, stieg ein dichter Nebel unter dem Altartisch auf und füllte bald den Raum. Der gasähnliche Geruch benebelte alle Anwesenden, einer kippte in Ohnmacht, ohne dass jemand wagte, sich um ihn zu kümmern. Für kurze Zeit entschwand Furrer, während gleichzeitig das Pfeifen und Sausen und Zischen anschwoll. So mancher hielt sich schützend die Ohren zu, bekam dann aber einen Schlag auf die Finger, der von einem Stock herrührte, den eine maskierte Gestalt führte. Aus seinem Versteck erkannte Immermann unschwer die Schuhe des Stockschlägers: Es waren die des Kahlschädels! Der Maskierte war niemand anderes als dieser! Lange hielt das ohrenbetäubende Gedröhn an, dann trat Furrer wieder auf, jetzt aber nicht mehr im Kardinalsmantel, sondern in einem grünen Kostüm, das an Robin Hood oder an einen Springbockjäger erinnerte. In der Nebelwolke stehend hob er zu einer pathetischen Rede an:

„Ich danke dir, mein Vorgänger Schrepfer. Ich danke dir, mein Vorgänger Gaßner. Ich danke euch, die ihr mir eure Weisheiten weitergegeben habt zur treuen Verwaltung eures Erbes. Ich danke dir, göttlicher Doktor Mesmer, für die Entdeckung des Magnetismus! Animalisch! Genialisch!“

Genau dieselben Stabmagneten, mit denen er meine Henriette missbraucht hat, erkannte Immermann, als er sah, wie Furrer jetzt mit den Magneten herumfuchtelte und den vor ihm Knienden damit übers Haupt fuhr.

„Euer Körper werde ein Tempel! Euer Körper sei die Heimstatt der überirdischen Mächte! Lasst Gott in euch wirken, wie es also im Evangelium des Johannes heißet: ‚Jesus sprach zu den Juden: Brecht diesen Tempel ab, und in drei Tagen will ich ihn aufrichten. Da sprachen die Juden: Dieser Tempel ist in sechsundvierzig Jahren erbaut worden, und du willst ihn in drei Tagen aufrichten? Er aber redete von dem Tempel seines Leibes.‘“

Furrer brach an dieser Stelle ab und auch alle anderen Geräusche verstummten. Nur der künstliche Nebel waberte durch den Raum.
„Ich habe ein Geheimnis, das zu verkünden mir eine höhere Macht aufgetragen hat. Denn wer, wenn nicht die göttliche Macht, hat bewirket, dass fast dreitausend Jahre nach ihrem Entstehen dieses Geheimnis mir zu Händen gekommen ist und dass ich beauftragt bin, es zu verkünden? Ich verfüge über das Meisterwort des Hiram!"
Vor allem unter den Adligen entstand Unruhe. Einige schienen den Saal verlassen zu wollen, doch ein energischer Schlag Furrers mit seinem Schwert auf ihren Tisch ließ sie davon Abstand nehmen.
„Für heute genügt es, wenn ich euch verkünde, dass ich über dieses Meisterwort verfüge. Der erste Teil des Geheimnisses ist damit gelüftet. Bei unserem nächsten Treffen, kommenden Freitag, hier, an gleicher Stätte, werde ich das Meisterwort verkünden. Das Geheimnis des Salomonischen Tempels, es wird dann kein Geheimnis mehr sein. Aber seine Kenntnis wird uns alle, wird die Welt verändern. Wir werden erfahren, wie wir selbst zum Tempel werden, wie in unser Allerheiligstes Gott selbst einzieht. Und, wir werden alle einen neuen Tempel errichten. Endlich, nach der Zerstörung vor mehr als eintausendsiebenhundert Jahren, werden wir den Bauplan des weisen Meisters Hiram besitzen, um den Tempel neu aufzubauen, so wie ihn Gott selbst geplant hat. In Jerusalem der Tempelberg steht nicht zur Verfügung. Auch soll dieser neue Tempel kein Privileg der Juden sein, sondern alle Welt soll daran Anteil nehmen. Wir werden ihn hier in unserer großen Stadt Leipzig errichten. So werden beim Treffen am Freitag auch hohe, ja höchste Personen aus Regierungskreisen zugegen sein, um der feierlichen Eröffnung des Geheimnisses allhier beizuwohnen. Im Anschluss verkünden sie, welche Mittel für unser Vorhaben zur Verfügung gestellt werden."
Die Unruhe, die jetzt entstand, war deutlich größer als die zuvor, auch unter den Bürgerlichen rumorte es, und es bedurfte einiger heftiger Schwertstreiche Furrers, um abermals die Gemüter zu beruhigen.
„Ja, wir werden den Tempel in Leipzig errichten. Und er soll eine Heimstatt für die Logen der Freimaurer ebenso sein wie für die Messen der Jesuiten und die Sitzungen unserer Brüder vom Rosenkreuz. Frauen dürfen ihn nicht betreten, das ist die eine Grundregel. Und im

Allerheiligsten muss einer wohnen, der alles, was im äußeren und inneren Vorhof geklagt, erfleht, gehofft wird, vor die höchste Macht bringt."

Jetzt setzte wieder das unheimliche, künstlich erzeugte Gedröhne, Gezische und Gepfeife ein, nur übertönt von Furrers Schreien:

„Und der da wohnen wird im Allerheiligsten, wird der Erbe des großen Schrepfer und des großen Gaßner sein. Der da wohnen wird im Allerheiligsten, werde ich sein. Ich!!!"

Mit diesem Schrei erlosch die Funzel am Ende des Saals, nur die Kerze auf dem Altar flackerte noch schwach und unruhig. Wenige Sekunden später schwirrten unzählige Fledermäuse durch den Raum, bissen sich in den Haaren der völlig entgeisterten Gäste fest, bis diese, übereinanderstürzend, fluchtartig den Raum verließen. Auch Immermann nutzte den Augenblick, sich in der Menge und in der Dunkelheit davonzustehlen. Draußen wechselten die Stimmen der Geflohenen zwischen Entsetzen und Empörung.

„Der will sich an Gottes Stelle setzen!", schrie einer der Studenten einen Adligen an.

„Die Fledermaus, diese verdammte Fledermaus!", jammerte ein anderer, der mit dem in seinem Haarschopf festgekrallten Tier kämpfte.

„Das ist Blasphemie. Wir können das nicht zulassen", warf ein anderer ein, der wie ein Priester gekleidet war.

„Wir sollten Feuer in seinem Haus legen! Der wohnt doch unten an der Weißen Elster, neben dem Hufschmied Kranz. Dann gehen auch alle Tempel-Geheimnisse in Flammen auf!", schlug ein anderer mit erregter Stimme vor.

„Nein", entgegnete ein Adliger, „auf keinen Fall. Wir sollten den nächsten Freitag abwarten. Wenn er wirklich das Meisterwort des Hiram kennt, dann ist er nicht von dieser Welt. Dann ist er unser Herr und Meister."

„Ja, ja, genau", pflichteten ihm einige Standesgenossen bei.

„Und was wird aus unserer Loge?", entrüstete sich der, der sich endlich von der Fledermaus befreit hatte. „Was, wenn unser Geheimnis kein Geheimnis mehr ist? Dürfen wir zulassen, dass ein Nichtbruder unser Geheimnis aufdeckt? Dürfen wir überhaupt zulassen, dass das Geheimnis aufgedeckt wird? Ist das nicht Verrat an unsrer Freimaurerei?

Verlieren wir nicht unsere Macht, unsere Verbindungen in höchste Regierungskreise, wenn wir das Geheimnis nicht mehr haben? Oder stellt euch vor, unter den Leuten heute Abend war ein verkleideter Jesuit. Wenn der an das Meisterwort kommt, dann kann er uns erpressen. Dann kann er dem Papst drohen! Dann wird sein Orden wieder zugelassen und wir werden noch mehr bekämpft!"

„Lass uns mit dem Meister vom Stuhl sprechen", stimmte ihm einer zu und einige nickten. Andere warfen ihm vor, mit seinem lauten Reden in Anwesenheit von Studenten und Bürgerlichen, die nicht einer Loge angehörten, plappere er ohnehin schon viel zu viel aus, was sie geheim halten sollten.

Sie stoben auseinander, auch Bünzli eilte seinem Gasthof zu, nur Immermann blieb zurück. Unten an der Weißen Elster, neben dem Hufschmied Kranz, murmelte er in sich hinein. Durch eine Fensterritze sah er, wie Furrer, bei geöffnetem Wams, der Kahlköpfige, ein Kleinwüchsiger und ein zahnloser Mann mit Stiernacken Wein und Kräutergeist in sich hineinschütteten. Sie stießen wohl auf den erfolgreichen Abend an. Auf, zur Weißen Elster, munterte sich der Goldschmied auf und stapfte los.

Furrers Haus fand er schnell, der ganze Straßenzug lag still und friedlich. Aus der Ferne schlug eine Glocke zur Mitternacht. Die vordere Tür war verriegelt. Er ging um den Häuserblock herum und näherte sich dem Haus von hinten. Einige Hühner im Garten des Hufschmieds Kranz schreckten auf. Als sie sich beruhigt hatten, stieg er über den Zaun des furrerschen Gartens und es gelang ihm, über eine Leiter durch eine Dachluke in das schmale Haus einzusteigen. Für alle Fälle hatte er eine Kerze mitgenommen, die ihm jetzt gute Dienste erwies. Er erreichte die Wohnstube, wo es aussah wie in der Studierstube eines Alchimisten. Neben naturwissenschaftlichen Gerätschaften, Stabmagneten und Laternen in verschiedensten Größen füllten Bücher und Manuskripte jeden Winkel aus. Verzweifelt schaute Zimmermann in das vom Kerzenlicht nur punktuell erhellte Zimmer. Das hatte er sich einfacher vorgestellt! Wie sollte er hier das geheime Papier finden? Er wusste nicht, in welcher Form der Text, die Formel, die Zeichnung oder was auch immer es war, vorlag: Ob als Brief, als Kladde, als bloßer Zettel, keinen Schimmer hatte er. Es blieb ihm nichts anderes übrig, als systematisch

Regal für Regal, Stapel für Stapel abzusuchen. Angstschweiß lief ihm die Schläfen herab. Noch nie hatte er ein fremdes Haus auf diese Weise betreten. War er mit dieser Tat nicht zum Verbrecher geworden? Er wischte den Gedanken weg, indem er sich das Bildnis seiner geliebten Henriette memorierte, auch das Bild, wie er ihren leblosen Körper aus der Schlinge gezogen hatte. Nein, er hatte alles Recht, sich hier etwas von dem zurückzuholen, was ihm auf anderem Weg genommen war!
Schon war er eine Stunde am Werke, da entfuhr ihm ein Entsetzensschrei. Gerade hatte er mit der Kerze die Mitte eines Regals erreicht, da blickte ihn zwischen den Manuskripthaufen und schweinsledernen Büchern ein Totenschädel an. Schnell wechselte er das Regal. Was waren das nur für unzählige Manuskripte und Briefe? Er las in einige hinein und kam immer mehr ins Staunen. Nach der zweiten Stunde hatte er Gewissheit: Was er im ehemals schrepferschen Kaffeehaus heimlich miterlebt hatte, war ein Spektakel an der Oberfläche. Dahinter stand eine groß angelegte und ausgeklügelte Strategie, Gewalt über Menschen bis in höchste Regierungskreise zu gewinnen. Die Schriften in Furrers Stube gaben ihn als einen belesenen Magier zu erkennen. Seine Wohnung, – ein Tempel des Wissens, der Belesenheit! Mit vielen, zum Teil bedeutenden Personen stand der Magier in Kontakt. So fand Immermann einen ganzen Stapel von Briefen eines Johann Rudolf von Bischoffswerder und eines Johann Christoph Wöllner, die Pläne schmiedeten, den preußischen Kronprinzen und andere Fürsten unter ihren Einfluss zu bringen. Dazu hatten sie eine geheime Gesellschaft gegründet, deren Name zugleich Programm war: *Orden der Gold- und Rosenkreuzer alten Systems*. Immermann vergaß Raum und Zeit, als er las, in welch großen Zeiträumen dieser Orden dachte. Ein leises Glücksgefühl beschlich ihn beim Gedanken an die von ihm erworbene, wenn auch rudimentäre Schedelsche Weltchronik. Auch ihr Verfasser dachte in ähnlich großen Zusammenhängen! Wie freute er sich auf die Lektüre!
Den furrerschen Unterlagen nach ging der *Orden der Gold- und Rosenkreuzer alten Systems* in seinen Ursprüngen auf Adam selbst zurück, den ersten Menschen, der sich zwar von Gott abgewendet, dennoch aber vom göttlichen Wissen manches bewahrt und an die Nachwelt weitergegeben hatte. Über einen Sohn Noahs kam dieses Wissen dann nach Ägypten, wo Moses daran teilhatte. Wie einen goldenen Staffelstab

hatte dann der große König Salomo diese göttliche Wahrheit übernommen. Ihm selbst und seinem Baumeister Hiram hatte sich mit dem Bau des Tempels in Jerusalem neues göttliches Wissen offenbart, das in den Bau des Tempels eingeflossen war und das Salomo selbst als versiegeltes Meisterwort an einem geheimen unterirdischen Ort des Tempels gelagert hatte. Arcana templis Salomonis. Die Geheimnisse des Salomonischen Tempels. Würde dieses Meisterwort der Menschheit überbracht, wäre die Formel für immerwährenden Frieden gefunden und das Paradies auf Erden bräche an, las Immermann mit zitternden Händen. Jeder Einzelne werde zum Tempel Gottes. Die göttliche Weisheit werde Wohnung nehmen in der Seele derer, die vom Salomonischen Geheimnis erfahren. Doch es kam, so der Bericht der Rosenkreuzer, anders: Die Menschen hatten Kriege geführt, den Tempel zerstört, sich des Salomonischen Geheimnisses als nicht würdig erwiesen, und so sei das versiegelte Meisterwort in den Wirren der Tempelzerstörung, also anno 70 nach Christus, an die Essener gelangt, und hatte von diesen über eleusinische Priester und Pythagoreer den Weg in den Palast König Balduins II. von Jerusalem gefunden und war damit direkt in die Nachbarschaft des ehemaligen Salomonischen Tempels zurückgekehrt. König Balduin II. gewährte dem 1118 gegründeten Orden der Tempelritter während der Kreuzzüge Wohnung in seinem Palast. Sie nannten sich *Die arme Ritterschaft Christi und des salomonischen Tempels zu Jerusalem* und zeichneten sich als großartige Baumeister aus. Auch tauschten sie ihre Erfahrungen auf diesem Gebiet mit ihren mohammedanischen Kollegen. Den Tempelrittern gelang es, in den Besitz des im Palast aufbewahrten Meisterwortes zu gelangen, ohne dass sie das Siegel erbrachen. Vielmehr brachten einige dieser Tempelritter das versiegelte Meisterwort ins Heilige Römische Reich Deutscher Nation, und zwar zu einer Gruppe, die damals noch kaum jemand kannte: Die Katharer. 1143, so sagte es ein Bericht der Rosenkreuzer-Tradition aus, hätten die Tempelritter aus Jerusalem das versiegelte Meisterwort an zwei Katharer in Köln übergeben, um die neue Bewegung, mit der sie sympathisierten, mit diesem allmächtigen Geheimnis zu stärken. Angesichts der zu erwartenden Bedrohung durch die Papstkirche und andere Gegner könnte ihnen das Wissen um den Ort, an dem sie das geheime Wort des Hiram aufbewahrten, Schutz bieten. Man würde sie

nicht auslöschen, weil sonst auch das Geheimnis für alle Zeit verloren war.
Das Meisterwort als Waffe, als Machtinstrument, dachte sich Immermann, das wird bald ein Ende haben! Furrer benutzte das Geheimnis, um Menschen einzuschüchtern und um sich selbst zu erhöhen. Der eine Student hatte Recht, als er sagte, Furrer wolle sich an Gottes Stelle setzen!
Immermann nahm ein neues Manuskript in die Hand: *Geschichte einer Siegelrolle* stand darauf. Er schlug die erste Seite auf und begann zu lesen: *„Als der Prior des Ordens der Prämonstratenser im kölnischen Steinfeld, Eberwin aus Steinfeld, sich im Jahre 1143 um Rat an den großen geistlichen Führer der Zisterzienserbewegung, Bernhard von Clairvaux, wandte, war das Schicksal …“*
Ein gewaltiges Krachen riss Immermann aus seiner Lektüre. Natürlich, er war ja in Furrers Wohnung eingedrungen! Schnell blies er die Kerze aus und sprang in eine Zimmerecke, doch schon knallte die Tür auf und ein hörbar angetrunkener Furrer stürzte im Dunkeln auf den Tisch in der Mitte des Raums zu. Nur mit Mühe gelang es ihm, einen mehrarmigen Kerzenständer ruhig zu halten und die Kerzen zu entzünden. Jetzt war der Raum deutlich heller. Mit aller Kraft versuchte Immermann die Luft anzuhalten, um sich nicht durch ein Schnaufen zu verraten. Allein der Gedanke daran erwies sich schon als ein Fehler. Denn ob es die staubige Luft war oder ein anderer Reiz: Er entlud seine Nase in einem krachenden Niesen, das Furrers Lärm in nichts nachstand. Eine gespenstische Stille machte sich breit. Für einen Augenblick starrten sich die beiden Männer an wie Raubtiere, die vor dem Sprung standen. Im Unterschied zu Immermann brauchte Furrer etwas länger, um die Situation einzuschätzen. „Henriette“, schrie Immermann mit einem jähen Laut und stürzte auf Furrer los. Der prustete etwas von „Hilfe“, kam aber nicht mehr zu weiteren Schreien, weil Immermann ihm eine Faust komplett in den Mund schob. Mit der anderen Hand hielt er Furrer im Nacken fest, der sich zu befreien suchte.
„Du Lump, du Schwein, du Mörder!“, schrie Immermann wie besessen, bis ihm einfiel, dass er auf keinen Fall die Nachbarn wecken durfte. Er musste Ruhe in den Raum bringen, jetzt, wo Furrer ihm so heftig die Zähne in die Faust gerammt hatte, dass er aufschrie, die Hand aus

Furrers Mund zog und dieser laut nach Hilfe rief. Der hatte sich inzwischen ganz befreit und stand angriffslustig vor ihm.
„Ah, der Goldschmied aus Weimar!“, erkannte er ihn jetzt und grinste sein Gegenüber an. „Hat wohl sein Töchterlein doch den Balg geboren und der Herr will Rache üben?“
Das war zuviel für Immermann. Mit seinem ganzen Gewicht warf er sich auf sein Gegenüber. Mit seiner freien Hand suchte er nach einem Gegenstand, den er Furrer über den Kopf ziehen konnte. Da, irgendwas hatte seine Hand ergriffen. Er rammte es in Furrers Schädel. Wie er erst nach dem Stich erkannte, war es ein Brieföffner, der jetzt aus Furrers Kopf ragte.
„Mörder!“, versiegte die Stimme Furrers. Der Kopf rutschte zur Seite und die Augen rollten nach oben.
„Tot“, raunte Immermann in den Raum. Er starrte stumpf auf den sterbenden Körper vor sich. „Ich bin zum Mörder geworden! Meine Güte! Ich war doch ein völlig unbescholtener Mann!“
Der Goldschmied horchte in die Stille. Ein Hund in der Nachbarschaft schlug laut an, dann eine Stimme, die „Still“ rief, dann Ruhe. Was sollte er jetzt tun? Ihm fiel die Debatte nach der Sitzung im ehemals schrepferschen Kaffeehaus ein. „Wir sollten Feuer legen in seinem Haus“, hatte da einer gesagt. Er schnaufte schwer. Jetzt bist du Mörder und willst auch noch Brandstifter werden, sagte er sich. Eine andere Stimme in ihm sagte: Dieb musst du auch noch werden! Ja, stimmt, jetzt, wo das ganze Desaster geschehen ist, muss ich wenigstens Beute machen. Er versuchte einen klaren Kopf zu bekommen, sah aber mit Schrecken, wie seine weiße Weste mit Blut besudelt war. Geistesgegenwärtig suchte er die furrersche Schlafstube auf, kramte eine ihm zwar zu enge, aber saubere Weste aus dem Schrank hervor und zog sie an. Zurück in der Stube, steckte er das Manuskript mit der *Geschichte einer Siegelrolle* ein und leuchtete in Furrers Gesicht. Die Zunge hing ihm leicht aus dem Mund, so als wolle er ein letztes Mal etwas Gespenstisches, Unheimliches ausspucken, nur dass ihm sein Gehirn den Dienst versagte.
In den Anblick versunken, donnerte es unten gegen die Tür.
„Doktor, ist alles in Ordnung bei ihm?“ Der Hufschmied Kranz war von dem Lärm aufgewacht.

Immermann stürzte in die Schlafstube, deren Fenster geöffnet war, und begann mächtig zu schnarchen, so dass man es bis zur Thomaskirche hören musste. Nur kurz nuschelte er zwischendurch ein Wort zur Straße hin, um sofort wieder mit dem Schnarchen einzusetzen. Nach einer Weile hörte er, wie sich die Schritte entfernten und die Tür des Nachbarhauses zuschlug.

Bald würde es zu dämmern beginnen, er hatte also nicht mehr viel Zeit. Wo nur könnte das geheime Meisterwort sein? Siegelrolle, ging es ihm durch den Kopf, das Geheimnis einer Siegelrolle. Da war doch was, natürlich. Das musste doch eine versiegelte Rolle sein, wenn das Meisterwort bald dreitausend Jahre alt war. Wo hatte er eine Rolle gesehen? Wo nur? Richtig! Da war doch etwas hinter dem Totenschädel!

Er eilte zu dem Regal. Angesichts von Furrers Leiche mit dem spitzen Brieföffner im Kopf hatte der Totenschädel seinen Schrecken etwas verloren. Während er ihn mit der einen Hand zur Seite schob, holte er vorsichtig die dahinter befindliche Rolle aus dem Regal.

A.T.S. stand da in alter Schrift. *R.C.* direkt dahinter und kalligraphisch geschwungen, hatte eine andere Hand ergänzt. Und *1143*, abgesetzt und groß, verriet einen dritten Schreiber. Die Zahl passt zu dem Anfang der Geschichte einer Schriftrolle, kombinierte Immermann. Er packte jetzt auch die Schriftrolle selbst behutsam in seine Manteltasche. Noch einen letzten Blick warf er in die Stube. Langsam hob er den mehrarmigen Kerzenständer und zündete Manuskripte an mehreren Orten an. Zum Schluss zog er den Brieföffner aus Furrers Kopf, legte ihn in eine der Laternen und warf den Kerzenständer neben den Leichnam, wo Furrers Haare sofort Feuer fingen. Das letzte, was er sah, bevor er über die Dachluke und die Leiter durch den Garten enthuschte, war die sich unter der Hitze wellende Kopfhaut des Doktor Ignatius Furrer. Die Freimaurer kämen am nächsten Tag unter Verdacht, da war er sich sicher. Oder ein Unfall war es. Im Vollsuff war eben der Kerzenständer umgekippt. Er hatte es nicht anders verdient! Henriette!

XI

Dienstag, 31. August 2004

Vor der Bibliothek trafen sie sich: Rammy Carranza mit seinem roten Texas-Cap, und Friedemann Schalbe, ganz in Schwarz gekleidet. Eine erste Touristentraube, von einer Stadtführerin in fließendem Englisch begrüßt, hatte sich vor dem mächtigen Gingkobaum gegenüber der Bibliothek eingefunden, und Pferdedroschken mit Kutschern in historischen Kleidern holperten über das Pflaster des Platzes der Demokratie zum Frauenplan.

Wieder begaben sie sich zum Reithaus, um sich an der Ilm niederzulassen und die Morgensonne ein wenig zu genießen. Hier unterhalb der Sternbrücke konnten sie ungestört reden, obwohl das Leben um sie herum pulsierte: Studierende aus Asien bugsierten ihre Celli und Violinen auf Fahrrädern in die über die Stadt verteilten Gebäude der Hochschule für Musik, Joggerinnen auf der anderen Ilmseite bewegten sich mit MP3-Player im Ohr in Richtung Tiefurter Park, Schloss und Bibliothek lagen in der Morgensonne und Mitarbeiter der Klassik Stiftung Weimar strömten hinein.

„Stell dir vor, ich bin gestern noch zum Detektiv geworden", eröffnete Schalbe das Gespräch. Er berichtete von seiner Lektüre des Furrer-Buches. Ihn hatte vor allem die letzte Geschichte betroffen gemacht, in der dieser Furrer seine abstruse Abtreibungspraxis beschrieb. Dort sprach Furrer von einer erfolgreichen Anwendung seiner Methode in Weimar.

„Das Buch ist 1779 erschienen", erläuterte Schalbe, „also habe ich mich zu einem Weimarer Kollegen aufgemacht und ihn um Einsicht in die alten Kirchenbücher gebeten. Auch das Stadtarchiv mit seinen alten Zeitungen habe ich aufgesucht. Zwar war in diesen Quellen selbstredend die Abtreibung eines Kindes nicht verzeichnet, aber ich habe den Tod einer Henriette Immermann entdeckt, am 17. Februar 1779. Todesursache war Selbstmord. Ob es da vielleicht einen Zusammenhang gibt zu dem Buch dieses Ignatius Furrer? Denn ich habe auch herausgefunden, dass am 24. Dezember 1779 der Vater von Henriette, der bekannte Goldschmiedemeister Johann Nepomuk Immermann, verstorben ist. Und zwar durch einen Sturz auf der Pflasterstraße vor der herzoglichen Bibliothek. Irgendein Gefühl sagt mir, dass die Todesfälle von Vater und Tochter mit dem Furrer zusammenhängen, auch wenn ich es schwerlich beweisen kann."

Schalbe sah Rammy erwartungsvoll an, aber der beobachtete nur schweigend eine Entenfamilie, die tapfer gegen den Strom anschwamm.

„Und das ist noch nicht alles. Ich habe mit Hilfe des Internets über diesen Ignatius Furrer Spannendes rausgefunden. Der war eine Art Magier und Wunderheiler, den manche Zeitgenossen verehrt, andere ausgelacht haben. Sein Name steht auch im Zusammenhang mit dem *Orden der Gold- und Rosenkreuzer alten Systems*. Rosenkreuzer, mein lieber Rammy, denk mal an das R und das C, die Initialen, die in Furrers Buch zu finden sind. Könnte der Eintrag nicht von diesem Immermann sein?"

Rammy schwieg weiter, trotz der absichtlichen Pausen seines Gegenübers.

„Einen Trumpf habe ich noch", gab Schalbe nicht auf, „der Furrer ist am 13. Oktober 1779 gestorben. Und weißt du wie? Durch einen Brand in seinem Haus, dessen Ursache ungeklärt blieb. Seine Leiche hat man nur noch verkohlt vorgefunden."

„Und du glaubst", schaltete sich Rammy jetzt endlich ein, „dass dieser Goldschmied den Brand gelegt hat, nachdem er ihm zuvor den geheimen Text entwendet hat? Den Text hat er dann hier in der Bibliothek deponiert, und zwar unter der Signatur *Inc. 122a*. Hm. Tja, also, ich weiß nicht, ist zwar manches spekulativ, aber denkbar ist das schon. Ich muss dir auch erzählen, was gestern passiert ist."

Er berichtete Schalbe von dem Einbruch in seiner Wohnung, bei dem merkwürdigerweise nichts abhanden gekommen war.

„Ich vermute, das hängt mit dem Zettel zusammen, den du in dem Café hast liegen lassen,", sagte Rammy, „den muss jemand gefunden haben, unmittelbar nachdem wir gegangen sind. Wir haben ja noch einige Zeit zusammengestanden. Währenddessen muss jemand unseren Platz eingenommen haben. Auch beim Weggehen hat er uns noch gesehen. Er hat sofort die Bedeutung des Zettels erkannt und ist mir anschließend gefolgt. In mein Zimmer eingedrungen ist er dann, weil er wohl geglaubt hat, ich besitze den geheimen Text."

Jetzt schwiegen sie beide und starrten in die Ilm.

„Wir müssen uns umso mehr beeilen, die *Inc. 122a* zu finden", nahm Rammy schließlich wieder das Gespräch auf, „ich bin sicher, die ist irgendwo im Rokokosaal versteckt. Wir machen das so, wie gestern abgesprochen. Wenn mir das mit dem heimlichen Betreten der Bibliothek nicht gelingt, dann haben wir eben Pech gehabt. Bis Donnerstag habe ich Zeit, Freitag fliege ich. Ach, und ich muss noch etwas korrigieren. Du hast gestern gefragt, ob es uns überhaupt zusteht, den geheimen Text zum Tempel Salomos, das Meisterwort, einfach so zu eröffnen. Du hast natürlich Recht. Auch angesichts des Einbruchs in mein Zimmer ist mir klar geworden, was das für ein historischer Augenblick ist, wenn wir nach dreitausend Jahren ein solches Geheimnis lüften. Das braucht einen angemessenen Rahmen. Wir müssen das zelebrieren. Zwar bin ich ein aufgeklärter Amerikaner. Aber ich bin auch emotional. Deswegen würde ich dich gerne etwas fragen."

Rammy war eine gewisse Verlegenheit anzumerken. Nach einer kleinen Pause sah er Schalbe an: „Wie weit ist die Kirche in Apolda von der Ilm entfernt?"

Schalbe stutzte.

„Von der Ilm? Na sicherlich zwei, drei Kilometer."

„Das ist schlecht, weil zu gefährlich. Da kann mich ein Streifenwagen der Polizei entdecken. Ich habe mir Folgendes überlegt. Die einzigen Tage, an denen ich eine Chance habe, in die Bibliothek zu kommen, sind Mittwoch und Donnerstag. Da trifft sich die Baukommission im Rokokosaal. Wenn ich den Text dann finde, versuche ich die Bibliothek mit beginnender Dämmerung zu verlassen, also gegen 20.30 Uhr, wenn auch der Betrieb schließt. Dann ist der Pförtner vielleicht auf seinem Rundgang oder, wenn nicht, gehe ich an ihm vorbei, in der Hoffnung, dass er mich nicht weiter befragt. Sobald er mich aber anspricht, werde ich mich taub stellen und einfach weitergehen. Er wird mir nicht hinterhergehen können, weil er ja nicht einfach die Bibliothek unbeaufsichtigt lassen kann. Bis er Hilfe geholt hat, sofern er das überhaupt tut, bin ich längst weg, und zwar hier. Komm mit!"

Rammy nahm Schalbe am Arm und ging mit ihm hinter das Reithaus auf eine von Büschen umgebene Stelle direkt am Ufer.
„Hier werde ich warten, bis die Dunkelheit eingebrochen ist. In diesem dichten Gebüsch verstecke ich morgens meinen Kajak. Auch werde ich mich bereits heute von meinen Vermietern verabschieden und das Zimmer räumen. Mein Gepäck deponiere ich am Bahnhof in einem Schließfach. Mit dem Geheimtext werde ich dann in den Kajak einsteigen."
„Aber wenn der durch das spritzende Wasser durchnässt wird?", ging Schalbe aufgeregt dazwischen.
„Ganz ruhig bleiben, Friedemann, den werde ich natürlich in einer wasserdichten Box verstauen. Die kaufe ich mir gleich nachher. Mit dem Kajak werde ich bis zu dem Wehr da vorne paddeln, dort wieder aussteigen, ein kleines Stück mit Kajak und Geheimtext laufen und dann wieder auf der Ilm bis auf die Höhe von Apolda fahren. Gerne hätte ich dann mit dir den Text in deiner Kirche geöffnet. Mit Kopftaschenlampe dürfte das kein Problem sein. Mir imponiert das Anliegen, in einer früher von Nazis verseuchten Kirche einen so bedeutsamen Schritt für die Geschichte des Judentums zu vollziehen. Im Übrigen wird der Text wahrscheinlich auf Hebräisch sein. Ich hoffe, du bist dessen noch mächtig."
Mit Grauen dachte Schalbe an seine Hebräisch-Klausuren zurück, wie er sie für das Theologie-Examen bestehen musste.
„Das wird schwierig", gab er zu bedenken, „aber ich werde den Text abfotografieren und kann ihn einem Kollegen vorlegen, der Hebräisch zu seinem Hobby gemacht hat. Mir würde es genügen, wenn ich für den Bau der Bühne, auf der das Luther-Stück stattfinden soll, dort verwertbare Angaben finde. Vielleicht gibt es eine Skizze. Oder Maßangaben. Überhaupt, was machen wir mit dem Text, vorausgesetzt immer, dass du ihn tatsächlich findest?"
„Da habe ich auch schon drüber nachgedacht, Friedemann. Wir haben in der Tat kein Recht, den Text zu behalten. Mit nach Amerika nehmen und ihn Professor Kornblum überreichen, ist zu gefährlich. Wie wäre es, wenn du ihn in einem Paket dem Zentralrat der Juden in Deutschland zukommen lässt? Denn wir sind uns doch einig: Niemand außer jüdischen Organisationen hat einen Anspruch auf diesen Text, oder?"
Schalbe nickte.

„Klar, sehe ich genauso. Aber wir verteilen gerade nicht nur das Fell des Bären, bevor er erlegt ist. Wir wissen nicht einmal, ob ein Bär überhaupt vorbeikommt!"
„Ja", gab Rammy zu, „außerdem ist die Kirche in Apolda zu weit weg von der Ilm. Da haben wir wieder ein Problem, für das ich noch keine Lösung habe. Kann ja sein, dass der Pförtner die Direktion anruft und sie die Polizei verständigen. Wenn mich dann eine Streife in Apolda auf dem Weg zur Kirche entdeckt, war alles umsonst. Ansonsten gibt es keine Probleme, wenn wir den Fund so behandeln, wie eben besprochen: In meiner Wohnung trifft mich die Polizei nicht mehr an. Und wenn sie mich am Flughafen durchsuchen, habe ich nichts bei mir. Außerdem fehlt in der Bibliothek kein Buch, denn die *Inc. 122a* gibt es laut Bibliothekarin nicht."
Schalbe gab zusätzlich zu bedenken, dass die Lutherkirche in Apolda fast in der Nachbarschaft zur Polizeidienststelle war. Stumm setzten sie sich wieder ans Flussufer und grübelten.
„Oberroßla", stieß Schalbe plötzlich hervor, „Oberroßla, das ist die Lösung. Oberroßla ist ein kleiner Ort, dessen Kirchgemeinde von Apolda aus mitversorgt wird. Da habe ich einen Schlüssel von der Kirche. Am Weg von der Ilm zur Kirche wohnt fast niemand."
„Gibt es da einen besonderen Raum in der Kirche, einen, in dem wir nicht von außen zu bemerken sind?"
Schalbe dachte kurz nach, dann fiel ihm die Krypta ein.
„Dort sind die Gedenktafeln für die Gefallenen der beiden Weltkriege. Die ist unter dem Glockenturm. Wenn wir dort mit Taschenlampen oder Kerzen Licht machen, bemerkt uns niemand."
„Sehr gut", freute sich Rammy, „wunderbar. Dann machen wir das so. Ich werde mein Handy immer dabeihaben, natürlich nur mit Vibrationsalarm. Am Mittwoch und eventuell am Donnerstag werde ich dich auf dem Laufenden halten. Abends gegen 21 Uhr kannst du mich, wenn alles klappt, in Ober..., wie heißt der Ort noch mal?"
„Oberroßla!"
„In Oberroßla erwarten."
Sie klatschten sich gegenseitig ab und dann ging Rammy in die Belvederer Allee zurück, um zu packen und sich von seinen Vermietern zu verabschieden. Mit der Deponierung seiner Reisesachen im Schließ-

fach am Bahnhof wollte er auch seinen unbekannten Verfolgern entkommen. Wehmut befiel ihn. Er hatte sich ein bisschen in Weimar verliebt. Aber vielleicht würde sein Abschied mit einem grandiosen Ereignis gekrönt.

XII

Freitag, 11. September 2009

Der Theaterplatz, so kam es Gülcan Aydin vor, ist das Herzstück Weimars. Sie wartete auf Kulturdezernent Sebastian Lenzner, saß an einem der Tische des Theatercafés im Freien und genoss bei Cappuccino den schillernden Anblick: Touristen, die sich in Gruppen oder einzeln vor dem Denkmal Goethes und Schillers postierten, Schülerinnen und Schüler, die allerlei Faxen machten und auf deren blauen Shirts der Schriftzug „Eutin, das Weimar des Nordens“ golden leuchtete. Ein älterer Herr verharrte dagegen in angestrengter Pose auf den Denkmalsstufen, indem er pathetisch zu Schiller aufblickte, eine Hand aufs Herz gelegt, die andere nach oben zeigend. Seine Gemahlin fotografierte ihn mit einer Polaroidkamera, die das Foto sogleich mit einem bis zum Café vernehmbaren Geräusch ausspuckte, eine Technik, die vor bald einem halben Jahrhundert revolutionär war. Wo das Paar wohl die Filme her hatte? Viele Jugendliche gingen mit Skateboards unter dem Arm über den Platz. Sie schienen sich nicht so richtig zu trauen. Ob es da eine Verordnung gab? Einige Obdachlose standen in einer Ecke vor dem Theater und tranken Rotwein aus Zwei-Liter-Flaschen. Bildungsbeflissene strömten in das dem Theater gegenüberliegende Bauhausmuseum, während die heimische Bevölkerung all das Bemerkenswerte nicht mehr zu bemerken schien und so alltäglichen Dingen wie Brötchenkaufen, Haare-Schneiden-Lassen oder Hund-Ausführen nachging. Wie in einem Pariser Straßencafé, dieser Blickwinkel, dieses urbane Treiben, stellte Aydin mit Wohlbehagen fest.

Nur wenig verspätet traf Sebastian Lenzner ein, der vom Schloss aus einer Sitzung des Aufsichtsrates der Klassik Stiftung Weimar herbeigeeilt war. Für eine Stunde vertrat ihn dort sein Kulturamtsleiter.

„Gut, wir haben wenig Zeit“, zeigte die Kommissarin Verständnis, „ich habe gar keine konkreten Fragen. Aber wir ermitteln in einem Mordfall in Halle, der eventuell etwas mit dem Brand in der Weimarer Bibliothek zu tun hat. Mir wäre es eine große Hilfe, wenn Sie mir erzählen, wie Sie die Brandnacht erlebt haben. Am besten chronologisch. Erzählen Sie einfach drauflos!"

Lenzner trank einen Schluck Mineralwasser und erinnerte sich. Er war an besagtem Abend in einem Konzert in der Stadtkirche St. Peter und Paul gewesen. Das Konzert begann um 19.30 Uhr und dauerte bis kurz vor 21 Uhr. Schon kurz nach 20.30 Uhr hörte man in der Kirche ständig die Signaltöne von Polizei, Rettungsdienst und Feuerwehr. Das Blaulicht erhellte die dämmrige Kirche gespenstig. Als er nach dem Konzert aus der Kirche trat, spürte Lenzner, wie etwas in der Luft lag. Ein Geruch, ein Flirren, eine Unruhe. Jedenfalls mied er die üblichen Smalltalks mit den Kulturschaffenden nach dem Konzert und begab sich instinktiv durch die Kaufstraße zum Marktplatz. Zugleich schaltete er sein Mobiltelefon wieder ein und gleich mehrere Kurznachrichten leuchteten auf: *Die Bibliothek brennt!* Auf dem Platz der Demokratie drängte sich eine Menschenmenge vor einem Absperrband. Von einer Drehleiter aus sprühte die Feuerwehr Schaum in die meterhoch aus dem Dach lodernden Flammen. Der Oberbürgermeister kam Lenzner aus dem Gebäudeinneren entgegen und gemeinsam mit dem Leiter des Hauptamtes betraten sie die Bibliothek. Dort gab es keinen Strom mehr, die Dämmerung draußen war in Dunkelheit übergegangen, die Blaulichter vom Platz der Demokratie wirkten jetzt noch viel gespenstischer als in der Kirche. Mitarbeiter und Mitarbeiterinnen der Bibliothek und Feuerwehrleute waren dabei, erste Bücher aus den Regalen zu retten und sie draußen auf den Gehweg und die Straße vor der Bibliothek zu legen. Als Lenzner die Treppe zum Keller des Gebäudes hinabstieg, öffnete die Direktion gerade die Tür zum neu erbauten Tiefmagazin. Dort sollten die Bücher des Rokokosaals ohnehin deponiert werden; denn einige Wochen später war die Sanierung des Stammgebäudes mit dem Rokokosaal vorgesehen. Zahlreiche Mitarbeiter aus anderen Kultureinrichtungen, schließlich auch Bürger der Stadt schafften es, in das Gebäude zu kommen, um mitzuhelfen, möglichst viele Bücher aus den Regalen des ersten Stockes ins Tiefmagazin zu tragen. Zwischendurch allerdings verschärfte sich die Situation. Die Feuerwehr fürchtete, die Decke im dritten Stock könnte einstürzen. Daher mussten alle freiwilligen Helferinnen und Helfer das Gebäude verlassen. Im benachbarten Hotel Elephant fand dann eine Pressekonferenz statt. Im Anschluss saßen einige politisch Verantwortliche in einem Nebenzimmer des Hotels und diskutierten, während im Hintergrund auf einem Fernseher Bilder vom Anschlag auf die Schule in Beslan zu sehen waren.

„Wissen Sie", sah jetzt Lenzner der Kommissarin in die Augen, „das mit den Büchern war schlimm und für die deutsche Kulturgeschichte ein herber Schlag. Ein Schriftsteller hat wenige Tage später geschrieben, die Bibliothek habe sich selbst entzündet, weil sie nicht mehr dem Geist unserer Zeit entsprach. Ein anderer Dichter sprach angesichts der 50 000 Bücher, die verbrannt sind, von einem Weltenbrand. Zur gleichen Zeit haben Terroristen in Beslan 1 200 Kinder gekidnappt und dann haben sie oder die russischen Sicherheitskräfte in einem fürchterlichen Massaker fast vierhundert dieser Kinder getötet und Hunderte sind bis heute schwerstverletzt und traumatisiert. Wenn Kinder auf diese Weise massakriert werden, Kinder, die die Zukunft unserer Welt gestalten sollen, dann frage ich mich, ob nicht auch auf diese Situation das Wort vom Weltenbrand zutrifft. Wer Kinder ermordet, sind das nicht die Brandstifter unserer Zukunft, so wie der Brand in der Bibliothek unsere Vergangenheit zu vernichten drohte?"

Lenzner hing seinen Gedanken nach, Aydin schwieg. Ein Spatz setzte sich auf die Lehne des freien Stuhls und zirpte den beiden frech zu. Der Kulturdezernent kam wieder auf die Brandnacht zurück.

„Nach der Pressekonferenz erklärte eine Baukommission die Statik der Decke im dritten Stock für stabil. So konnten wieder Helfer das Gebäude betreten. In einer langen Kette transportierten sie die Bücher vom Rokokosaal ins Tiefmagazin. Auf diese Weise retteten sie Zehntausende Bücher aus den vier Meter hohen Regalen. Ich selbst habe mich der wertvollen Büsten im Rokokosaal angenommen. Wissen Sie, Frau Aydin, ich war noch wenige Wochen vorher im Rokokosaal und habe den Raum auf mich wirken lassen. Er wirkte so, als habe seit 200 Jahren dort niemand mehr etwas angerührt. Unsere großen Dichter, Goethe, Schiller, Herder, Wieland, sie wirkten durch ihre Büsten wie in Gips gebannt, als habe ein gestaltender Wille ihre Größe und ihr Zusammenspiel festgehalten. Berühren, das war absolut undenkbar, viel zu auratisch und geradezu sakral wirkte der Raum. Für mich als Büchermenschen war der Rokokosaal ein heiliger Ort, ein Büchertempel. Jetzt, in der Brandnacht, da war es, als flöge dieser klassische Geist mit den Flammen durch das offene Dach in eine andere Wirklichkeit davon. Entsakralisierung könnte man das nennen. Nie vergesse ich, wie ich Herder im Arm hatte, um ihn in Sicherheit zu bringen. Ihn, den großen Anreger Goethes, der Romantik, den begnadeten Prediger und Reiseschriftsteller, jetzt war ihm Brandschaum auf den Kopf getropft, und als ich ihm in die Augen schaute, da schien er mich zu fragen: ‚Was ist denn heute nur los? Napoleon haben wir hier überlebt und den Ersten Weltkrieg, die Bombennacht am 9. Februar 1945. Und jetzt, da Frieden herrscht in Europa, jetzt das!' Heute lächle ich darüber, aber damals habe ich in diesem Augenblick Herder an mein Herz gedrückt, ihm den Schaum vom ehrwürdigen Kopf gewischt und geflüstert: Das wird schon wieder! Keine Sorge!"

Die Kommissarin lächelte, während Lenzner auf die Uhr sah. Er müsse jetzt gehen, wolle ihr aber noch eine Sache berichten, die ihn sehr bewegt habe. Am Freitagabend nämlich, dem Tag nach dem Brand, rief ihn die Direktion der Stiftung Weimarer Klassik an. Man brauche etwa zehn starke Männer, um den Bibliotheksturm seitlich des Stammgebäudes zu beräumen. Ob er da seine Kontakte nutzen könnte. Am nächsten Morgen um acht Uhr wollte man sich an der Absperrung vor dem Bibliotheksturm treffen. Daraufhin habe er, Lenzner, einige Fußballspieler und den Leiter des Sportamtes angerufen, mit dem ihn ein herzliches Verhältnis verband, auch aufgrund gemeinsamer sportlicher Aktivitäten. Zehn kräftige Sportler brauche er, habe er dem Amtsleiter gesagt. Und zwar am nächsten Morgen um acht Uhr. Treffpunkt sei vor dem Hotel Elephant. Von dort aus wollte man dann gemeinsam zur Bibliothek gehen. Als er am nächsten Morgen zum Hotel Elephant kam, da traute er seinen Augen nicht: Ein Meer von Sportlern, mindestens hundert, aus allen Weimarer Vereinen, warteten auf den Einsatz.

„Seitdem, Frau Aydin, widerspreche ich in Podiumsdiskussionen und Gremien, wenn Sport und Kultur gegeneinander ausgespielt werden. Beides muss jedem Menschen möglich sein. Gerade auch für die Menschen, die mit Hartz IV beschämt werden. Wie sollen die sich ein Konzert oder die Mitgliedschaft in einem Sportverein leisten? Die

Politik hat dafür den Rahmen zu bereiten. Kultur und Sport müssen als Staatsziel ins Grundgesetz. Und wir brauchen in Deutschland ein bedingungsloses Grundeinkommen. Aber jetzt komme ich von unserem Thema ab. Ich muss gehen. Tut mir leid, ich habe Ihnen einen Vortrag gehalten. Viel lieber hätte ich auch von Ihnen etwas erfahren."

„Schon gut, Herr Lenzner, alles, was Sie von der Brandnacht erzählt haben, war für mich sehr wichtig zu hören. Auch unabhängig vom Mordfall in Halle. Man muss sich in der Stadt, in der man arbeitet, von den Einheimischen erzählen lassen. Sonst bleibt einem die Stadt immer fremd."

Lenzner wollte sich verabschieden, da bat ihn die Kommissarin noch um eine kurze Antwort:

„Ihr Buch über Weimar ist sehr lesenswert. Und die Fotografien von Sabrina Santini sind beeindruckend. Aber warum haben Sie sich für eine italienische Fotografin entschieden?"

„Sie hat in Weimar eine Wohnung und ist oft hier. Ansonsten lebt sie in Weimars Partnerstadt Siena. Sie ist eine außergewöhnliche Persönlichkeit. Besuchen Sie sie doch einmal. Sie wohnt gleich da drüben, hinter dem Haus der Frau vom Stein."

Aydin blieb noch eine Weile alleine sitzen. Sie versuchte, die Gedanken zu sortieren. Was hatten ihr die Ausführungen Lenzners für den Mordfall von Radestock gebracht? Und für einen eventuellen Mordfall Rammy Carranza und Vater? Lenzner hatte erzählt, beim Betreten des Rokokosaals vor dem Brand habe er den Eindruck gehabt, seit 200 Jahren habe niemand mehr die Bibliothek betreten. Das war natürlich nicht wörtlich gemeint und bei Ausleihen aus den Beständen des Rokokosaals musste selbstverständlich das Bibliothekspersonal in den Saal. Und dennoch könnte hier ein Ansatzpunkt sein für die Signatur *Inc. 122a*. Unklar war nach wie vor, wo der Buchkörper war. Nur Buchrücken und hinterer Deckel waren in Halle aufgetaucht. Was aber, wenn diese zusammen mit dem Buchkörper und dem Vorderdeckel seit mehr als 200 Jahren versteckt irgendwo in einem der vier Meter hohen Regale gelagert waren? Das Buch von Ignatius Furrer mit dem Hinweis auf die *Inc. 122a* war aus dem Jahre 1779. Könnte nicht der Verfasser dieser geheimen Nachricht auch die *Inc. 122a* in der Bibliothek versteckt haben? Aber wozu hatte er dann den Hinweis in Furrers Buch gegeben?

Das musste mit dem Inhalt von Furrers Buch selbst zusammenhängen. Eine Aufgabe für Simoneit, sie sollte sich das Buch näher anschauen. Sie überlegte weiter: Wenn niemand die *Inc. 122a* anforderte, konnte auch nicht auffallen, dass sie in einem der Regale stand, zumal wenn das Buch noch versteckt war. Erst beim Umzug der Bücher ins Tiefmagazin wäre es zu Tage gefördert worden. Und jetzt war es vorzeitig aufgefallen durch Rammy Carranzas Entdeckung in Furrers Buch. Hatte jemand die Bibliothek in Brand gesetzt, damit das Geheimnis im Buch *Inc. 122a* nicht ans Licht kam? Aber der Gedanke war abwegig, wäre es doch viel leichter gewesen, das Buch aus der Bibliothek zu stehlen, als die ganze Bibliothek in Brand zu setzen. Außerdem hatte das Bundeskriminalamt die Brandursache ermittelt: eine korrodierte Klemmverbindung einer Aluminium- und einer Kupferleitung hatten längere Zeit hinter einer Wandverkleidung im Dachgeschoss geschmort und sich schließlich entzündet. Als die Brandmelder Alarm schlugen, war es schon zu spät. Nein, sagte sich die Kommissarin und machte sich auf den Weg zu ihrem Wagen in der Weimarer Dienststelle, die Brandursache ist geklärt. Was ermittle ich eigentlich? Einen Brandstifter suche ich nicht. Streng genommen gehört der Mord in Halle nicht in meine Zuständigkeit. Der Tod von Rammy Carranza und seinem Vater ist erst recht nicht mein Thema. Und dennoch ist da irgendwas faul, was mit Weimar zu tun hat. Mit der Bibliothek. War Intuition nicht eine weibliche Stärke? Sie musste nur ihre Leute bei Laune halten. Ohne ein klares Tat- oder Täterprofil war das nicht einfach.

XIII

Im Dezember 1779

Der Schnee hatte der Stadt ein weißes Kleid umgelegt. Neben seinem heißen Kachelofen saß Johann Nepomuk Immermann am späten Abend alleine in seiner Werkstatt und präparierte sorgfältig den hinteren Einbanddeckel seiner Schedelschen Weltchronik. Die Wochen zuvor war er häufig in der herzoglichen Bibliothek gewesen. Ihm zupass kam die gute Beziehung zu einem der Bibliothekare, der, verlobt mit einer Tochter von Stande, für die Verehelichung angemessene goldene Ringe wünschte, ohne über das dafür erforderliche Salär zu verfügen. Immermann, stets hilfsbereit, kam ihm gerne im Preis weit entgegen, wenn er nur ein paar kleine Gefälligkeiten dagegen erhielte. Den Bibliothekar koste es nichts, nein, nur ein paar Einblicke in kostbare alte Drucke, die seine private Passion seien, wünschte der Goldschmied. Um Auffälligkeiten in Bezug auf die Schedelsche Weltchronik zu vermeiden, bat er ihn um Einsichtnahme in Bücher der verschiedensten Gebiete und, nach Tagen, auch um die Weltchronik des Hartmann Schedel. Wie herrlich war das Original anzusehen, der Ledereinband, die kolorierten Stiche der Städte! Viel Aufmerksamkeit schenkte Immermann den Einbänden, Rücken, Deckeln, Vorsatzpapieren und Signaturen. Ab und an notierte er sich etwas, oder er prüfte bei den Folianten mit kritischem Blick und vorsichtiger Hand die Leimung der Lederdeckel und die Einhängung von Buchdeckel und Buchblock. Sein Bibliothekar sah nicht nur geflissentlich weg bei allem, was der Goldschmied tat, er hielt auch Wache, dass keiner der Kollegen die Großzügigkeit gegenüber diesem Nutzer bemerkte. Ich tue dem guten Mann eine große Freude, so sprach der Bibliothekar zu sich, und mir selbst auch. Was sollte daran verwerflich sein?

Undenkbar war es Immermann, das Siegel der geheimen Schriftrolle, die er bei Furrer gestohlen hatte, selbst zu erbrechen und die Schriftrolle gar zu veröffentlichen. Sofort würde der Verdacht auf ihn fallen, am Tode Furrers schuldig zu sein. Bislang aber waren nach dem Brand im Haus an der Weißen Elster zwar vielerlei Gerüchte im Umlauf, aber keins, das seine Person ins Gespräch brachte. Einzig der Gastwirt der Pension, in die er erst in den frühen Morgenstunden zurückkehrte, musterte ihn mit fragendem Blick. Aber Immermanns Weste war weiß, mit erhobenem Haupt begab er sich in sein Zimmer und schlief bis Mittag. Nein, er musste auf versteckte Weise operieren. Auch wollte er seiner Henriette ein Denkmal für die Nachwelt setzen. Also entschloss er sich, in das vermaledeite Buch des Ignatius Furrer, in dem die Misshandlung seiner Tochter so verbrämt dargestellt war, einen Hinweis auf den Ort zu geben, an dem das Geheimnis des Salomonischen Tempels zu finden war. Irgendwann in einigen Monaten wollte er dann bei irgendeinem Bibliothekar, – nicht dem, der mittlerweile im glücklichen Stand der Ehe und sicher guter Dinge, aber auch vielleicht misstrauisch war, – das furrersche Buch ausleihen und ihn, den Experten, fragen, was denn die ganzen Buchstaben, Zahlen und Kommentare auf dem hinteren Innendeckel bedeuteten. Der Bibliothekar, so der Plan, würde sich alsdann mit seinen Kollegen beraten, und angesichts der gesammelten Gelehrsamkeit wäre es dem Kollegium der Bibliothekare ein Leichtes, die Fährte zu entschlüsseln. Unter der Signatur *Inc. 122a* würden sie zwar kein Buch finden, aber er würde an der Stelle, an der dieses Buch zu stehen hätte, einen Zettel mit mehreren aufeinanderfolgenden Signaturen deponieren. Wenn das Bibliothekarskollegium an das Regal schritte, die Szene malte sich Immermann immer wieder mit Genugtuung aus, wenn sie dann alle Bücher mit den genannten Signaturen aus dem untersten, am Boden befindlichen Fach herausnähmen, dann würde es einen Knall geben, weil seine präparierte Schedelsche Weltchronik, hinter der Buchreihe an die Regalwand gelehnt, ihren Halt verloren hatte und den Bibliothekaren sozusagen vor die Füße fiel. Mit einem anderen Folianten hatte er das schon einmal ausprobiert, und zwar am Tag, bevor der Bibliothekar die Tochter von Stande heiratete und mit den Gedanken ganz woanders war. Das Experiment hatte wunderbar geklappt! Denselben Tag nutzte er, um in einer abgelegenen Ecke den Eintrag in Furrers Buch vorzunehmen. In mehreren Anläufen, weil um sich schauend, ob jemand ihn beobachtete, schrieb er mit roter Tinte:

A.T.S. R.C. HA-S-D. Das Geheimniß des H. 1143
Dann holte er das schwarze Tintenfass hervor. Zwei Farben fielen mehr auf! Er tauchte die Feder ein und schrieb:
Wenige in jeder Generation haben es über die Weltalter weitergetragen. Doch itzo ist es an der Zeit, es zu lüften. Zu viele dunkle Kräfte missbrauchen es. Inc. 122a
Zufrieden dachte er an diesen Tag zurück. Wie wunderbar hatte sich das alles gefügt! Und wie glücklich zwinkerte ihm am nächsten Tag der Bibliothekar zu, von Herdern selbst soeben vermählet und die Angetraute im Arm auf den Stufen der Stadtkirche St. Peter und Paul, als er auf der anderen Seite des Kirchplatzes Richtung Schloss eilte, um eine Auftragsarbeit abzuliefern.
Nun wummerte also der alte Steinofen vor sich hin, während der Goldschmied gebeugt mit seinem Monokel über dem Einband der gerupften Weltchronik saß und den Lederdeckel vorsichtig vom Buchblock löste. Wie aber, so grübelte er, sollte er die alte Schriftrolle im hinteren Deckel unterbringen? Über die Zeiten hinweg durch viele Länder gewandert, von Hand zu Hand gegangen, bedeckt mit dem von Kriegerfüßen oder galoppierenden Pferden aufgewirbelten Staub, von Hitze und Kälte angegriffen, war sie in einem bedenklichen Zustand! Es half nichts: Um die Rolle in einen Umschlag und dann in den hinteren Einband der Weltchronik zu pressen und zu montieren, musste er sie flachdrücken. Allerdings ist das, so rechtfertigte er sein Vorgehen, die letzte Belastung, die sie auszuhalten hat. Denn die aufgeklärten Bibliothekare der herzoglichen Bibliothek, sie hätten die einmalige Chance, den gelehrten Herren, denen sie sonst nur zu Dienste sein mussten, eins auszuwischen. Sie selbst würden eine der größten Sensationen der Bibliotheksgeschichte verkünden, wenn nicht die Sensation schlechthin! Unsterblichkeit winkte ihnen, und sie würden alles an restauratorischen und buchbinderischen Fähigkeiten aufbieten, um die geschundene Schriftrolle wieder in ihren ursprünglichen Zustand zu versetzen.
Langsam drückte er den selbst angefertigten und erhitzten Stempel mit den beiden A in den angefeuchteten Lederrücken, das Zeichen der Herzogin. Die so entstandene Vertiefung füllte er mit feinem Gold wieder auf. Dann setzte er eine Buchstabenreihe an, die in der Abfolge mit seinem handschriftlichen Eintrag in Furrers Buch korrespondierte, nur

dass der Eintrag „Das Geheimniß des H." zu umfänglich war und deswegen hier wegfallen musste:

A
T
S
R
C
H
A
S
D
1
1
4
3

Darunter malte er einen Pfeil, der dem Bibliothekarskollegium den entscheidenden Hinweis zur Fundstelle geben sollte, nämlich dem hinteren Deckel, wo er den geheimen Text unter das Vorsatzblatt einlegen würde. Zum Abschluss prägte er *Inc. 122a* auf den unteren Steg und sah sich zufrieden sein Werk an. Der Buchrücken war schon mal perfekt! Er ging in die Wohnstube im ersten Stock, schenkte sich einen dampfenden Punsch ein und setzte sein Meisterwerk fort. Den hinteren Deckel hatte er bereits auseinandergenommen, jetzt galt es, die versiegelte Schriftrolle vorsichtig flach zu drücken, sie dann in einen größeren, schützenden Umschlag zu geben und diesen auch zu versiegeln. Alles das tat er, der Meister des filigranen Handwerks, auch in einem fremden Metier mit ruhiger Hand und ohne Hast. Schon wollte er den Buchdeckel mit seinem neuen Inhalt verschließen, da fiel ihm ein, dass in seinem Geheimfach noch ein Manuskript ruhte, das er ebenfalls in Furrers Wohnung hatte mitgehen lassen. Er hatte gerade mit der Lektüre begonnen, als Furrer ihn überraschte. Nach Weimar zurückgekehrt, hatte er die beiden Beutestücke schnellstens versteckt und in der Folge nur noch an die Schriftrolle selbst gedacht.
Nein, sagte er sich, so viel Zeit muss sein. Ich verstaue jetzt alles und

lese an einem der nächsten Tage in aller Ruhe die Geschichte einer Schriftrolle. Erst dann werde ich mein Werk vollenden und die nächste Gelegenheit nutzen, meine präparierte Weltchronik in die Bibliothek zu schmuggeln. Einige Tage später werde ich neben der originalen Schedelschen Weltchronik mit der Signatur *Inc. 122* den Zettel deponieren, auf dem mehrere aufeinanderfolgende Signaturen geschrieben sind, ein Zettel, der das Kollegium der Bibliothekare an das entscheidende Regal führen wird: Dort, wo alle Bücher mit den notierten Signaturen im untersten, am Boden befindlichen Fach stehen. Die Bibliothekare werden die Bücher herausnehmen, dann der Knall, ach, ich habe einfach alles perfekt geplant, und obwohl ich zum Einbrecher, Mörder und Dieb geworden bin, stehe ich mit den höchsten Mächten im Bunde!

XIV

Mittwoch, 1. September 2004

Wie Kolkraben sahen sie aus. Die beiden ganz in Schwarz gekleideten Männer hatten sich gegenüber der Herz-Jesu-Kirche postiert, dort wo der Busbahnhof seinen Anfang nahm. Aus der Distanz beobachteten sie seit geraumer Zeit den Eingang der Kirche.

„Neulich habe ich eine Anfrage bekommen, ob junge Frauen Hosen tragen dürfen. Das fragt jemand allen Ernstes!"

Der größere der beiden, der die Siebzig überschritten haben dürfte, rückte sich den Borsalino-Hut zurecht und zündete sich ein Zigarillo an. Der andere, vielleicht fünfzigjährige, der etwas untersetzt war, ein breites Kreuz und ein pockennarbiges Gesicht hatte, nahm ein winziges Fernglas zur Hand und beobachtete eine Frau, die gerade die Kirche verließ.

„Frauen und Hosen", fuhr der Ältere mit näselnder Stimme fort, „das ist eine von diesen modernistischen Verrücktheiten. Frauen brauchen weder eine höhere Bildung noch irgendeine Form von Selbstbestimmung. Warum soll ein Mädchen zur Universität gehen? Mädchen brauchen keine Universität, um das zu lernen, was eine Frau im Leben braucht, nämlich Hauswirtschaft, Pflege und Erziehung der Kinder, die geistige und soziale Vorbereitung auf die Ehe. Weißt du, was sich neulich an einer unserer Schulen in den USA ereignet hat? Da wollte doch tatsächlich ein Mädchen die Schiedsrichterin spielen bei einem Spiel zweier Männermannschaften. Frauen, die Autorität gegenüber Männern ausüben! Wo soll das nur hinführen? Was wir heute mehr denn je brauchen, sind Frauen, die Frauen sind und Frau sein wollen, das heißt im Klartext Gehilfin des Mannes und Mutter der Kinder. In Bezug auf die dämliche Hosenfrage heißt das: Die Frau muss züchtig in weiten Kleidern gehen. Und in der Kirche immer mit bedecktem Haupt. Ach, da muss ich ja fast den Islamisten zustimmen, auch wenn die sonst in allem vom Teufel sind!"

Der Alte blies den Rauch aus und lachte bitter vor sich hin. Der Pockennarbige blieb stumm. Reden schien ihm nicht zuzustehen.
„Aber den Islam auch nur in einem Punkte positiv zu bewerten, muss ich mir selbst verbieten. Viele unserer tapferen Vorväter haben ihr Leben gelassen im Kampf gegen diese Pest, die sich zum Ziel gesetzt hat, die Erde durch Feuer und Schwert dem Halbmond zu unterwerfen. Wie fatal waren da diese Liberalen, diese Modernisten auf dem Zweiten Vaticanum! Was unsere Vorväter im Glauben durch Einsatz ihres Lebens verhindert haben, das gelingt jetzt auf friedlichem Wege. Der Araber überschwemmt Frankreich, der Türke Deutschland, der Pakistaner Schweden und so weiter. Was in Rom herrscht, ist Abfall vom Glauben. In Rom sitzen die Häretiker, die Ketzer, sie haben unsere uralte Kirche in Besitz genommen und regieren sie mit Laxheit. Man müsste gegen die Oberen in Rom vorgehen, wie man früher gegen Ketzer vorgegangen ist. Ein Zeichen setzen! Die Inquisition müsste wieder aufleben, aber nicht von Rom aus, sondern gegen Rom!"
Er hatte sich in Rage geredet und schnippte, wie zur Beruhigung, die Asche seines Zigarillos in ein Blumenbeet. Wieder etwas ruhiger fuhr er fort:
„Wie kann man nur im Vatikan die Erklärung der Menschenrechte so hochhalten? Sie ist das reinste Zeugnis des Atheismus! Die so genannten Volksvertreter berufen sich auf diese Erklärung, wenn sie handeln wollen. Statt sich zu Gott zu bekennen, betet man eine von Menschen gemachte Deklaration an. Eine Todsünde! Der direkte Weg in die Hölle für die Seele vieler, die in solchen Menschenrechtsstaaten leben! Denn was ist alles in diesen Staaten nicht mehr möglich: Die Todesstrafe zum Beispiel ist abgeschafft. Die braucht man aber, um für Ordnung zu sorgen und um die, die die christliche Gesellschaftsordnung nachhaltig stören, zu eliminieren. Auch gibt es heute die Möglichkeit, eine Ehe zu scheiden. Wieso? Die Ehe soll ein unauflöslicher Grundpfeiler des Staates sein. Der Staat muss seine Mittel daran setzen, vorehelichen und außerehelichen Geschlechtsverkehr unter Strafe zu stellen! Und natürlich müssen auch Höchststrafen für Homosexualität und Pornografie sein. Gott hat zum Glück schon eingegriffen und wenigstens AIDS als Geißel für die Perversen geschickt. Wie kann ein Staat funktionieren? Jedenfalls nicht mit Parteien, Wahlen und Demokratie. Die Leitung muss

christlichen Männern übertragen werden, die lebenserfahren und sittlich reif sind. Das waren doch unter Pinochet in Chile oder unter den Militärs in Argentinien gute Systeme, Staaten mit klaren Verhältnissen. Juden, Kommunisten, Freimaurer, alle diese Feinde unserer Kirche hatten dort nichts zu melden.

Bei uns in Frankreich hatten wir auch solche fähigen Leute in der Politik. Pétain, der die Deutschen in ihrem heldenhaften Kampf unterstützt hat! Mann, wie freue ich mich auf die nächste Gedenkfeier an seinem Grab!“

Zum ersten Mal zeigte der Jüngere jetzt eine Regung: Er gab einen beifälligen Laut von sich und wies mit der Hand zur Kirche hin. Dort ging ein Mann mit einem Talar auf dem Arm die Treppen hinauf ins Kircheninnere, ganz offensichtlich ein Priester,

„Ja, das ist er“, bestätigte der Große, der kurz durchs Fernglas des anderen geschaut hatte, „das ist einer dieser Verräter an unserer heiligen Kirche. Ein Liberaler, der sogar mit den Lutherischen paktiert und Gottesdienste feiert.“

Angewidert gab er dem anderen wieder das Fernglas und monologisierte weiter.

„Den holen wir uns noch! Diesen Ketzer! Das ist schon eine gute Idee, hier in den atheistischen Gegenden Deutschlands eine Kirche in Besitz zu nehmen. Noch dazu eine, die nach dem Herz Jesu benannt ist. Aber wir müssen das gut überlegen. Wie unsere bisherigen Ermittlungen ergeben haben, verfügen wir hier nicht über den Rückhalt wie in Frankreich, als wir damals den Priester vertrieben und die Kirche übernommen haben. Auch werden die deutschen Behörden eventuelle Räumungsbefehle vielleicht eher umsetzen als es die französischen tun. Und dann haben wir uns mehr geschadet als etwas gewonnen!“

Er warf seinen Zigarillostumpen in den Gully und senkte jetzt seine Stimme.

„Aber es gibt noch ein größeres Übel, als modernistische, vom wahren Glauben abgefallene Priester. Weiß er, was das größte Übel ist?“

Der Pockennarbige deutete mit einer Kopfbewegung Zustimmung an.

„Das größte Übel ist die jüdische Weltverschwörung. Das Geld, die Medien, die internationale Politik, alles ist in jüdischer Hand! Und was tut Rom? Sucht den Dialog, wie sie das nennen, mit den Juden. Mit dem Tod Christi am Kreuz ist der Vorhang des Tempels zerrissen. Der Tempel selbst ist Makulatur und ohne Bedeutung! Die Juden sind des Gottesmordes mitschuldig! Und der Papst geht in eine Synagoge! Welcher Verrat! Und dann diese Lüge mit den Gaskammern. Wenn überhaupt, dann waren das viel weniger Juden als gemeinhin behauptet, die in den Gaskammern gestorben sind. Ich glaube, die Juden haben den Holocaust erfunden!“

XV

Montag, 14. September 2009

Die altehrwürdige Universitätsstadt Jena wirkte auf Gülcan Aydin jung, dynamisch, strebsam. Sind es die vielen Studierenden, fragte sie sich, sind es die Schulklassen aus ganz Thüringen, die ins Planetarium strömen, die diesen Eindruck vermitteln? Oder sind es die Firmen mit den zukunftsweisenden Technologien im Zentrum und an den Ausfallstraßen der Stadt?

Erst wenige Wochen wohnte sie in Jena, direkt in der Altstadt, in die die Kriegsbomben nachhaltige Wunden geschlagen hatten. Durch den mit Weimar zusammenhängenden Fall hatte sie bisher kaum Gelegenheit gehabt, die Stadt zu erkunden, in der sie die nächsten zwei, drei Jahre wohnen würde. Vielleicht auch länger. So genau wusste man bei der Kriminalpolizei nie, wann eine Versetzung anstand. Jetzt, beim Frühstück, grübelte sie über der Frage, warum ihr die Stadt so energiegeladen vorkam. Um 7.30 Uhr ging sie die Treppen des Wohnhauses in der Wagnergasse hinunter und traf auf Frau Hamburger, die unter ihr zur Miete wohnte. Die gesprächige Dame, die etwa siebzig Jahre alt war, hatte einen Rucksack geschultert. Sie habe jetzt um acht Vorlesung, erklärte sie der Kommissarin. Seniorenstudium. Aydin erinnerte sich: Vorigen Mittwoch hatte sie zum letzten Mal mit ihr an gleicher Stelle gesprochen. Da ging Frau Hamburger zu einem Vortrag ins Lutherhaus. „Mehr als hundert Rentnerinnen und Rentner kommen dahin", erzählte die Dame. Vielleicht war es das, was ihr Jena so jung erscheinen ließ: Die agilen älteren Menschen, bildungshungrig, lebensfroh. Sie sah Frau Hamburger nach, die sich auf ein Herrenrennrad schwang. Sie hatte es sich, weil ihr eigenes in Reparatur war, von ihrem Neffen ausgeliehen.

In der Polizeiinspektion bat sie Robert Leicht und Doreen Simoneit zu sich ins Büro. Leicht berichtete von seinen Recherchen. Er hatte sich mit den Hallenser Kollegen wegen der Telefonverbindungen von

Radestocks ins Benehmen gesetzt, wie abgesprochen. Die Kollegen in Halle waren zunächst etwas irritiert gewesen, warum er diese Angaben brauchte. Sie wollten die Federführung des Falles behalten, was ja auch nachvollziehbar war. Er hatte ihnen aber erklärt, sie in Jena und Weimar müssten prüfen, ob es Kunden gab, die bei von Radestock wegen Büchern aus der Weimarer Bibliothek gezielt angefragt hatten. Außerdem hatten sich im Hinblick auf Rammy Carranzas Tod in den USA einige Indizien ergeben, dass das vielleicht nicht nur ein Unfall war und dass es eine Verbindung zum toten Antiquar geben könnte. Jedenfalls hätten die Kollegen schließlich die gewünschten Nachweise gegeben.

„Ich habe", so führte Leicht aus, „auf den Telefonlisten der Anschlüsse im Geschäft und in der Wohnung insgesamt vierzehn interessante Nummern entdeckt, die von Radestock angerufen hat, nachdem ihm der Junge den Buchrücken gebracht hatte. Die vierzehn Nummern verteilen sich auf zwei in Deutschland, zwei in den USA, zwei in Frankreich, eine in Japan, eine in Pakistan, eine in Südafrika, eine in Chile, eine in Polen, eine in Italien, eine in Belgien und eine in Irland. Rückrufe hat er von fünf Nummern erhalten: einen aus Japan, einen aus Frankreich, einen aus Irland, einen aus Belgien und einen aus den USA. Bei den Gesprächspartnern handelt es sich sowohl um öffentliche Bibliotheken, Klosterbibliotheken, religiöse Gruppierungen als auch um Privatpersonen."

„Du weißt, was du zu tun hast. Alle Gesprächspartner sind zu überprüfen", stellte Aydin klar, die zugleich über die internationale Verflechtung des Antiquars staunte. Robert Leicht räumte ein, sein Englisch sei nicht so gut und er bat darum, Doreen möge bei den Recherchen und eventuellen Gesprächen helfen.

„Mit der Bibliothekarin, dieser Frau Seyfarth, habe ich auch noch mal gesprochen", schloss der müde wirkende Leicht seinen Bericht ab. „Leider Fehlanzeige. Ihr ist nichts Neues zu den ominösen Ausleihen vor fünf Jahren eingefallen."

Eine kleine Falte bildete sich an Aydins Nasenwurzel, dann sah sie die Oberkommissarin erwartungsvoll an. Simoneit war es gelungen, zu den Cops in Austin ein vertrauliches Verhältnis aufzubauen. Sie suchten unbürokratisch die Unterlagen des Unfalls heraus, bei denen Rammy Carranza und sein Vater ums Leben gekommen waren.

„Die sind dem Bericht zufolge einfach auf regennasser Straße zu schnell in eine Kurve gerast", erläuterte Simoneit. „Die Carranzas wohnen eine halbe Autostunde vom Flughafen entfernt in einer ziemlich einsamen Gegend. Beide sind am Unfallort noch im Wagen gestorben. Der Wagen ist durch die Wucht des Aufpralls und die Explosion in Flammen aufgegangen. Zeugen des Unfalls gab es keine. Nur eine auffällige Sache enthält der Bericht."

Aydin sah die Kollegin gespannt an.

„Bei dem ausgebrannten Auto stand eine Tür offen. Dass der Beifahrer, also Rammy, die noch geöffnet hat, ist äußerst unwahrscheinlich. Er war nämlich noch angeschnallt. Und ein verkohlter Koffer im Auto zeigte einen großen Riss auf der Oberseite. Wie mit einem Messer eingestochen, und zwar nach dem Brand des Autos. Die amerikanische Verkehrspolizei vermutete damals Plünderer als Urheber. Aber da es keinen Kläger gab, verlief die Sache im Sande."

„Es könnte also jemand die Tür des brennenden Autos geöffnet haben und dann geflohen sein", sinnierte Aydin und knabberte an ihrem Fineliner, „und zwar entweder jemand, der die beiden retten wollte. Der hätte dann allerdings keinen Grund gehabt, zu fliehen. Oder aber es war jemand, der etwas im Auto und speziell in Rammys Koffer gesucht hat. Gab es denn keine Reifenspuren neben dem Unfallwagen?"

„Nein, nichts, Gülcan, und man hätte die Spuren eines anderen Autos, das an den Unglückswagen gefahren ist, mit Sicherheit gesehen. Denn durch den Regen war alles matschig. Der andere Wagen wäre da gar nicht mehr rausgekommen. Wenn da jemand zum Unfallauto ist, um es zu durchsuchen, dann hat die Person auf der Straße angehalten, ist zu Fuß zum Unfallauto und hat die Türen geöffnet. Fußspuren hat man zwar gefunden, aber die waren nur unscharf und konnten von der Baseball-Mannschaft stammen, die mit dem Bus an der Stelle vorbeifuhr und das ausgebrannte Fahrzeug entdeckt hat. Leider ist fast die ganze Mannschaft ausgestiegen und hat sich das Auto angeschaut. War ja auch ein spektakulärer Anblick."

Während Aydin grübelte, wechselte Simoneit das Thema. Das Buch des Ignatius Furrer habe sie bereits ausgelesen, sagte sie ein wenig stolz.

„Der hat sich einerseits als Arzt ausgegeben, der auf dem neuesten Stand der medizinischen Forschung ist. Andererseits hat er an

Wunderheiler geglaubt, auch an solche, die später als Scharlatane überführt wurden. Am Schluss des Buches ist ein Bericht, der mit Weimar zu tun hat. Er beschreibt darin, wie mit seiner Hilfe eine junge Frau abgetrieben hat, die sonst selbst ums Leben gekommen wäre. Ich habe daraufhin mal in Weimar im Archiv der Kirche und der Stadt nachschlagen lassen, ob 1778 oder 1779, als das Buch erschien, eine junge Frau vielleicht trotz Furrers Behandlung gestorben ist. Tatsächlich ist der Tod einer jungen Frau namens Henriette Immermann nachweisbar. Aber die hat sich selbst das Leben genommen. Ob das mit dem Eintrag auf der letzten Seite zusammenhängt? Ihr Vater war ein angesehener Goldschmied in Weimar. Und er ist ebenfalls 1779 gestorben, durch einen Sturz vor der Bibliothek."

„Ist zwar interessant", resümierte Aydin, „bringt uns aber in unserem Fall nicht direkt weiter. Wer weiß, am Schluss klären wir ein Verbrechen aus dem Jahre 1778 oder 1779. Stellt euch mal das Gesicht des Staatsanwaltes vor, wenn ich einen Haftbefehl gegen den Täter von damals beantrage?"

Alle drei lachten, dann bat Aydin Leicht, er möge die örtliche Presse einschalten. Man komme im Fall nicht richtig weiter, sie habe auf die Erinnerungskraft der Bibliothekarin Seyfarth gehofft, vergebens. Aus ihrer Mannheimer Zeit wusste sie, wie kooperativ die Presse beim Aufklären von Verbrechen sein konnte. Doch wieder kam sie ins Grübeln. War eine solche Presseaktion in diesem Falle nicht heikel? Eine Suche öffentlich anzustoßen, die in irgendeiner Weise auch nur entfernt an den Brand von 2004 erinnerte, entfachte auch wieder Diskussionen über die Brandursache.

Das brächte ihr Ärger. Vor allem von Seiten des Bundeskriminalamtes, dessen Kompetenz bei der Beurteilung der Brandursache durch ein solches Vorgehen in Zweifel gezogen würde.

„Nein", korrigierte sie sich selbst, „wir schalten die Presse nicht direkt ein. Aber vielleicht kannst du, Robert, eine Anzeige schalten unter deinem privaten Namen. Und Zettel ans Schwarze Brett der Universität hängen, auf denen steht: *Inc. 122a gefunden. Besitzer bitte melden.* Und dazu deine private Handynummer."

Leicht überlegte kurz, ob sie das ernst meinte, fand aber die Idee, je länger er nachdachte, doch gar nicht so verkehrt.

„Ach ja“, gab Aydin Leicht noch mit auf den Weg, „versuch mal herauszufinden, warum der von Radestock so viel Geld brauchte. Ob der Schulden hatte, irgendwelche versteckten Leidenschaften oder so.“

XVI

23. und 24. Dezember 1779

Goldenes Geschmeide war gefragt in diesen weihnachtlichen Tagen. Johann Nepomuk Immermann fand erst am Abend vor dem Christfest die Zeit, das in Furrers Stube vorgefundene Manuskript zu lesen. Macht hoch die Tür, die Tor macht weit, summte er die Melodie aus Halle vor sich hin, die er bei einem Kundengang am Vormittag über den verschneiten Jakobskirchhof aus der Kirche hatte tönen hören. Er richtete sich mit Kissen und Rotwein einen Platz am heißen Kachelofen ein, nahm einen Bissen Bratapfel und vertiefte sich in die mit kleiner, säuberlicher Schrift beschriebenen Blätter.

Geschichte einer Schriftrolle

Als der Prior des Ordens der Prämonstratenser im kölnischen Steinfeld, Eberwin aus Steinfeld, sich im Jahre 1143 um Rat an den großen geistlichen Führer der Zisterzienserbewegung, Bernhard von Clairvaux, wandte, war das Schicksal derer schon besiegelt, über die er eine Auskunft wünschte. Prior Eberwin berichtete von Ketzern, die man in der Nähe von Köln entdeckt habe. Etliche hätten mit Buße den Weg zur heiligen katholischen Kirche zurückgefunden. Aber zwei von ihnen, deren einer sich Bischof nennen ließ, widersetzten sich bei der Versammlung der Geistlichen und Laien der gültigen Lehre der Kirche. Sie hätten ihre Irrlehre aus den Worten Christi und der Apostel verteidigt, und das in Anwesenheit des Erzbischofs, den viele hohe Adelsleute begleitet hatten. Die Ketzer hätten einen Aufschub erbeten und wollten glaubwürdige und erfahrene Männer herbeiführen, die für die Richtigkeit ihrer Lehre argumentieren könnten. Sollten diese widerlegt werden, würden sie in den Schoß der heiligen katholischen Kirche zurückkehren. Anderenfalls wollten sie lieber sterben als von ihrem neu errungenen Glauben abzuweichen. Drei Tage lang zeigten sie keine Reue, dann war die Geduld einiger Eiferer zu Ende, die gegen Prior Eberwins Willen die beiden Ketzer, den Bischof und seinen Gefährten, ins Feuer stellten und verbrannten. Trotz seines angeblichen Widerstands hat Prior Eberwin dann offenbar doch der Verbrennung bei lebendigen Leibe beigewohnt. Denn er schildert etwas, was ihn erstaunt: Selbst die Qual des Feuers erwarteten und ertrugen die Ketzer nicht nur mit Geduld, sondern sogar mit Freude. Das führte ihn zu der Frage an den großen Bernhard von Clairvaux:

„Hier, heiliger Vater, will ich, wenn ich zugegen bin, deine Antwort haben, wo diese Anhänger des Teufels eine solche Unerschrockenheit in ihrem Irrglauben, eine solche Macht sogar finden über äußerst gottesfürchtige Menschen im Glauben an Christus."

Dieser und ein anderer Vorgang in der Nähe von Bonn zur gleichen Zeit machen es wahrscheinlich, dass es sich bei den als „haeretici" Bezeichneten, also bei diesen Ketzern um Katharer handelte. Diese hatten einen Bischof, sie hatten erfahrene Männer aus allen Ständen in ihren Reihen, die auch weiterhin ihrem Beruf nachgingen, sie glaubten an die Mitwirkung des Teufels bei der Schöpfung und sie wollten lieber sterben als ihre am Evangelium gewonnenen Einsichten und ihr Leben in Demut und Bescheidenheit aufzugeben, was sie vom opulenten Leben in katholischen und orthodoxen Klöstern unterschied.

Des Priors Eberwin Verwunderung über die Glaubensstärke dieser sich rasch verbreiternden Gemeinschaft der Katharer war offenkundig und ließ keine guten Rückschlüsse auf die Festigkeit seines eigenen Glaubens zu. Er konnte aber nicht erahnen, welch noch viel größeres Leid hinter dem Feuertod des jungen Mannes mit Namen Oswald stand, der mit seinem Bischof in den Qualen des Feuers sein irdisches Leben mit einem zuversichtlichen Lächeln aushauchte. Das Lächeln galt einem jungen Weibe. Judith, so hieß sie, war Jüdin. Ihr Vater, ein Tuchhändler, der vor allem die edlen Stoffe aus Flandern in Köln feilbot, hatte oft Aufträge für seine Tochter, die sie durch alle Winkel der Stadt und in die Dörfer ringsum führte. Eines Tages ereilte sie in einer Gasse eines Vororts der Ruf einer jungen Männerstimme, den sie zunächst nicht wahrnehmen wollte. Ziemte es sich doch nicht für ein Mädchen, fremden Männerstimmen Gehör zu schenken. Doch dann tauchte der Mann selbst auf, ein feuriger Blick, ein dringliches Bitten, sie möge nur kurz das Haus betreten, aus dem er sie angerufen hatte. Er brauche, so erklärte er ihr, unbedingt schwarzes, dunkelblaues oder dunkelgrünes Tuch. Wozu, das könne er ihr nicht sagen. Er wolle sie aber gut dafür entlohnen. Warum er denn nicht auf den Markt ginge, wo ihr Herr Vater Tuch aus Flandern in allen Farben anböte, wollte sie wissen. Doch schon beim Fragen war sie von seinem flehenden Blick in den Bann geschlagen, und als sie davonging, zog sich ihr Herz schmerzhaft zusammen und sie wusste, sie würde dem Fremden das Gewünschte beschaffen. Nur ihrem Vater durfte sie davon nichts erzählen. Das Tuch, sie musste es heimlich besorgen. Der Fremde musste sie seit längerem bei ihren Botengängen beobachtet haben und Vertrauen in sie gefasst haben, ohne zu wissen, welchen Glaubens sie war. Drei Tage später ging sie wieder durch die enge Gasse, wo sie der Ruf des Mannes ereilt hatte. Nicht einmal seinen Namen wusste sie. Unter dem Haufen von Tüchern, die sie auf dem Arm trug, war auch ein schwarzes, das sie heimlich dem väterlichen Kontor entwendet hatte. Niemand rührte sich, und sie ging die Gasse noch einmal auf demselben Wege zurück. Wieder nichts. Unverrichteter Dinge ging sie nach Hause. Normalerweise hätte sie die Angelegenheit als erledigt betrachtet, doch ein Zauber hatte sie befallen, ein Zauber, der einem den Appetit nimmt, das Herz Rasen macht und den das Wort Liebe nur unzureichend erfasst. So schritt sie am nächsten Tag wieder die Gasse ab, und jetzt endlich hörte sie wieder die Stimme und ließ sich bereitwillig in das Haus ziehen, wo sich der Jüngling nun als Oswald vorstellte. Errötet gab sie ihren Namen preis. Er habe, so gestand er ihr, noch nicht das notwendige Geld zusammen, aber er werde es ihr in den nächsten Tagen übergeben. Sie solle am Ende der Woche wieder vorbeischauen. Das Tuch ist doch ohnehin dem Vater heimlich entwendet, was also soll ich mit dem Geld, sagte sie sich, war aber zugleich froh, einen Grund zu haben, Oswald wieder zu besuchen. Es blieb nicht bei dem einen Besuch. Immer mehr fassten die beiden Vertrauen zueinander, so viel, dass eines Tages Oswald ihr den Grund nannte, warum er das Tuch brauchte: Er sollte einer der Vollkommenen innerhalb der Gemeinschaft der Katharer werden, zu denen er sich bekannte. Die Vollkommenen, geistliche Führer des neuen Glaubens, seien erkennbar durch ihre dunklen Kutten, die sie mit einem Seil um die Taille gürteten. Er erklärte ihr den Glauben seiner Gemeinschaft. Judith zuckte zusammen, als er ihr erzählte, aus Sicht der Katharer sei der Gott des Alten Testaments abzulehnen, weil zu kriegerisch. Ja, dieser Gott sei Satan. Was würde ihr strenggläubiger Vater sagen, wenn er wüsste, mit wem sie sich da heimlich traf? Die Katharer schätzten Frauen, sie seien den Männern gleichgestellt und könnten genauso der Gemeinschaft angehören und die gleichen Aufgaben übernehmen. Das hörte sie freudig und für einen Augenblick überlegte sie, ob auch sie in diesem Glauben wachsen könne, verbat es sich aber sofort, an ihren Vater denkend. Die nächsten Wochen trafen sich die beiden fast täglich. Sie konnten die Stunde kaum erwarten, die ihnen dann geschenkt ward. Die Macht der Liebe überwältigte sie immer mehr, zärtlich nahmen sie sich in die Arme, losgelöst von Schranken, die ihnen Herkunft, Glaube und Moral geboten. Bis zu jenem Tage, als alles sich veränderte. Verschlossen war die Tür des Hauses, in dem Oswald seine kleine Stube hatte, und Judith zog verwundert wieder ab. Im Markttreiben hörte sie laute Stimmen heraus, die kundtaten, man habe Ketzer aufgetrieben, hier, im heiligen Köln. Der wie ein böses Geschwür in ihr aufsteigende Verdacht bestätigte sich, als sie durch eine Fensternische in einem der kirchlichen Paläste heimlich das Tribunal sah, dem ihr Oswald ausgesetzt war: Der Erzbischof und viele hohe Herren der Stadt saßen ihm und einem anderen Mann gegenüber und hielten Gericht. Draußen vor dem Gebäude stand eine aufgeheizte Menge, die mit lauten Rufen den beiden Katharern drohte, als sie abgeführt wurden. Judith drängte sich an die enge Gasse heran, durch die man die beiden Angeklagten zum Gefängnis trieb. Nur einen Augenblick hatte Oswald Zeit, ihr unter dem Gezische der Menge etwas zuzuraunen: „Die Rolle, bewahre sie gut auf. Verstecke sie in Sankt Gereon. Ich widerrufe nicht!“ Dabei ließ er für andere unbemerkt den Schlüssel fallen, der zu seiner Stube gehörte. Drei Tage später war halb Köln auf den Beinen. Die beiden Ketzer, so hieß es, seien nicht bereit, im Unterschied zu vielen ihrer Glaubensgenossen zurückzukehren in den Schoß der alleinseligmachenden katholischen Kirche und Buße zu tun, also bliebe ihnen nur der Tod auf dem Scheiterhaufen. Judiths Herz raste, sie hoffte inständig, die Liebe zu ihr würde Oswald zum Einlenken bewegen. Doch als sie sein entschlossenes Gesicht am Pfahl auf dem Scheiterhaufen sah, wusste sie: Der Glaube an den himmlischen Lohn war größer, sein Kampf gegen die Missstände in der Papstkirche wichtiger als die Erfüllung einer weltlichen Liebe. Am ganzen Körper zitterte sie, als Fackeln auf den Scheiterhaufen flogen und Oswald in den Flammen verschwand, den Blick auf sie gerichtet und mit einem Lächeln im Gesicht. Nur mit einem Nicken konnte sie dem verbrennenden Geliebten als letzte Botschaft vor seiner großen Reise zu verstehen geben, dass sie seinen Auftrag erfüllt hatte. Sie war noch am selben Tag, als sie den Schlüssel empfangen hatte, heimlich in seine Stube geeilt und hatte in dem kargen Zimmer schon bald jene Rolle gefunden, die versiegelt war und nur die Buchstaben A.T.S. enthielt. Sie, die Jüdin, konnte nicht wissen, dass sie das neben der Bundeslade größte Geheimnis der jüdischen Geschichte in Händen hielt: Das Geheimnis des Salomonischen Tempels. Ihrem Auftrag gemäß begab sie sich in die Kirche Sankt Gereon, an der, so hatte es Oswald gewusst, Bauleute Reparaturen vornahmen. Sie legte die Schriftrolle in einen Hohlraum an einem der Chorpfeiler und beobachtete, wie ein argloser Maurer nach der Mittagspause den Hohlraum mit Steinen zumauerte. Die Schriftrolle war in Sicherheit, das konnte Oswald in seinen letzten irdischen Sekunden an ihren Lippen und ihrem Nicken ablesen.

Immermann seufzte mehrfach tief durch. Die Geschichte bewegte ihn, und bei Judiths Schicksal dachte er unwillkürlich an Henriette. Beide jungen Frauen waren in der Blüte ihres Lebens geknickt worden, hart und unerbittlich von einer gespenstischen Macht. Abwesend biss er in den kalt gewordenen Bratapfel und las das letzte Blatt:

Die Schriftrolle mit den Buchstaben A.T.S. hat in diesem Versteck überdauert, bis sie bei Bauarbeiten im späten 16. Jahrhundert wieder zum Vorschein kam. Der Steinmetz, der sie entdeckte, hielt sie einem Besucher der Kirche zur Ansicht hin, nicht ahnend, dass dieser sofort die Brisanz des Fundes bemerkte. Der Besucher war niemand Geringeres als einer der führenden Rosenkreuzer, der später die Fama Fraternitatis mitverfasste, jene im Jahre 1616 anonym erschienene Schrift, die die Grundlage der Bruderschaft des hochlöblichen Ordens des Rosenkreuzes ist. Für ein Trinkgeld kaufte er dem Steinmetz die Schriftrolle ab. Selbstverständlich erbrach er das Siegel ebenso wenig wie alle Brüder und Nachfahren seiner rosenkreuzerischen Gemeinschaft, denen der Erhalt des Geheimnisses die Grundlage ihres unsichtbaren Bundes war. Erst mit dem Übergang so mancher Rosenkreuzerbünde in die Logen der Freimaurerei in unserem Säkulum entstand die Gefahr, das einzigartige Dokument könne zu Mord und Krieg führen und einer Zerstörung anheimfallen, damit es nie das Licht der Öffentlichkeit erfahre. Darum hat Unterzeichnender sich der Schriftrolle bei einem Treffen rosenkreuzerisch Gesinnter in Erfurt bemächtigt, um Schaden von ihr abzuwenden und sie endlich ihrer Veröffentlichung zuzuführen. Wohl dem Zeitalter des Lichts! Wohl den aufgeklärten Zeiten, die auch die größten Geheimnisse offenlegen! Sapere aude! Wage, dich deines Verstandes zu bedienen! Die Zeit ist reif, das Siegel zu erbrechen!

Aus den originalen und vielen geheimen Quellen zusammengetragen und notiert von R.C. Doktor Ignatius Furrer.

Immermann verschlugen die letzten Sätze den Atem. Der Furrer als Aufklärer? Dieser blasierte, vermaledeite Scharlatan und Trickser beruft sich auf das aufgeklärte Säkulum? Immer wie es ihm gerade in den Kram passt! Dieser Halunke rechtfertigt seinen Verrat an einem der größten Geheimnisse der Menschheit mit aufgeklärtem Denken! Nein, gut dass ich das verhindert habe. Jetzt weiß ich, warum die höchsten Mächte mit mir im Bunde stehen! Und dann: Er habe sich der Schriftrolle bemächtigt! So also kann man das auch nennen, was gemeinhin Diebstahl heißt! Was für eine Gabe dieser Furrer hatte, sich die Dinge immer so hinzudrehen, damit er selbst in bestem Lichte dastand!
Am nächsten Morgen war es so weit: Er hatte mit dem frisch verheirateten Bibliothekar einen Termin im großen Saal der herzoglichen Bibliothek vereinbart, in aller Frühe, sogar noch kurz vor der offiziellen Öffnung. Am Weihnachtstag würde ohnehin kaum jemand sonst die Bibliothek betreten, die Umstände waren günstig. Dem Bibliothekar war erst nach dem Erhalt der goldenen Ringe und der Trauung klar geworden, dass er fortan vom Goldschmied erpressbar war. Hatte er sich nicht korrumpieren lassen? Was, wenn das die Direktion erführe? So sah er gar nicht hin, wie Immermann an ihm vorbei huschte und den großen Saal der Bibliothek betrat, unter seinem weiten Mantel die zwar geplünderte, aber äußerlich sehr gut präparierte Schedelsche Weltchronik mit der Signatur *Inc. 122a*. Teil zwei seiner Aktion war nach wenigen Sekunden glücklich abgeschlossen und der Bibliothekar hatte nichts davon mitbekommen. Aktion eins, der Eintrag in Furrers Buch, war bereits vor Wochen geschehen. Blieb noch Teil drei, die Hinterlegung eines Zettels mit mehreren aufeinanderfolgenden Signaturen, die das Kollegium der Bibliothekare auf das Regal stieße, in dessen unterstem Fach die Schedelsche Weltchronik hinter den Büchern eben dieser Signaturen deponiert war. In den Tagen nach Weihnachten würde er den Zettel an den vorgesehenen Ort bringen. Und im Januar wollte er einen der Bibliothekare arglos fragen, was denn die Einträge in Furrers Buch zu bedeuten hätten. Und bald käme es dann zum Knall, dachte Immermann zufrieden und vergnügt, als er aus der Bibliothek schritt.

Geschneit hatte es, das Pflaster war glatt. Der ob seiner gelungenen Aktion stolze Goldschmied reckte die Nase hoch in den rauen Wind. Hart schlug er mit dem Hinterkopf auf und starb noch an der Unfallstelle, am Heiligen Abend anno 1779.

XVII

Donnerstag, 2. September 2004

Gestern war der erste Versuch schiefgelaufen. Die Baukommission hatte zwar den Rokokosaal betreten. Aber nur kurz. Man hatte, so ließen es die Geräusche vermuten, die Rammy mit dem Ohr an der Bibliothekstür hörte, nur im Eingangsbereich des Saals miteinander konferiert. Heute wollten sie sich wieder treffen. Heute musste es ihm gelingen, sich in den Saal einzuschleusen. Alles war vorbereitet: Von den Vermietern hatte er am Dienstag Abschied genommen; übernachtet hatte er die letzten beiden Nächte mit Schlafsack unter freiem Himmel im Park, in einer der Höhlen unterhalb des Römischen Hauses; das Gepäck war am Bahnhof in zwei Schließfächern; der Kajak lag im Gebüsch hinter dem Reithaus, er würde ihn, wenn alles so klappt wie erhofft, Friedemann Schalbe geben mit der Bitte, ihn zum Wassersportclub nach Weimar zurückzubringen, wo er ihn für vier Wochen ausgeliehen hatte. Noch einmal überprüfte er sein Handy. Das Lautlos-Zeichen leuchtete im Display. Er musste nur noch in den Rokokosaal kommen. Das eigentliche Problem, ob denn tatsächlich jener Geheimtext dort versteckt war, ließ er einfach nicht an sich ran. Er war Amerikaner, er dachte positiv.

Seit vier Stunden kauerte er nun schon ganz oben im Treppenhaus, in das er sich, am Pförtner vorbei, geschlichen hatte. Friedemann Schalbe hatte sich mit Hans Söllner unterhalten und ihm so den Rücken frei gemacht. Immer, wenn er jemanden die Treppen rauf oder runter gehen hörte, ging auch er kurz vorher aus seinem Versteck los und grüßte selbstbewusst die Mitarbeiter der Bibliothek. Denn wenn ihn jemand in seinem Versteck fand, war alles vorbei.

Die Uhr tickte unerbittlich. Wann sich die Baukommission treffen wollte, hatte er nicht verstanden, nur dieses „Bis morgen. Wieder hier!“ Was, wenn die Baukommission schon früh im Rokokosaal war? Er war zwar, nachdem er den Schlafsack ins Schließfach am Bahnhof gebracht

und dort notdürftig die Zähne geputzt hatte, beinahe pünktlich zur Öffnung der Bibliothek zur Stelle. Aber für die Baukommission galten nicht die Öffnungszeiten. Sie konnte sich auch schon vorher getroffen haben. Und was, wenn der Termin verlegt wurde? Er hatte sich vorhin, als niemand im Treppenhaus war, das Schloss der Eingangstür zum Rokokosaal angeschaut. Ein altes, vergleichsweise einfaches Schloss, so sah es aus. Ob er sich in die Bibliothek einschließen lassen sollte, um dann die Tür aufzubrechen? Doch er hatte kein Werkzeug dabei. Und sicher war der Saal nach Schließung der Bibliothek alarmgeschützt.
13 Uhr. Nichts tat sich. Nur sein Magen begann zu knurren.
14 Uhr. Rammy schaute auf sein Mobiltelefon. Schalbe hatte geschrieben. Er verlasse jetzt die Bibliothek. Ab 19 Uhr warte er an der Ilm bei Oberroßla. *Good luck* wünsche er ihm.
Um 14.25 Uhr hörte er mehrere Stimmen von unten heraufkommen, während sich gleichzeitig im zweiten Stockwerk des Treppenhauses eine Tür öffnete und jemand nach unten ging. Begrüßungen! Na dann wollen wir mal! Die Baukommission!
Rammy wartete, bis er den Schlüssel, die Klinke hörte, der Rokokosaal sich öffnete. Schritte und Stimmen verebbten, – sie waren im Saal!
Auf Zehenspitzen pirschte er sich an die Tür des Rokokosaals, legte das Ohr an die Tür. Die gleiche Situation wie gestern: Die Stimmen waren nahe, nur wenige Meter vom Eingang entfernt. Gedämpft hörte er Fachbegriffe aus der Sprache der Denkmalschützer, manches Mal ein protestierendes „Nein, nein“, dann mal ein „Das könnte die Lösung sein!“ Minuten verstrichen, dann, endlich, wieder Schritte im Saal, die sich entfernten. Die Experten bewegten sich in Richtung Bücherturm, einmal hörte er, wie jemand auf Holz pochte, ein Regal, eine Treppe, was auch immer.
„Jetzt“, sagte sich Rammy, „oh my god, jetzt.“
Langsam, ganz langsam drückte er die Klinke. Einen Spalt weit öffnete er die Tür. Die Stimmen waren plötzlich wieder laut und vernehmlich. Da hinten standen sie, einen Mann mit Glatze, der mit einem Zollstock in der Luft umherfuhr, und eine Frau in rotem Kostüm erkannte er. Sie drehten ihm den Rücken zu und waren über einem Plan vertieft, den einer mit weiten Armen ausgebreitet hatte und der versuchte, mit dem Kinn auf eine ganz bestimmte Stelle hinzuweisen.

„Warten Sie, ich helfe Ihnen“, sprang ihm die Kostümfrau bei und schnappte nach einer Seite des Plans. Für ein, zwei Sekunden knisterte und raschelte es, vermengt mit zwei Stimmen: „Halt! Hiergeblieben! So, hab ich dich doch gleich!“

Intuitiv wusste Rammy: Dieser Augenblick ist die Chance! Er schob sich durch die Tür, zog sie blitzschnell wieder zu und duckte sich ab. Die Baukommission hatte den Plan jetzt gut im Griff und beugte sich darüber, während einer mit entschiedener Stimme Erläuterungen gab. Niemand hatte bemerkt, was am Eingang geschehen war. Rammy kroch jetzt auf allen vieren links von der Eingangstür weg. Er musste es bis zu einem der ersten Seitenregale schaffen und dahinter verharren und hoffen, dass niemand mehr von der Baukommission auf die Idee kam, dort vielleicht auf Holz zu pochen, den Zollstock auszuprobieren oder den Plan neu auszubreiten. Jede Bewegung, die er tat, dauerte Ewigkeiten. Schweiß lief ihm über die Wangen. Noch drei, noch zwei Schritte auf allen vieren, er war da und hörte seinen Puls jagen. Zusammengekauert saß er jetzt mit dem Rücken zum Regal. Er faltete die Hände und bewegte stumm die Lippen.

Unruhe entstand am anderen Ende des Saals. Schritte, die eine Treppe hochgingen, das Rascheln des Plans, der zusammengefaltet wurde, zwei übereinandergelagerte Gespräche.

„Wir können das in meinem Büro vertiefen!“, sprach endlich einer. Schritte näherten sich Rammy, sie gingen an seinem Regal vorbei, auf der Vorderseite. Niemand bemerkte, wer da auf der anderen Seite des Regals mit hochrotem Kopf und rasendem Herzen saß. Die Gruppe verließ den Saal, die Tür war fast schon wieder geschlossen, da rief einer: „Halt, mein Zollstock, hab ich doch glatt vergessen!“ Die Tür öffnete sich wieder, Schritte eilten durch den ganzen Innenraum, dann ein „Daaa bist du!“, die Schritte jetzt noch eiliger wieder zurück, das Zudrücken der Tür, das Einrasten der Klinke, das Drehen des Schlüssels. Und dann: Ruhe.

Himmlische Ruhe, endlose Ruhe. Rammy war kurz vor den Tränen. Gerade so, als habe er das Geheimnis des Salomonischen Tempels schon entdeckt. Dabei war er doch nur im Rokokosaal! Aber was heißt hier nur, sagte er sich, das ist die schwierigste Übung gewesen.

Er ging zur Tür und horchte, ob er irgendwelche Stimmen hörte.

Vorsichtig drückte er die Klinke, die Tür war verschlossen. Er atmete auf. Sollte die Baukommission noch mal zurückkehren, müssten sie erst die Tür wieder aufschließen. Das würde ihm genügend Zeit geben, um auf eine der Galerien hochzujagen.

Den Rokokosaal hatte sich Rammy auf Abbildungen genau angesehen. Regal für Regal wollte er systematisch absuchen. Nicht nur die Buchrücken mit den Signaturen. Nein, er hatte sich vorgenommen, auch alle Bücher aus den Regalen herauszunehmen und in den Regalnischen und -böden nachzusehen, ob es dort irgendwelche unauffälligen Klappen oder Türchen gab, in der die *Inc. 122a* versteckt war. Er schaute sich im Saal um, auch zur ersten Galerie, über der es auch noch eine zweite Galerie gab. Er erschauderte. Welcher Kosmos! Welche Bücherwelt! Ein Tempel! Die ganzen Büsten der großen Klassiker! Schauten sie ihn nicht an? Was er hier wolle?

Wie sollte er die Kontrolle der Tausenden und Abertausenden Bücher schaffen? Die vielen hohen Regale! Spätestens morgen früh um acht Uhr musste er den Rokokosaal verlassen haben. Wie er wieder rauskommen sollte, war jetzt nicht seine größte Sorge. Im äußersten Fall würde er auf der Parkseite aus einem der Fenster springen. Vier Meter Höhe, das war zu machen. Auf der unteren Ebene musste er beginnen. Er hatte im besten Falle fast zwanzig Stunden zur Verfügung. Nur für eine Kurznachricht an Schalbe nahm er sich Zeit. Dann begann er.

Stunde um Stunde verstrich. Der Staub der Bücher vermengte sich mit seinem Schweiß. Er sah aus wie einer, der gerade aus einer Kohlengrube aufgefahren ist. Die Regale hatte er jeweils komplett leer geräumt, die Böden und Ecken überprüft und die Bücher dann wieder eingeräumt. Schwerstarbeit war das, auch körperlich. Vor allem die oberen Fächer waren ein Problem. Die hölzerne Leiter wirkte wacklig. Während er den Bücherstapel in der einen Hand hielt und die andere Hand immer neue Bücher darauf auftürmte, war es ein akrobatischer Akt, nicht das Gleichgewicht zu verlieren.

18.10 Uhr. Ein gutes Dutzend Regale hatte er geschafft. Das Oval der inneren Regale war abgesucht. Er begann, die Außenregale zu den Fensterseiten hin zu erkunden. Nachdem er gerade wieder mühevoll ein oberes Fach erfolglos geleert und wieder eingeräumt hatte, begann er jetzt mit einem unteren Fach in einer etwas abgelegenen, dunklen

Ecke. Seitlich streckte er sich auf dem Boden aus, ein Augenblick der Entspannung. Links und rechts von sich stapelte er die Folianten in der Reihenfolge, wie er sie entnahm. So blieb beim Einräumen die Ordnung erhalten. Er empfand aufrichtige Ehrfurcht vor der alten Bibliothek, vor ihrer Ordnung, in denen der Bibliotheksdirektor Goethe noch höchstpersönlich die Anordnung der Bücher so befohlen haben mochte.
Klatsch, ein lauter Knall ertönte. Rammy fuhr zusammen. Eine Staubwolke nahm ihm die Sicht und er blieb regungslos liegen, um zu hören, ob irgendjemand außerhalb des Bibliothekssaals den Knall gehört hatte. Dem war nicht so, alles blieb ruhig und der Staub aus dem unteren Regal verzog sich allmählich. Rammy hatte gerade die letzten drei Folianten aus dem untersten Fach weggezogen. Jetzt lag ein völlig zugestaubter Schweinslederband quer im unteren Fach. Der muss dahinter an der Regalwand verstaut gewesen sein, fuhr es Rammy durch den Kopf. Er hievte den Folianten hoch. Als er auf den Rücken sah, begann er am ganzen Körper zu zittern:

A
T
S
R
C
H
A
S
D
1
1
4
3

Oben am Steg erkannte er das Zeichen der Herzogin Anna Amalia, unten die Signatur *Inc. 122a.*
Träume ich? Er fand die Situation plötzlich vollkommen irreal. So muss es sein, wenn man wahnsinnig wird, dachte er und war kurz davor, laut loszulachen. Wie gelähmt starrte er auf den Einband, dann öffnete er

das Buch. *Registrum huius operis libri cronicarum* ... begann er zu lesen. Kein Zweifel: Schedels Weltchronik. Kreuz und quer blätterte er. 1493, ein Buch, so alt wie die Entdeckung Amerikas durch Columbus! Doch fehlten da nicht Blätter? Im Katalog des Lesesaals hatte er die bibliographischen Angaben zum Exemplar der Herzogin Anna Amalia Bibliothek nachgeschlagen, nachdem die Bibliothekarin den Titel des Buches mit der Signatur *Inc. 122* verraten hatte. Die deutsche Ausgabe hatte demnach knapp sechshundert Seiten und mehr als 1 800 Holzschnitte. Und dieses Exemplar? Er begann zu zählen. Gerade mal einhundert Seiten waren das. Und keine einzige der berühmten Stadtansichten mehr!

Ratsch! Ratsch! Rammy zuckte zusammen, als ob ein Blitz neben ihm eingeschlagen hätte. Er war so in die Analyse der Schedelschen Weltchronik vertieft gewesen, dass er nicht bemerkt hatte, wie sich jemand an der Tür zum Rokokosaal zu schaffen machte. Der das war, hatte keinen Schlüssel. Da versuchte jemand, mit einer Scheckkarte oder etwas ähnlichem die Tür zu öffnen. Jetzt war ein schraubendes Geräusch zu hören.

Rammy packte die Bücher in das Regal, so schnell er konnte. Die Reihenfolge war ihm jetzt egal. Kaum hatte er sie wieder eingestellt, hechtete er, nur die geplünderte Schedelsche Weltchronik unter dem Arm, die Treppe zur ersten Galerie hoch. Während er auf den Boden niedersank, konnte er durch die Säulen der Balustrade erkennen, wie ein Mann den Saal betrat. Er hatte den ganzen Türschild in Windeseile abgeschraubt und montierte ihn jetzt, nachdem er im Saal war, wieder an. Niemand sollte von außen sehen, dass jemand eingedrungen war. Nachdem er sein Werk vollendet hatte, schloss er die Tür und musterte mehrfach das Oval. Beim Blick zur Galerie drückte sich Rammy nach hinten weg. Der Mann unten hatte ihn nicht bemerkt. Er begann, Bücher einzeln aus den Regalen zu ziehen und zu untersuchen, um sie dann wieder einzustellen.

Wenn der dasselbe sucht wie ich, braucht er mit dieser Methode mehrere Tage und wird trotzdem nichts finden, sagte sich Rammy und zückte sein Handy, um Friedemann Schalbe eine Kurznachricht zu senden.

Der Mann unten war nicht gerade geräuscharm, wenn er die Bücher rauszog und wieder ins Regal drückte. Kein Bibliophiler, wirklich nicht,

konstatierte Rammy. Ihm gab das die Möglichkeit, sich Zentimeter für Zentimeter in Richtung Treppe zur zweiten Galerie zu robben. Dort, so hoffte er, könne er die *Inc. 122a* genauer untersuchen. Aber er musste vorsichtig sein. Ein lautes Geräusch, und er hätte ein Problem.
19.15 Uhr. Alles ging blitzschnell. Vor der Tür des Rokokosaales waren Stimmen zu hören. Jemand drehte den Schlüssel der Eingangstür herum. Im Unterschied zu Rammy vor etwa einer Stunde, der vor lauter Faszination über den Fund fast keine Augen und Ohren mehr für seine Umgebung hatte, war der Mann unten geistesgegenwärtig. Er warf das Buch, das er gerade in Händen hatte, weg und rannte wie ein Wahnsinniger die Treppe zur ersten Galerie hoch wie Rammy knapp eine Stunde zuvor, der seinerseits jetzt das laute Geräusch nutzte, um den Treppenhals zur zweiten Galerie hochzuspringen. Dort angekommen, hörte er unten die Stimme Hans Söllners, des Pförtners.
„Bitte, bitte, das darf niemand erfahren. Bitte!“, bettelte Söllner die andere Person an. Diese hatte eine ungemein beruhigende Stimme, und nach wenigen Worten wusste Rammy, warum sie diese Wirkung hatte: Es war die rauchige und dennoch weiche Stimme einer Frau.
In der zweiten Galerie fühlte er sich einigermaßen sicher. Er blätterte die Weltchronik erneut auf. Den Rücken befühlte er, einzelne Blätter, den Deckel von außen und von innen ... Da, diese Unebenheit im hinteren Deckel, das musste es sein! Nicht die ausgeplünderte Weltchronik, der Inhalt des Deckels war das Wertvolle! Ganz langsam, Zentimeter für Zentimeter, begann er den Buchblock vom Deckel zu lösen. Der ganze Foliant würde ihm nachher, bei der Kajakfahrt hinderlich sein, zumal er so nicht in die Frischhaltebox passte.
So bedrängend die Lage war, ganz unten die Frau, von der er nicht wusste, was sie da tat, und auf der ersten Galerie vor ihr versteckt ein zwielichtiger Mann, der ein geübter Einbrecher zu sein schien, – die Entdeckung der *Inc. 122a* machte Rammy gelassen und angstfrei. Irgendwie würden die beiden anderen schon abzwitschern und er könnte dann seinen Plan umsetzen.
Er brachte Schalbe per Kurznachricht auf den neuesten Stand und begann, in dem abgelösten Teil der Weltchronik zu lesen. Nachher, wenn die beiden unten weg waren, würde er den Buchblock hinter einem Bücherregal verstecken. Tauchte der Buchblock beim Räumen der

Bibliothek im Zuge der Sanierung auf, bekäme er vielleicht einen neuen Einband, wer weiß.
20.21 Uhr. Rammy horchte, ob unten jemand gegangen war. Er hatte riesigen Durst und vergessen, etwas zu trinken mitzunehmen. Wieso war es hier nur so heiß? Ja, es war ein schöner Spätsommertag. Aber die Bibliothek kam ihm vor wie ein Wärmespeicher. Er war so müde, schon schloss er kurz die Augen, um sie eine Sekunde später umso erschrockener weit aufzureißen.

XVIII

Dienstag, 15. September 2009

Aydin, Leicht und Simoneit war klar: Der Schlüssel zum Täter in Halle und zu einem eventuellen Verursacher von Rammys Tod lag in den Telefonverbindungen von Radestocks. Alle, mit denen er in der Zeit nach dem Besuch des Jungen bis zu dem Abend, an dem er seinem Mörder zum Opfer fiel, gesprochen hatte, waren sorgsam zu überprüfen. Was konnten sie für ein Interesse an den mysteriösen Umschlägen und ihrem Inhalt haben? War der Mord am Antiquar das einzige Mittel, um an die Umschläge zu gelangen? Oder hatte er die Umschläge doch geöffnet und wusste zu viel?

Am späten Vormittag lud Aydin Leicht und Simoneit zu einem ersten Zwischenbericht in ihr Büro.

„Also“, begann Kriminalhauptkommissar Leicht, „wir sind etwa zur Hälfte durch. Zunächst können wir eine der vierzehn Telefonnummern streichen, nämlich die der Scheid International Investment Group in New York City. Mit dem Chef dieser Investmentbank hast du ja bereits gesprochen.“

Aydin nickte. Scheid hatte sie über das Angebot von Radestocks über eine Million Euro informiert. Außerdem wussten sie durch ihn konkret, dass es sich um zwei Umschläge handelte, deren einer einen Text mit der Geschichte der Schriftrolle seit 1143 beschrieb, jener Schriftrolle, die wiederum in dem anderen Umschlag enthalten war.

„Zuerst haben wir die beiden deutschen Nummern verifiziert. Die eine Nummer gehört einem Verein, der nennt sich *Neue Rosenkreuzer Deutschland e.V.*. Meines Erachtens eine harmlose Truppe, sehr esoterisch. Die wollen den Menschen helfen, inneren Frieden zu finden und die Menschenwürde wiederzuerlangen, wenn man eine Lebenskrise durchgemacht hat und sich erniedrigt fühlt.“

„Und woher willst du wissen, dass die harmlos sind?“, fragte Aydin dazwischen, „das machen doch Sekten genauso. Erzählen was von Wegen

zum Glück und Heilen der Seele, um so die späteren Opfer anzulocken. Kaum haben die dann Insider-Wissen, werden sie bedroht. Wehe, du sagst das irgendjemandem! Der nächste Schritt ist der Griff auf das Geld der neuen Mitglieder, die soziale Entfremdung ..."
Die Kommissarin merkte an einer abweisenden Handbewegung Leichts, dass sie ihm nichts Neues erzählte, und verstummte.
„Ja, mag sein", fuhr Leicht eher beiläufig fort, „ich nehme denen auch nicht ab, dass sie, wie sie behaupten, keinen materiellen Gewinn erstreben. Das ist eine Floskel. Aber über diese Truppe gibt es kein Betroffenenforum im Internet, keine Aussteigerberichte oder ähnliches. Also ich glaube, die können wir vernachlässigen."
„Aber warum hat von Radestock die angerufen?", blieb Aydin hartnäckig. Leicht sah in seine Notizen.
„Wohl aus zwei Gründen", erläuterte er der Kollegin, „zum einen wegen der Buchstaben R und C auf dem Buchrücken und dem Umschlag, jeweils mit einem Punkt dahinter, also die Abkürzung für die Rosenkreuzer seit dem Auftauchen des legendären Christian Rosenkreuz in Schriften des 17. Jahrhunderts. Zum anderen nennen die Rosenkreuzer ihre Versammlungen Tempeldienste und das mit biblischen Bezügen. Der Tempeldienst ist spirituell angelegt und soll dem Teilnehmenden einen Weg in die innere Erkenntnis ermöglichen. In seinen Ursprüngen geht diese Vorstellung auf den Tempel in Jerusalem und auf die Vorstellung vom Menschen als Tempel Gottes zurück."
Gut informiert, der Kollege, staunte Aydin und gab ihm durch eine kleine Bewegung mit dem Kopf zu verstehen, er solle fortfahren.
„Also, diesen Verein stellen wir zurück", hielt Leicht fest. „Die zweite Nummer in Deutschland ist der Telefonanschluss einer großen Freimaurer-Loge. Dass von Radestock sich an die gewandt hat, verwundert nicht. Schließlich sind Geheimnisse die Grundlage der Freimaurerei von Anfang an. Das Geheimnis um den Salomonischen Tempel, das Meisterwort des Hiram ist sozusagen der Kern freimaurerischen Handelns. Riten und Symbole leiten sich aus diesem Geheimnis ab. Was, wenn nun dieses Geheimnis kein Geheimnis mehr ist? Was, wenn sich herausstellt, dass alle bisherigen Riten und Symbole der Freimaurer nur Unsinn waren, weil das Meisterwort des Hiram in eine ganz andere Richtung weist? Die Freimaurer hatten allen Grund, auf von Radestocks

Angebot einzugehen, auch zum Selbstschutz. Die Loge heißt *Zu den vier Weltenden* und hat ihren Hauptsitz in Hamburg. Die Telefonnummer des Chefs, der bei den Freimaurern den Titel *Meister vom Stuhl* trägt, war gar nicht so einfach herauszubekommen. Hier hast du sie!"
Leicht reichte Aydin einen Zettel. Die Kommissarin war nicht der Typ, der gerne Telefonate aufschob. Sie wählte die Nummer an und lehnte sich in ihren Schreibtischstuhl zurück.
„Ja?", kam es nach einer Weile aus dem Hörer.
Sie erklärte Heiner Brodkamp, dem Meister von Stuhl, sie müsse ihn sprechen wegen des Angebots zweier Umschläge aus einem Hallenser Antiquariat. Meister Brodkamp reagierte misstrauisch und bat sie, sie zurückzurufen. Er wolle die Telefonnummer überprüfen, ob sie wirklich von der Kriminalpolizeiinspektion Jena sei. Aydin blieb nichts anderes übrig, als sich darauf einzulassen.
In der Zwischenzeit erläuterte Leicht ihr die vierte Nummer, und zwar die aus Japan. Die Nummer war Professor Doktor Naoki Takahashi zuzuordnen, dem Direktor der *University of Library and Information Science* in Tsukuba. Diese Universität war spezialisiert auf alle Themen, die sich mit der Vermittlung von Informationen befassten, gerade auch mit Bibliotheken und ihren Anforderungen und Möglichkeiten im 21. Jahrhundert. Leicht hatte selbst schon mit dem Direktor in Japan gesprochen. Der habe sich zwar sehr über einen Anruf aus Deutschland gefreut, weil er dort zwei Semester studiert hatte. Aber als er den Namen von Radestock hörte, wurde er einsilbig. Ja, der habe ihm eine alte Handschrift angeboten, noch versiegelt. Für eine Million Euro. Doch für seine Bibliothek sei die Schriftrolle nicht interessant gewesen. Jedenfalls nicht für den Preis. Und selbst wenn, wäre das Geld nicht binnen drei Tagen beizuschaffen. Schließlich sei es eine öffentliche Bibliothek, mit Budgetierung und staatlichen Aufsichtsgremien.
„Wenn du mich fragst", sagte Leicht kritisch, „den können wir auch vergessen."
„Aber wieso hat der dann so einsilbig reagiert, als du ihn mit von Radestock konfrontiert hast?"
„Vielleicht hat der sich geärgert, weil er kein Geld zur Verfügung hat, um sich so was leisten zu können. Oder er war sauer, weil ich seine Erzählungen von Heidelberg und Neuschwanstein etwas unhöflich

abgewürgt habe. Japaner sind doch immer sehr höflich. Jedenfalls wüsste ich nicht, warum der einen Hallenser Antiquar umbringen sollte!"
Aydin war mit Leichts Begründung nicht recht zufrieden. In ihr Nachdenken hinein klingelte das Telefon und Brodkamp, der Meister vom Stuhl, war dran, zehn Minuten nach Ende des ersten Gesprächs. Er habe sich kundig gemacht und sei ja wohl zu Antworten verpflichtet, stellte er grimmig fest.
„Genau", beschied ihm Aydin, „wo waren Sie in der Nacht vom Montag, dem 7. September, auf den Dienstag?"
Mit der Frage war Heiner Brodkamp überrumpelt. Er weigerte sich, der Kommissarin Auskunft zu geben und machte sich dadurch verdächtig. Erst als sie ihm die Konsequenzen erklärte und mit Einbestellung ins Präsidium nach Hamburg und Zeugenbefragung in seinem dienstlichen und privaten Umfeld drohte, räumte er ein, gerade an diesem Abend bei einer der Tempelarbeiten seiner Loge gewesen zu sein. Bereits diese Aussage, so gab er Aydin unwirsch zu erkennen, sei der Bruch eines Sakrilegs, nämlich eine Verletzung der Arkandisziplin seiner Loge. Niemand dürfe wissen, wo und wann sich die Loge treffe, ganz zu schweigen davon, wer Mitglied der Loge sei. Die Kommissarin bringe ihn in einen großen Loyalitätskonflikt und er sei nicht bereit, irgendwelche Zeugen für ein Alibi zu benennen. Das widerspreche seinen Pflichten als Meister vom Stuhl, das sei ein Verrat an den heiligen Grundsätzen der Freimaurerei. Aydin wunderte sich, wie aufgeregt Meister Brodkamp reagierte. Sie hatte ihm doch gar nicht mitgeteilt, dass zur gleichen Zeit, als seine Loge in Hamburg eine Tempelarbeit zelebrierte, der Antiquar in Halle, der ihm die Umschläge angeboten hatte, einem Mord zum Opfer gefallen war.
„Gut, das könnte noch ein Problem für Sie werden, wenn Sie kein Alibi haben", beschied sie Brodkamp und fragte ihn sogleich, ob er das Angebot des Hallenser Antiquars angenommen habe. Brodkamp ließ sich Zeit mit der Antwort.
„Hören Sie, was dieser von Radestock angeboten hat, wäre für uns interessant gewesen, wenn er es wirklich besessen hätte. Aber er hatte ja nur ein Kürzel auf einem Umschlag und das Siegel desselben gar nicht erbrochen. Ob der Inhalt mit der Aufschrift übereinstimmte, konnte er also gar nicht sagen."

„Den Umschlag öffnen wollte er gerade nicht, weil das Geheimnis einen Teil des Wertes ausmachte!“, entgegnete Aydin, „Aber das brauche ich Ihnen ja wohl nicht zu sagen.“
Sie war froh, von Leicht und dem Bibliothekar so gut in Kenntnis über die Gebräuche der Freimaurer gesetzt worden zu sein. Mit Brodkamp kam sie am Telefon nicht recht weiter. So wollte sie nur noch wissen, was von Radestock als Preis verlangt habe und wie Brodkamp mit von Radestock verblieben sei.
„Er wollte zwei Millionen Euro. Ich habe ihm gesagt, ich würde das Geld besorgen. Aber es könne eine Woche dauern.“
Die Höhe der Geldforderung verblüffte Aydin so sehr, dass sie nur noch mit halbem Ohr hörte, wie Brodkamp fragte, ob die Umschläge beschlagnahmt seien und wieso der Antiquar seine Adresse herausgegeben habe.
„Von Radestock ist tot. Die Umschläge sind weg“, beschied sie dem Meister vom Stuhl, der ein erstauntes „Was?“ ausstieß.
Leicht und Simoneit hatten das Gespräch mitgehört. Sie waren sich einig: Das „Was?“ von Brodkamp war eine Spur zu überrascht gekommen, hatte gekünstelt gewirkt. Aydin war gedanklich mehr mit den zwei Millionen Euro beschäftigt. Warum hatte von Radestock seinen Preis gegenüber Samuel Scheid verdoppelt? War ihm erst im Verlauf der Gespräche und an den Reaktionen der Telefonpartner bewusst geworden, was für einen großen Schatz ihm der Junge ins Geschäft gebracht hatte? Wieder wunderte sie sich, wozu von Radestock so viel Geld gebraucht hatte. Sie fragte Leicht, ob er in dieser Frage schon etwas von den Kollegen aus Halle erfahren habe.
„Nein, Fehlanzeige, die Kollegen zieren sich nach wie vor bei unseren Anfragen. Vielleicht musst du mit dem Polizeioberrat Reimann mal Klartext reden. Sonst mauern die immer mehr. Die ahnen irgendwie, dass wir an ihnen vorbei ermitteln!“, gab Leicht zu bedenken. Er sprach aus, was Aydin seit geraumer Zeit wusste, aber nicht wahrnehmen wollte.
Mit Leicht und Simoneit war sie sich einig: Brodkamp und die Freimaurer gehörten auf die Liste der Verdächtigen. Aydin kam noch einmal auf Professor Takahashi zurück. Japanische Höflichkeit und Eingeschnapptsein hin oder her, sie wollte ihn nicht einfach als Täter

ausschließen. Erst als ihr Leicht die Reihenfolge der Anrufe schilderte, wie sie sich aus dem geschäftlichen Anschluss und dem in der Wohnung in Halle-Neustadt ergaben, war ihr das möglich. Beim Japaner war der erste Anruf eingegangen, eine Stunde später hatte von Radestock die Rosenkreuzer, dann Scheid angerufen, die nächsten Anrufe gingen nach Polen, Südafrika, Chile, Irland, Italien, in die USA, nach Pakistan, Belgien, Frankreich, Brodkamp in Hamburg und noch mal nach Frankreich. Kurz nach von Radestocks Telefonat mit Brodkamp hatte Takahashi zurückgerufen, ein Telefonat, das nur zwanzig Sekunden dauerte. Warum, war jetzt klar: Wer eine Zusage über zwei Millionen Euro vorliegen hatte, brauchte mit jemandem, der eine Million nicht zusammenbrachte, nicht weiter zu verhandeln. Dass dieser Professor aus Japan kurzfristig nach Deutschland gereist sein könnte, um wegen des gescheiterten Ankaufs den Antiquar zu ermorden, war auszuschließen, auch dass er irgendwelche Killer angeheuert hatte. Mord oder Auftragsmord waren im Fall von Radestock nur mit Fanatismus zu erklären, und der war beim japanischen Buchgelehrten nicht zu erkennen. Durch Scheid, eventuell die Rosenkreuzer und vor allem die Freimaurer war von Radestock klar geworden, dass im Hinblick auf den Preis noch Luft nach oben vorhanden war.
„Durchaus denkbar, dass von Radestock den Preis bei den anderen, die er angerufen hat, noch in die Höhe geschraubt hat", sagte sie herausfordernd zu Leicht und bat ihn fortzufahren. Der Kriminalhauptkommissar berichtete, von Radestock habe nach dem Rückruf Takahashis eine Bibliothek in Krakau in Polen kontaktiert, die zu einer Jesuitenhochschule gehört. Aydin begann in ihrem Notizbuch zu blättern. Jesuiten, das Stichwort hatte sie sich bei den Ausführungen des Bibliothekars Brill aufgeschrieben.
Waren von 1773 bis 1813 verboten, hatten großes Interesse am Meisterwort des Hiram, vermuteten Welterklärungsformel, betreiben heute Universitäten, einflussreich, aber nicht mehr wie früher, stand da. Die Recherchen Leichts bestätigten im Wesentlichen diese wenig konkreten Notizen. Er vermutete, von Radestock habe mit dem Wunsch der Jesuiten spekuliert, wieder ihre einstige hohe Bedeutung für zentrale religiöse Fragen zu erlangen. Er und Simoneit hatten einen Priester erreicht, der für die Buchbeschaffung zuständig war.

„Die Verständigung stieß schon rein sprachlich an Grenzen", erklärte Simoneit, „er hat kaum Englisch gesprochen und bei Polnisch muss ich passen. Wie von Radestock mit dem kommuniziert hat, ist mir ein Rätsel. Jedenfalls hat dieser Jesuitenpater mir einen Anruf von Radestocks bestätigt. Der sei aber ‚very worried' gewesen und er hätte ihn nicht verstanden."

Die drei Ermittler waren sich einig, die Bibliothek in Krakau nicht weiter als relevant für die Suche nach dem Mörder anzusehen. Ebenso auch nicht die nächste Person, von der Simoneit berichtete: Ein Christiaan Verwoerd. Verwoerd war ein Sammler von Dokumenten zur Geschichte der Weißen in Südafrika. Seine Frau bestätigte am Telefon, dass ein Antiquar aus Halle vor gut einer Woche angerufen hatte. Ihr Mann war ein guter Kunde und das war wohl der Grund, warum von Radestock ihm auch die außergewöhnlichen Umschläge offerieren wollte, ergänzte Simoneit. Allerdings habe von Radestock von Frau Verwoerd erfahren, dass ihr Mann vor zwei Monaten einen Schlaganfall erlitten hatte und an den Folgen verstorben war. Damit konnte man Südafrika als Spur streichen.

„Das war's?", fragte Aydin die beiden Kollegen.

„Einen Anruf haben wir noch recherchiert", erwiderte Leicht, „und der dürfte an einen Verdächtigen gegangen sein." Er berichtete von Karl-Ludwig Rauff, Sohn eines nach Chile emigrierten deutschen Nazis. Er hatte unter Diktator Pinochet Karriere gemacht, war in ein hohes Regierungsamt gelangt und stand, so hatten die Kollegen vom Verfassungsschutz bestätigt, in enger Verbindung zur deutschen Neonazi-Szene. Er hatte ein klares Motiv: Judenhass, der es ihm gebot, mit allen Mitteln zu verhindern, dass das Geheimnis des Salomonischen Tempels in jüdischen Besitz kam. Auch Freimauer, Rosenkreuzer und andere esoterische Richtungen waren von der Neonazi-Szene nicht gelitten. Rauff war es ohne Weiteres möglich, einen deutschen Neonazi ideologisch aufzuheizen und ihn zu einem Mord anzustacheln, wenn es keinen anderen Weg gab, an die Umschläge des Antiquars zu gelangen. Unter der Nummer, die von Radestock angerufen hatte, meldete sich immer nur ein Anrufbeantworter. Die Bitte um Rückruf blieb unerfüllt.

Aydin klappte ihr Notizbuch zu. Simoneit und Leicht verließen das Zimmer, und die Kommissarin überlegte, wie sie weiter vorgehen soll-

te. Gelang es ihr, diesen Fall zu lösen, dann war das ein großer Erfolg gleich zu Beginn ihrer Laufbahn als Kriminaloberrätin und Leiterin der Kriminalpolizeiinspektion Jena. Als Frau, dazu mit Migrationshintergrund, fehlte es ihr über kurz oder lang an Akzeptanz im Kollegenkreis und in der Öffentlichkeit, wenn spektakuläre Erfolge ausblieben, sagte sie sich. Aber konnte sie den Fall weiter so an den Hallenser Kollegen und an der Hallenser Staatsanwaltschaft vorbei bearbeiten? Anrufe ins Ausland, Zusammenarbeit mit Verfassungsschutz, Bundesnachrichtendienst und internationalen Polizeibehörden, das alles zeichnete sich ab. Schon bald käme sie an die Grenzen der Ermittlungen. War es nicht besser, Reimann und seine Leute in Halle voll mit ins Boot zu holen und ihnen darzulegen, was sie bisher herausgefunden hatten? Auch wenn manche der Telefonkontakte von Radestocks vielversprechend klangen, lag vieles im Dunkeln. Was hatten die Laborergebnisse in Halle gebracht? Hatte der DNA-Abgleich etwas ergeben? Der Behälter, in dem der Buchdeckel mit den Umschlägen gefunden wurde, wie war er nach Halle gekommen? Sie hatte zwar eine vage Theorie, aber letztlich brauchte sie Laborergebnisse, gerichtsmedizinische Erkenntnisse, Befragungen aus dem Hallenser Umfeld des Antiquars. Und: Wozu brauchte von Radestock so viel Geld? Mauernde Kollegen in Halle, das war für sie eine Sackgasse. Doch bestand nicht die Gefahr, dass sie einen eventuellen Ermittlungserfolg ganz den Kollegen in Halle überlassen müsste? Mit der Einbrecherbande ging es auch nicht voran. Ja, sie war ehrgeizig. Aber musste man das in ihrer Position nicht auch sein?
Mitten in ihren Überlegungen klopfte es heftig an die Tür und Robert Leicht stürmte aufgeregt herein, an seiner Seite Doreen Simoneit. Leicht hatte weiter recherchiert und wirkte nun wie aufgedreht.
„Halt dich fest! Wir haben einen Volltreffer gelandet!", rief er mit sich überschlagender Stimme. „Der Adressat aus Belgien heißt Willem van de Walle. Er ist von Beruf Architekt. In seiner Freizeit baut er eine religiöse Gemeinschaft wieder auf, die schon lange ausgestorben ist. Rate mal, welche!"
Aydin mochte solche Ratespiele nicht. Eindringlich sah sie Leicht an und zog die Stirn hoch.
„Die Katharer!", gab der Kollege endlich das Geheimnis preis.
Katharer, überlegte Aydin. Ihr schwirrte schon der Kopf von diesen

ganzen esoterischen Vereinigungen, von denen sie in der letzten Zeit gehört hatte. Dann blitzte es auf, Katharer, das waren die, von denen Leicht im Zusammenhang mit der barbarischen Verstümmelung der Leiche in Halle berichtet hatte. Katharer, die waren doch im Mittelalter Opfer von Verfolgung! Zwei von ihnen waren in Köln auf dem Scheiterhaufen gelandet, wie viele andere nach ihnen. Die Schriftrolle mit dem Geheimnis des Salomonischen Tempels war damals in ihren Besitz gelangt, ohne dass sie sie geöffnet hatten. *Simon von Montfort, Sadist: Hat Katharern Augen ausstechen, Nase und Oberlippe abschneiden lassen*, las sie in ihrem Notizbuch.

„Hast du mit diesem van der Walle schon gesprochen?“, fragte sie Leicht. Der lächelte: „Ist Sache der Chefin. Hier ist die Nummer!“

Aydin überlegte, ob Belgier auch Deutsch sprächen, ihr Französisch war auf dem Niveau der zehnten Klasse Gymnasium stehen geblieben. Zur Not müsste sie sich mit Englisch behelfen. Sie griff zum Hörer und wählte die belgische Nummer. Zugleich bat sie Simoneit, ihr gegebenenfalls beizuspringen.

Sie erreichte Willem van de Walle mitten in einer Bauberatung. Er sprach gut Englisch, hatte allerdings nur wenig Zeit. Ja, bestätigte er ihr, er habe von dem Antiquar von Radestock ein Angebot über eine sehr bedeutsame Handschrift erhalten. Aydin kam gleich auf den Punkt:

„Wieviel Geld wollte er für beide Umschläge und wie sind Sie mit ihm verblieben?“

Am anderen Ende der Leitung blieb es still und erst als sie mehrfach „Hallo“ gerufen hatte, meldete sich der Belgier wieder. Ihn hatte das Wissen der Kommissarin überrascht.

„Nun, er wollte zwei Millionen Euro in bar und innerhalb von drei Tagen“, antwortete der Belgier, „er habe schon Interessenten, die bereit seien, die Summe zu zahlen. Ich war mir nicht sicher, ob er bluffte oder ob er die Wahrheit sprach. Ich sagte ihm, über eine solche Summe könne ich nicht spontan verfügen. Ich würde mich am Abend melden. Das habe ich dann auch getan.“

„Und?“, hakte Aydin ungeduldig nach, nachdem auf der anderen Seite wieder die große Stille ausgebrochen war.

„Ich habe ihm die Summe zugesagt. Am Mittwoch, dem 9. September, also zwei Tage später, bin ich persönlich nach Halle gereist und wollte ihm am nächsten Morgen um 8 Uhr das Geld in bar überreichen. Als ich zum Geschäft kam, musste ich erfahren, dass Herr von Radestock tot ist."

Aydin wollte wissen, von wem er das erfahren habe.

„Da war so ein Rentner um das versiegelte Haus herumgeschlichen. Der hat mir alles erzählt. Er habe sogar selbst die Leiche gefunden."

Kurz zögerte die Kommissarin, dann fragte sie den Belgier: „Sie sind erst am Mittwoch nach Halle gereist, nicht schon am Dienstag?"

„Am Mittwoch", kam es schroff zurück, „und jetzt entschuldigen Sie mich bitte. Ich bin hier auf einer Baustelle und habe keine Lust, den Auftrag zu verlieren."

Er drückte das Gespräch weg. Einige Minuten dachte Aydin nach, blätterte immer mal wieder in ihrem Notizbuch. Dann fasste sie einen Entschluss. Sie griff zum Telefon und rief Kriminaloberrat Bernd Reimann in Halle an. Ihr war klar geworden: Es hatte keinen Sinn, zu ihm und den Hallenser Kollegen weiter eine Konkurrenz aufzubauen. Der Fall war viel zu kompliziert. Sie erzählte ihm ausführlich, was sie an Informationen hatte, auch von dem Telefonat mit Willem van de Walle und den übrigen Recherchen zu von Radestocks Telefonaten.

„Ich danke Ihnen, Frau Kollegin, ich vermute, Sie sind noch jung und sehr ehrgeizig. Aber glauben Sie mir, bei solchen Verbrechen müssen wir eng zusammenarbeiten. Wir sollten die Namen der Telefonliste gemeinsam auswerten. Am besten, Ihre Mitarbeiter treffen sich mal mit meinen. Wir kommen auch gerne nach Jena oder Weimar!"

Aydin hatte das Gefühl, der Kollege in Halle sei ihr trotz ihres langen Alleingangs nicht gram. Irgendwie strahlte er etwas Gütiges aus, sein Tonfall war sachlich und wohlwollend.

„Danke, ich werde das gleich in die Wege leiten. Auch wir sollten uns bald einmal kennen lernen", antwortete sie erleichtert.

Reimann berichtete nun seinerseits über die neuesten Ergebnisse aus dem Labor. Die Frischhaltebox, die man bei von Radestock gefunden habe und in der sich Buchrücken und Buchdeckel befunden hatten, zeigten viele Spuren von Mikroalgen und Reste von Flusstang. Man musste davon ausgehen, dass der Behälter längere Zeit im Fluss gelegen hatte und dann, durch die trockene Witterung bedingt, bei fallendem Pegelstand auf dem Ufer gestrandet war.

„Ja, und dank Ihrer Offenheit haben wir auch eine andere Frage geklärt!", fuhr Reimann fort. „Stellen Sie sich vor, der Rentner, der den Toten entdeckt hatte, hat uns verschwiegen, dass zwei Tage nach der Tat frühmorgens ein Mann zu von Radestock wollte. Der Mann hatte einen Termin beim Antiquar. Erst heute hat er das so nebenbei erzählt. Wir haben schon ein Phantombild des Mannes anfertigen lassen. Von wegen Geldadel und Côte d'Azur, was er da fabuliert hat. Ein Belgier wars. Willem van de Walle."

XIX

Mittwoch, 16. September 2009

Er hatte den Zettel auf einem der Lesetische im Studienzentrum gefunden. Lange zögerte er, ob er die darunter angegebene Handy-Nummer anrufen sollte. Mit der Sache von vor fünf Jahren hatte er innerlich abgeschlossen. Traurig, auch ein wenig verbittert. Dieser Rammy, wie pathetisch hatte er die Nacht geplant! Die Kajakfahrt auf der Ilm, die feierliche Öffnung des Geheimtexts in der Krypta der Oberroßlaer Kirche ...

„Ja, hallo, ich rufe wegen dieses Zettels an. Sie haben ein Buch mit der Signatur *Inc. 122a* gefunden? Darf ich fragen, wer Sie sind?", brachte er nur mit belegter Stimme hervor.

Obwohl er noch etwas verschlafen beim Frühstück saß, war der Kriminalhauptkommissar mit einem Mal hellwach.

„Mein Name ist Leicht. Und wer sind Sie?"

Am anderen Telefon war nur ein Atemgeräusch zu hören.

„Schalbe", kam nach einer kleinen Ewigkeit die Antwort, „Friedemann Schalbe. Ich war gestern seit Jahren mal wieder in der Herzogin Anna Amalia Bibliothek."

„Aus welchem Grund?", fragte Leicht neugierig.

„Tja, also", Schalbe sprach nur zögerlich, „nun, ich wollte mir wieder mal ein paar Quellen ausleihen, die sich kritisch mit Luthers Theologie und der Entwicklung der Kirche beschäftigen. Wissen Sie, ich bin Pfarrer, und da muss ich mich ab und zu weiterbilden."

Das muss an Information genügen, dachte sich Schalbe, der sich hütete von seinem alten Plan zu sprechen, ein Luther-Musiktheaterstück zu schreiben, das sich kritisch mit des Reformators Verhältnis zu den Juden auseinandersetzte. Ohnehin hatte er einem Fremden schon viel zu viel verraten.

„Sie rufen an wegen der Signatur *Inc. 122a*?", versuchte Leicht das Gespräch fortzuführen. „Nun, ich würde mich gerne mit Ihnen treffen.

Am Telefon kann ich das nicht besprechen."
Schalbe beschlich ein mulmiges Gefühl. War das vielleicht der Mann, der unmittelbar vor dem Brand in die Bibliothek eingedrungen war? War er es, der Rammy den Geheimtext und vielleicht auch das Handy entrissen hatte, während dieser den Kajak bestieg? Das waren Gründe, den Fremden nicht zu treffen. Doch andererseits wollte er endlich Gewissheit, was damals wirklich passiert war. Seit fünf Jahren spekulierte er immer und immer wieder darüber. Fast regelmäßig schreckten ihn Albträume und er sah Männer im Regenmantel, die Rammy in einem schnell ausgehobenen Grab im Wald verscharrten oder Wölfe, die alle wütend in einen Buchdeckel bissen und aus dessen Innerem ein dicker Blutstrom hervorquoll.
„Okay, wann und wo?", signalisierte Schalbe Einverständnis.
Sie verabredeten sich für den Nachmittag im „Resi", Weimars Kult-Café, wo es Ecken gab, in denen man ungestört und, aufgrund der Hintergrundmusik, ohne unfreiwillig Mithörende reden konnte.
Leicht eilte in die Polizeiinspektion und informierte Aydin über den Anruf Schalbes. Während sie sich unterhielten, kam Simoneit ins Büro. Bis spät in die Nacht hatte sie gearbeitet und alle übrigen Telefonnummern überprüft. Sie teilte den Kollegen die Ergebnisse mit.
Die irische Nummer gehört einem Leopold Briscoe in Dublin, seines Zeichens Sammler von Judaica aller Art. Wie ihr die Hallenser Kollegen bestätigt hatten, war Briscoe ein solventer Kunde von Radestocks. Ihr gegenüber hatte der Ire das Angebot von Radestocks bestätigt. So gerne er auch darauf eingegangen wäre, hegte er Zweifel an der Echtheit der Dokumente, außerdem überstieg die Summe von 1,5 Millionen Euro seine Finanzkraft. Erst am nächsten Tag hatte Briscoe zurückgerufen und von Radestock schweren Herzens abgesagt. Zu den Verdächtigen zählte er nach Simoneits Meinung ebenso wenig wie der Italiener Giuseppe Scola, dessen Leidenschaft die Kunst der Etrusker war, wie die Hallenser Kriminalbeamten aus der Kartei von Radestocks rückschließen konnten. Auch wenn er, wie er Simoneit am Telefon erläuterte, alles an Literatur und Gegenständen sammelte, was auch nur annähernd mit den Etruskern zu tun hatte, insbesondere was die immer noch unklare Entstehung der etruskischen Kunst um 1000 v. Chr. betraf, so war ihm der Bezug zum Salomonischen Tempel zu weit her-

geholt, so wertvoll diese Quelle als solche auch war. Außerdem war ihm der Betrag unerschwinglich gewesen, 1,5 Millionen Euro. Für wenig erfolgversprechend hielt Simoneit auch die zweite Nummer in den USA. Sie war dem sehr seriösen Jewish Museum in der 5th Avenue in New York zuzuordnen. Die Kuratorin, Debbie Hersman, hatte ihr klipp und klar gesagt, sie habe den Antiquar aus Halle für einen Scharlatan gehalten und ihn abgewimmelt. Später allerdings waren ihr doch Bedenken gekommen, ob sie nicht eine einmalige Chance für ihr Museum auf Grund zu großen Misstrauens ausgeschlagen habe. Sie hatte den Antiquar zurückgerufen und wollte ihn bitten, ihr das Angebot per Mail schriftlich zuzusenden, damit sie es mit der Erwerbungskommission besprechen könnte. Aber der Antiquar sagte ihr, die Sache habe sich erledigt und ein Käufer sei gefunden. Als rätselhaft erwies sich die Nummer in Pakistan. Immer wenn Simoneit dort anrief und sich in Englisch zu verständigen versuchte, drückte der Adressat den Anruf weg. Einmal hörte sie im Hintergrund einen Muezzin, der zum Gebet rief. In der Kartei von Radestocks war kein Kunde aus Pakistan geführt. Sie schlug vor, die Hallenser Kollegen über die Staatsanwaltschaft um eine Anfrage beim zuständigen Landeskriminalamt in der Abteilung für Auslandsfragen zu bitten. Aydin stimmte dem zu. Blieben noch die beiden Nummern in Frankreich. Die eine gehörte einer katholischen Vereinigung in Paris, die sich die Priesterbrüder nannten, in Französisch *Fraternité sacerdotale*. Die Gruppe verstand sich als Speerspitze des katholischen Fundamentalismus und verurteilte innerkatholisch so ziemlich alles, was das Zweite Vatikanische Konzil in den 1960er Jahren an Neuerungen gebracht hatte. Nach außen pflegte die Bruderschaft eine rhetorische Militanz gegenüber den Juden, dem Islam, dem Protestantismus. Sie bekämpfte alles Moderne, fand Gleichberechtigung von Frauen und Homosexuellen als Irrglaube und pflegte gute Kontakte zur Neonazi-Szene in Deutschland und zu rechtsgerichteten Diktatoren und ihren Nachfahren in Südamerika. Auf Simoneits Anruf hin hatte sich der Priester am Telefon mehr als wortkarg gegeben, erst recht als sie ihm den Namen ihrer Chefin genannt hatte, die sich bei ihm melden werde: Frau und Muslimin, mit so einem doppelt verabscheuungswürdigen Wesen zu sprechen war für ihn eine Zumutung. Auch wollte er partout nicht erklären, warum er oder einer seiner

Priesterbrüder von Radestock am nächsten Tag zurückgerufen hatten. Alles Indizien, die die Gruppierung in den Bereich der Verdächtigen brachte, was den Mord am Antiquar und die Schriftrolle zum Salomonischen Tempel betraf. Doch gaben Simoneit und Leicht übereinstimmend zu bedenken, dass die Gruppe, die erst kürzlich wieder vom Vatikan rehabilitiert worden war, zwar extreme kirchenpolitische Positionen besaß, aber wohl kaum Priester in ihren Reihen hatte, die zu brutaler physischer Gewalt wie der in Halle fähig waren. Der andere französische Anschluss war zu vernachlässigen: Jean-Pierre Hausman aus Blois an der Loire sammelte Ägyptica, war aber aufgrund von Börsenspekulationen finanziell ruiniert und verkaufte gerade seine Sammlung. Für einen millionenschweren Ankauf, zumal aus einem Nachbargebiet, hatte er von Radestock gegenüber definitiv kein Interesse bekundet.
Aydin hatte mitgeschrieben, breitete jetzt einen größeren leeren Bogen Papier auf ihrem Besprechungstisch aus und übertrug aus ihrem Notizbuch alle vierzehn Anrufe auf das Blatt. Die Namen, von denen sie sich am meisten im Mordfall von Radestock und in einem eventuellen Fall Rammy Carranza versprach, notierte sie separat und schrieb eventuelle Tatmotive dahinter:

Brodkamp/Freimaurer, Motiv: Exklusives Geheimnis

Karl-Ludwig Rauff/Chile, Motiv: Antisemitismus

? Pakistan, Motiv: Vorherrschaft auf Tempelberg

Priesterbrüder/Frankreich, Motiv: Antisemitismus

Lange sah Aydin stumm mit den beiden Kollegen auf das Geschriebene, dann ergänzte sie einen Eintrag:

Willem van de Walle, Motiv: Katharer-Eigentum

„Aber der hatte doch die zwei Millionen dabei und hätte das ganz korrekt bezahlt!", erwiderte Leicht.

„Behauptet er!“, hielt Aydin dagegen. „Aber verfügt ein Architekt einfach mal so über zwei Millionen? Doch wohl kaum. Wir müssen mehr über seine Vermögensverhältnisse erfahren. Und wer die Hintermänner dieser neuen Katharer-Bewegung sind. Und was die für Ziele haben!“ Sie schaute Leicht an, der, so gut hatten sie sich eingespielt, wusste, dass das jetzt seine Aufgabe war.
Auch für Simoneit hatte sie einen Spezialauftrag. Da sie eine gute Beziehung zur Polizei in Texas aufgebaut hatte, sollte sie mit deren Hilfe herausfinden, ob am 3. oder 4. September 2004 am Flughafen Ausländer, zum Beispiel Deutsche, Chilenen, Pakistani, Franzosen oder Belgier einen Wagen gemietet hatten. Das werde zwar schwierig, nicht nur wegen des Datenschutzes, sondern weil auch die Leihwagenfirmen die Unterlagen vielleicht nicht fünf Jahre aufbewahrten. Aber ein Versuch war es wert.
Mit den Ergebnissen des Vormittags war Aydin zufrieden. Gespannt erwartete sie das Gespräch mit Friedemann Schalbe, dem Pfarrer. Der wollte das Residenz-Café nach einem ersten Umschauen schon wieder verlassen, hatte er doch nach einem einzelnen Mann Ausschau gehalten und war jetzt um so verwunderter, als dieser sich als Kriminalhauptkommissar und Aydin als seine Chefin vorstellte. Nicht nur mit den hochgekrempelten Ärmeln ihrer schlammfarbenen Jacke im Knitterlook, die ihr ein etwas abgekämpftes Aussehen verlieh, sondern auch mit ihrem türkischen Namen überraschte sie ihn. So hatte er sich eine Kommissarin nicht vorgestellt. Musste er etwas von den Kriminalbeamten befürchten? Söllner, den Pförtner, hatte er abgelenkt, damit Rammy sich die Treppen hochschleichen konnte. Von Rammys illegalem Aufenthalt im Rokokosaal wusste er. Aber er wollte Klarheit, und da half nur Wahrheit. Nach anfänglicher Skepsis fasste er Vertrauen und erzählte ausführlich und offen alles, was er mit Rammy erlebt hatte: Das Kennenlernen, die Entdeckung des Eintrages bei Furrer, die Pläne, die sich dann in der Brandnacht so dramatisch verändert hatten. Endlich war eine Chance da, die mysteriösen Vorgänge vor fünf Jahren aufzuhellen! Die Kurznachrichten Rammys aus der Brandnacht hatte er immer noch in seinem Handy und zeigte sie Aydin und Leicht:
Wahnsinn! Ich bin drin! Fang jetzt mit der Suche an. Habe Zeit und niemand stört mich. Bis später. Rammy

Schalbe öffnete die Mitteilungsdetails und so hatten die Kriminalbeamten auch die Absendezeit: 14.49 Uhr.
Er öffnete die nächste Kurznachricht:
Hab's gefunden! Unglaublich! Aber ein Mann ist in den Saal eingebrochen und sucht was. Vielleicht der, der mich verfolgt. Bin auf erster Galerie. R.
Absendezeit war 18.26 Uhr. Schalbe ging zur nächsten Nachricht über, verfasst um 19.29 Uhr:
Himmel! Jetzt ist da auch noch eine Frau im Saal. Söllner hat sie eingelassen. Illegal. Der Mann ist vor ihr geflohen und ich bin auf die zweite Galerie. R.
„Danach hat er mir von einem anderen Handy aus, das er sich von jemandem ausgeliehen hatte, wie ich auf Rückruf erfahren habe, vom Flughafen in Frankfurt noch mal geschrieben." Er blätterte die Nachricht auf:
Alles schief gelaufen. Melde mich, sobald ich in Austin bin. Such an der Ilm. Rammy
Aydin und Leicht hatten den gleichen Gedanken: Die Frischhaltebox mit dem Buchrücken musste durch ein Missgeschick, eine Schieflage oder ein Kentern des Kajaks in die Ilm gefallen sein. Rammy hatte im Dunkeln keine Möglichkeit mehr, sie zu finden, auch weil sie die Strömung davon getrieben hatte. Oder sollte Rammy sie mit Absicht in die Ilm geworfen haben, weil er verfolgt wurde? Das war unwahrscheinlich, wusste er doch, dass sie dann wohl für immer verloren war. Irgendwo war die Box dann gestrandet oder unter einem in den Fluss ragenden Baum hängen geblieben. Wochen, Monate, Jahre hatte es gedauert, bis die Box weiter trieb, um schließlich in Halle am Ufer der Saale auf Grund der großen Trockenheit der letzten Wochen und des dadurch gesunkenen Flusspegels zu stranden. Für ein Kentern des Kajaks sprach auch, dass Rammy vom Flughafen aus mit einem anderen Handy die letzte Kurznachricht versandt hatte. Auch das Handy war in den Fluten der Ilm verloren gegangen, war anzunehmen.
Schalbe berichtete von seinem Warten in Oberroßla, an der Ilm. Die ganze Nacht bis zum Morgengrauen. Unzählige Male habe er Rammy angeklingelt. Vergeblich! Immer nur die Nachricht, der Empfänger sei nicht erreichbar. Als er frühmorgens zu Hause ankam, las er in der Zeitung vom Brand der Herzogin Anna Amalia Bibliothek, sah das Foto mit den meterhoch aus dem Dach schlagenden Flammen. Sein erster

Impuls war, zur Polizei zu gehen. Doch dann schaltete er das Fernsehen ein, erfuhr, dass trotz des gewaltigen Brandes keine Schwerverletzten oder gar Tote zu beklagen waren. Also musste Rammy vor dem Brand geflohen sein und es bis zum Fluss geschafft haben. Schalbe war dann am späten Vormittag nach Weimar gefahren, zunächst zum Bootshaus, wo Rammys Kajak hinter dem Absperrzaun zu sehen war. Es war ihm demnach noch in der Nacht gelungen, den Kajak zurückzubringen. Warum er ihm keine Kurznachricht mehr gesandt hatte, hatte er sich damals mit dem Verlust des Handys erklärt. Am Nachmittag hatte Schalbe dann die Bibliothek aufgesucht, die weiträumig abgesperrt war. Als er die Nachricht von Rammy vom fremden Handy empfangen hatte, war er zur Sternbrücke gewechselt und hatte von dort aus die Ilm beobachtet. *Such an der Ilm*, er habe angestrengt mit seinen Augen das Gelände abgesucht, ohne Erfolg. Kein Buch, keine Box, nichts!
‚Das Zeitfenster!', erinnerte sich Aydin an das Gespräch mit dem Weimarer Kriminalhauptkommissar Torsten Liepsch. Zwischen 20.30 und 21.30 Uhr war das Gelände um die Bibliothek noch nicht vollständig abgesichert. Rammy musste die Chance genutzt haben, um mit der Box und dem Buchdeckel zu fliehen. Mit dem Kajak konnte er alle Polizeikontrollen an den Weimarer Ausfallstraßen umgehen. Ohne es geplant zu haben, war die Fahrt mit dem Kajak eine geniale Fluchtmöglichkeit. Ursprünglich beabsichtigte er mit dem Kajak nur der Verfolgung durch eine Weimarer Polizeistreife zu entgehen, die auf Söllners Anruf hin vielleicht unterwegs gewesen wäre, wenn er die Bibliothek mit seinem Fund und ohne auf Söllner zu reagieren verlassen hätte. Jetzt also diese ungeplante Flucht mit dem Kajak vor den Polizeikontrollen an Weimars Ausfallstraßen in der Brandnacht! Nur dass Rammy mit seinem Kajak an irgendeiner Stelle gekentert war!
Sie riefen die Bedienung des Cafés und zahlten, um ihr Gespräch auf der Wiese neben dem Reithaus fortzusetzen. Aydin wollte von Schalbe wissen, wer der Mann war, von dem Rammy in einer seiner Kurznachrichten sprach und der ihn verfolgte. Schalbe erzählte ihr von dem Einbruch in Rammys Wohnung wenige Tage vor dem Bibliotheksbrand, von dem am Cafétisch vergessenen Zettel mit den geheimen Zeichen, wie sie Furrers Buch enthielt. Den beiden Kriminalbeamten war nach allen Recherchen zu den Anrufen in Halle klar, dass derjenige, der

diesen Zettel gefunden hatte, sofort die Brisanz erkannt haben musste. Er hatte dann Rammy bis zu dessen Haus verfolgt. In Rammys Zimmer eingebrochen war er, weil er vermutete, dort seien die Originaldokumente oder zumindest Hinweise, wie Rammy zu den geheimen Zeichen gekommen war. Der gleiche Mann hatte versucht, in der Bibliothek das Buch mit der ominösen *Inc. 122a* auszuleihen, wie aus den Äußerungen der Bibliothekarin Seyfarth zu folgern war. Nachdem er auf diesen Wegen erfolglos blieb, hatte er einen ähnlichen Plan wie Rammy und Schalbe. Er wollte den Rokokosaal selbst durchsuchen, um an das versteckte Buch mit der Signatur *Inc. 122a* zu gelangen. Dort war er ebenso wie Rammy vom Brand überrascht worden. Das weitere Geschehen war unklar: Waren die beiden in der Bibliothek noch aufeinandergetroffen? Hatte der mysteriöse Mann Rammy bis zur Ilm verfolgt und hatte der Amerikaner aus Unachtsamkeit oder im Kampf mit diesem Mann den Buchrücken in der Frischhaltebox und sein Handy verloren? Aydin, Leicht und Schalbe überquerten die Sternbrücke, gingen an der Ilm entlang bis zu dem Wehr. Hier musste Rammy ausgestiegen sein, da die Höhe des Wehrs mit dem Kajak nicht zu überwinden war. Hatte er in der Dunkelheit das Wehr zu spät erkannt und war hinuntergestürzt? Box und Handy waren dann mit Sicherheit in den Fluten gelandet.

Auf dem Weg zurück zur Innenstadt fragte Aydin den Pfarrer, wer der in der Kurznachricht genannte „Söllner" war. Schalbe zögerte mit einer Antwort. Er hatte seit den Vorgängen von damals nie wieder etwas von Söllner gehört. Was er über ihn wusste, unterlag fast alles seiner seelsorgerlichen Schweigepflicht. Nur dass er vor fünf Jahren der Pförtner in der Herzogin Anna Amalia Bibliothek war, gab er preis. Nicht die geringste Ahnung hatte er, wer die Frau war, die Söllner am Abend des Brandes illegal in die Bibliothek eingelassen hatte. Am Stammgebäude der Bibliothek angelangt, verabschiedeten sie sich voneinander. Die beiden Ermittler gingen zur Weimarer Kriminalpolizeistation, wo sie sich mit Torsten Liepsch besprachen. Aydin bat den Weimarer Kollegen, sämtliche Reisebüros auf Reisen von Weimar nach Austin am Tag nach dem Bibliotheksbrand zu befragen. Auch suchte sie in einem Telefonbuch die Adresse des Pförtners. Der Name Söllner kam nur einmal vor, und so machte sie sich mit Leicht auf den Weg nach Oberweimar, um den Pförtner aufzusuchen. Von einer etwa 60-jährigen Frau mit kurzen rötlichen Haaren erfuhren sie dort, ihr Mann Hans Söllner sei schon vor viereinhalb Jahren verstorben. Todesursache war eine Überdosis Medikamente gewesen, er habe die Dosierungsanleitung des Hausarztes falsch gelesen. Aydin und Liepsch sahen sich nur kurz an und ihre Blicke verrieten den gleichen Gedanken: Die Witwe hatte Probleme, von Selbstmord zu sprechen, auch wenn es ein solcher war. Sie gab sich wortkarg, erläuterte nur, sie habe den Namen ihres Mannes im Telefonbuch belassen, weil der Eintrag eines weiblichen Namens zu ungewünschten Anrufen führen könnte. Ansonsten erzählte sie nur Banales von ihrem Mann. Ins Auto zurückgekehrt, trugen Aydin und Leicht Argumente zusammen, die den Pförtner ein halbes Jahr nach dem Brand in den Selbstmord getrieben haben könnten: Als Brandursache hatte das Bundeskriminalamt zwar eine korrodierte Klemmverbindung in einer Wandverkleidung ermittelt; doch könnte es nicht sein, dass Söllner eine Schuld empfunden hatte, weil er ausgerechnet in dieser Nacht illegal eine Frau in den Rokokosaal eingelassen hatte? Die Kurznachricht von Rammy deutete diesen Zusammenhang an. Oder waren ihm Rammy und der ominöse Mann mit panischem Gesicht begegnet? Rammy auch noch mit einem Buch oder einer großen Tasche unter dem Arm? Und zwar nachdem die Brandwarnmeldeanlage bei der Weimarer Berufsfeuerwehr angeschlagen hatte und der Brand selbst sich ausbreitete? Litt er unter dem Druck, hier zwei Eindringlinge erkannt zu haben, die ihm zuvor als wachhabender Pförtner entgangen waren? Könnten die beiden, aus seiner Sicht, nicht die Brandstifter gewesen sein? Und irgendwann flöge das auf und dann wäre er dran! Er, der Versager! Er, der seiner Aufsichtspflicht nicht nachgekommen war! Wer aber war diese Frau, die er da eingelassen hatte? Und warum hatte er das getan? Die Kriminalbeamten kamen an dieser Stelle nicht weiter, zumal sie gar nichts von der problematischen Vergangenheit des Pförtners zu DDR-Zeiten wussten. Sie konnten nicht ahnen, dass neben dem Bibliotheksbrand noch ein zweites Thema Hans Söllner in eine Situation gebracht hatte, die ihm ausweglos erschien: Gleich mehrere Opfer seiner früheren Tätigkeit bei der Staatssicherheit hatten sich gemeldet, Arbeitskolleginnen und -kollegen, die ihm am Telefon nur ein Wort sagten. Ein Wort, das ihn erzittern ließ: „Wilhelm!“

Auf der Rückfahrt nach Jena meldete sich Kriminaloberrat Reimann aus Halle. Seine Mitarbeiter hatten noch einmal von Radestocks Wohnung durchsucht. Wie eine Mappe mit Bauplänen, historischen Ansichten eines Schlosses, aktuelle Fotos von dem verfallenen Zustand dieses Schlosses und persönliche Notizen ergaben, war jetzt klar, wozu von Radestock das viele Geld brauchte: Das Stammschloss derer von Radestock in einem Dorf an der Grenze Sachsen-Anhalts und Thüringens war über Jahrzehnte dem Verfall preisgegeben und stand kurz vor der Versteigerung. Von Radestocks Lebenstraum war die Sanierung dieses Schlosses. Ein Stammbaum in den Unterlagen gab zu erkennen, warum er mit so viel Herzblut an diesem Vorhaben hing: Er war der letzte seines Stammes, eines im späten Mittelalter blühenden Adelsgeschlechtes, das dem Untergang geweiht war, würde nicht der letzte Stammhalter das Schloss erwerben und noch auf seine alten Tage hin einen Nachfahren zeugen. Für den Erwerb des Schlosses sollte, so viel war jetzt klar, der Verkauf der Geheimtexte herhalten, die ihm in den Schoß gefallen waren wie im Märchen von den Sterntalern; den Wunsch nach einem Stammhalter verrieten einschlägige Broschüren und Kontaktdaten zu Agenturen in der Mappe, die junge, heiratswillige Frauen aus Osteuropa und Thailand feilboten. Zu beidem war viel Geld nötig, sehr viel.

XX

17. bis 24. September 2009

Gülcan Aydin mit Leicht und Simoneit in Jena, Torsten Liepsch mit seinen Leuten in Weimar, Reimann, Piller und die anderen Ermittler in Halle, sie alle überprüften Alibis und verschafften sich über Internetportale Porträtfotos von den Verdächtigen. Mit diesen Fotos klapperten die Ermittler in Halle Hotels, Gaststätten und öffentliche Einrichtungen ab und befragten Leute aus dem Umfeld des Mordes wie die vietnamesischen Händler im Nachbarhaus oder den Rentner Fridolin Hempel. Lange schien das Verfahren erfolglos zu sein, bis ein Barkeeper in einem Hallenser Hotel einen der Abgebildeten wiedererkannte. Der Abgleich mit den gebuchten Zimmern ergab eine eindeutige Aussage: Willem van de Walle hatte die Kommissarin Aydin angelogen. Er war bereits am Tag, an dem von Radestock ermordet wurde, in Halle, nicht erst am Abend danach. Robert Leichts Ermittlungen hatten außerdem ergeben, das er keineswegs finanziell so gestellt war, dass ihm ein Betrag von zwei Millionen Euro so einfach in bar zu Verfügung stand. In Halle hatte er sich am Abend, an dem der Mord geschah, an der Hotelbar betrunken. Wie sich der Barkeeper erinnerte, hatte er im Rausch etwas fabuliert von einer religiösen Gruppe, die die Welt zum Guten verändern würde und die in Halle ihre Auferstehung erleben sollte. Der Barkeeper hatte ihn dann persönlich in sein Zimmer verfrachtet, weil er allein nicht dazu in der Lage war. An die genaue Uhrzeit von van de Walles Aufenthalt in der Bar konnte er sich nicht erinnern, er meinte aber, der Belgier sei schon bald nach seinem Dienstbeginn um 20 Uhr in die Bar gekommen, in der sich rund ein Dutzend Personen aufhielten, Hotelgäste und auch Personen von außerhalb. Diese Uhrzeit sprach zwar gegen van de Walle als Täter, doch warum hatte van de Walle Aydin angelogen? So suchten Aydin und Reimann nach Rücksprache mit der Staatsanwaltschaft über das Landeskriminalamt die Kooperation mit den belgischen Behörden, um die Gefahr der Verdunkelung, wie sie bei einem bloßen Anruf bestanden hätte, zu verringern. Van de Walle reagierte auf die Befragung der belgischen Polizei erst aggressiv, dann offensiv, indem er Aydin selbst anrief. Er habe ihr etwas falsch dargestellt, weil ihm die Erinnerung an den Abend des Mordes weitgehend fehle und ihn das tatverdächtig machen könnte. Er sei, das gab er jetzt zu, am Tattag gegen 17 Uhr bei von Radestock im Geschäft gewesen und habe sich den Buchdeckel selbst angesehen. Unmittelbar danach habe er mit finanziell potenten Unterstützern seiner Katharer-Bewegung gesprochen, die ihm die Summe von zwei Millionen binnen zwei Tagen zugesichert hätten. Allerdings dürfe er deren Identität nicht preisgeben.

An van de Walles Darstellung klang manches fragwürdig, und erst ein DNA-Abgleich würde Klarheit bringen. Doch konzentrierten sich die Ermittlungen auch auf andere Spuren. Brodkamp, der Freimaurer, hatte kein belastbares Alibi, da er die Mitglieder seiner Loge, die an der Tempelarbeit teilgenommen hatten, auf keinen Fall verraten wollte. Wie weitere Gespräche mit ihm, seinem Arbeitgeber und seinen Banken ergaben, hatte er zwar in Aussicht, zwei Millionen Euro zusammenzubekommen, allerdings mit einer Frist von zwei Wochen. Doch wozu hätte von Radestock darauf eingehen sollen, wenn er aus Belgien das Geld binnen zweier Tage bekommen konnte? Der Meister vom Stuhl und seine Brüder hatten das Pech gehabt, nicht schnell genug flüssig zu sein, im Unterschied zu den Katharern. Von Radestock wusste, wie heiß die Ware war, die ihm die Saale angeschwemmt hatte. Jeder Tag brachte die Gefahr, dass jemand den Buchdeckel mit den Umschlägen einforderte, von dem Jungen mit seinem Vater über die Herzogin Anna Amalia Bibliothek in Weimar bis zu staatlichen Behörden, die den Fund als ihr Eigentum reklamierten. Je schneller er das Geld hatte, um so eher begann der Traum wahr zu werden: Die Rettung des von Radestockschen Schlosses und die – späte – Zeugung eines Stammhalters.

Karl-Ludwig Rauff war, so ergaben die Ermittlungen, in den letzten Jahren mehrfach in Europa gewesen, unter anderem bei Treffen rechtsextremer Parteien in Deutschland, wo er in abgelegenen Fabrikhallen aufhetzende Reden voller Ressentiments gegen Juden und Ausländer hielt, obwohl er nur die chilenische Staatsbürgerschaft besaß und selbst Ausländer war. Der Verfassungsschutz hatte ihn seit längerem im

Visier, ohne ihn direkt belangen zu können, eben weil er Ausländer war. Auch wenn nicht klar war, wie von Radestock an Rauff als Kunden gekommen war, so hatte er mit ihm jemanden, der über enorme Geldreserven verfügte. Deren Ursprung war jüdischer Besitz, an dem sich sein Vater während des Zweiten Weltkriegs bereichert hatte. Ausgerechnet mit diesem Geld sollte nun nach von Radestocks Willen eines der wichtigsten jüdischen Dokumente gekauft und, so war zu vermuten, vernichtet werden! Eine Anwesenheit Rauffs in Halle zur Tatzeit war nicht nachzuweisen, er war in England und hatte ein Alibi. Doch er hatte seine Leute in Deutschland, die immer bereit waren, für ihn jeden Auftrag zu erfüllen.

Schwierig gestalteten sich die Ermittlungen zur pakistanischen Telefonnummer. Die Nummer war einem Schuhgeschäft in Karatschi zuzuordnen, zu dem nichts Auffallendes herauszufinden war. In der Kartei von Radestocks fand sich kein Kunde aus Pakistan, das Ganze blieb rätselhaft, abgesehen von dem mehr als vagen Bezug zum Tempelberg, der den Felsendom und die al-Aqsa-Moschee als islamische Stätten beheimatete.

Als auch die Befragung der Weimarer Reisebüros keinen Flug nach Austin am Tag nach dem Brand der Bibliothek vor fünf Jahren ergab und die Anfrage bei den Leihwagenfirmen am Flughafen in Austin keine konkreten Hinweise brachte, schienen die Ermittlungen in eine Sackgasse zu geraten.

Gülcan Aydin betrachtete in diesen Tagen immer wieder den großen Bogen, auf den sie all die Telefonpartner von Radestocks notiert hatte. Konnte es sein, das der Täter gar nicht aus diesem Milieu kam? Mussten sie ganz woanders ansetzen? Dagegen sprach, wie konkret doch viele der Telefonpartner in ein Raster passten, dessen Grundmuster die Schriftrolle zum Salomonischen Tempel war. Vielleicht hatte sie sich zu früh auf einige wenige Verdächtige festgelegt? Sie forderte Leicht und Simoneit auf, von allen Telefonpartnern, auch von denen, die sie bisher nicht im Verdacht hatten, Bilder zu besorgen und die Hallenser Kollegen zu bitten, mit diesen Fotos nochmals die Mitarbeiter der dem Antiquariat benachbarten Geschäfte und die Augenzeugen zu befragen. Auch warf sie selbst einen Blick auf die Fotos in Leichts Computer, wie er und Simoneit sie eins nach dem anderen zusammentrugen: Samuel

Scheid aus New York, Reimarus Senf, der Vorsitzende des Rosenkreuzer Deutschland e. V., Dr. Naoki Takahashi, Jerzy Jablonski von der Jesuitenhochschule in Krakau, Leopold Briscoe aus Dublin, Guiseppe Scola aus Bologna, Debbie Hersman vom Jiddish Museum in New York und Jean-Pierre Hausman aus Blois. Nur um ein Foto von Christian Verwoerd hatten sie sich nicht bemüht, da er zur Tatzeit schon verstorben war. Am schwierigsten gestaltete sich die Fotobeschaffung bei den Priesterbrüdern in Paris. Nur mit Hilfe der französischen Kollegen gelang es, von den Mitgliedern ein Gruppenfoto zu besorgen.
Doch aus Halle kamen immer nur Fehlmeldungen. Gülcan Aydin nahm sich, je ergebnisloser die Ermittlungen verliefen, desto häufiger ihr Notizbuch vor, malte Skizzen auf große Blätter mit Pfeilen in verschiedenen Farben. Stundenlang. Dann spürte sie etwas in sich hochsteigen. Nur eine Ahnung, nein, nicht einmal das. Sie sah sich im Computer noch einmal die Fotos an, mit denen die Kollegen in Halle in Hotels, Gaststätten und öffentlichen Einrichtungen gewesen waren. Bei jedem Bild drückte sie auf „Drucken“ und nahm sich das farbige Bild aus dem Drucker. Als sie alle Fotos in der Hand hielt, schaute sie sie ein letztes Mal durch und wählte dann eine Weimarer Nummer. Sie rief Leicht zu, er möge sie begleiten. Auf der Fahrt nach Weimar sprach Aydin kein einziges Wort. Sie fuhren auf den Parkplatz des Hotels Elephant. In einer kleinen Nische der Hotelbar nahmen sie Platz und warteten. Zehn Minuten, dann waren die Absätze von Frauenschuhen zu hören. Die Frau hatte ein genervtes Gesicht.
„Danke, Frau Seyfarth, dass Sie an Ihrem Feierabend gekommen sind. Bitte nehmen Sie Platz!“
Aydin rückte der Bibliothekarin einen Stuhl hin und reichte ein Bild nach dem anderen. Brodkamp, Rauff, van de Walle, bei allen schüttelte die Bibliothekarin den Kopf. Dann Samuel Scheid, Reimarus Senf, Dr. Takahashi, Jerzy Jablonski, Debbie Hersman, die Priesterbrüder ...
Das Gruppenbild von den Priesterbrüdern zeigte die Köpfe zwangsläufig nur sehr klein. Die Bibliothekarin hielt das Bild lange vor die Augen. Dann zeigte sie bestimmend auf einen der Köpfe: „Der da, der wollte die *Inc. 122a*!“
Aydins Puls schlug rasend, spürte sie doch, dass die ins Stocken geratenen Ermittlungen jetzt an einem entscheidenden Punkt waren.

„Sind Sie sicher, Frau Seyfarth?", fragte sie mit ruhiger Stimme.
Noch einmal sah die Bibliothekarin das Bild an. Lange. Sehr lange.
„Ja," gab sie endlich zu verstehen, „ja, ich bin mir sicher, denn sehen Sie hier, der hat eine Narbe über dem rechten Auge. Ich erinnere mich, dass mir das damals aufgefallen ist. Ja, der war das. Wer ist das? Ist das ein Priester?"
Die Priester trugen alle die gleichen grauen Hemden mit weißem Krageneinsatz, wie man das von Geistlichen kennt. Aydin nickte. *Feinde von Juden, dem Islam, dem Protestantismus,* las sie in ihrem Notizbuch, *gegen Frauen, Homosexuelle eingestellt, Beziehungen zur Neonazi-Szene.* Was waren das nur für Leute, die sich mit solchen Überzeugungen ihr Leben einrichteten! So viel wusste sie auch als Muslimin von der Bibel, dass das mit dem, was Jesus vertrat, alles nicht zu vereinbaren war. Auf der Rückseite standen die Namen der dreizehn Priester. Der, den die Bibliothekarin identifiziert hatte, hieß demnach Jean-Marie Charrière. Sie dankte der Bibliothekarin und rief Torsten Liepsch an, der wenige Minuten später am Marktplatz eintraf. Sämtliche Hotels und Pensionen in Weimar waren auf Übernachtungen dieses Priesterbruders im September 2004 zu überprüfen, auch ob er allein in Weimar war. Das gleiche galt für die Hotels in Halle zur Zeit der Ermordung von Radestocks. Reisebüros in Weimar waren zu befragen, ob dieser Franzose bei ihnen am 3. September 2004 einen Flug in die USA gebucht hatte. Gut möglich, dass er sich in New York oder Atlanta den Anschlussflug nach Austin selbst besorgt hatte. Simoneit sollte die Leihwagenfirmen am Flughafen in Austin direkt nach dem Namen Jean-Marie Charrière befragen. Die Ermittlungen nahmen nach dem Gespräch mit der Bibliothekarin an Fahrt auf und Aydin atmete erleichtert auf, als sie und Leicht sich von ihrem Weimarer Kollegen verabschiedet hatten.
Bereits am nächsten Tag kamen die ersten Ergebnisse der Ermittlungen: Charrière hatte vom 30. August bis zum 3. September 2004 in einem Hotel im Stadtzentrum gewohnt, und zwar in einem Doppelzimmer mit getrennten Betten. Mit ihm im Zimmer war ein anderer Franzose, Pascal Rocheteau. Ein Angestellter erinnerte sich vage an die beiden Herren, die stets schwarz gekleidet waren, einer mit noblem Hut. Doch neben diesen erfreulichen Hinweisen gab es nur Fehlanzeigen: Weder in Weimarer Reisebüros hatten die beiden Franzosen im besagten

Zeitraum Flüge gebucht noch waren ihre Namen in Austin am Flughafen bei den Leihwagenfirmen nachzuweisen.
„Es hilft alles nichts, wir müssen vor Ort ermitteln“, sagte Aydin zu ihren beiden Kollegen in Jena.
„In Paris?“, fragte Leicht etwas ungläubig. „Das geht doch nur über das Landeskriminalamt!“
„Wir können doch ganz einfach als Touristen hinfahren und einen der Gottesdienste besuchen. Und dann kommen wir mit denen ins Gespräch.“ Aydin sah Leicht herausfordernd an.
„Die warten schon darauf, mit einer Muslimin in Jeans zu reden.“
Aydin hatte den Einwand erwartet.
„Dann lassen wir uns was einfallen. Nimm aber auf jeden Fall Kontakt mit den französischen Behörden auf. Doreen und ich, wir fahren am Freitagnachmittag hin und kommen Sonntagnacht zurück. Als Touristen. Die Kosten übernehme ich.“
Leicht und Simoneit war nicht verborgen geblieben, wie sehr Aydin einen Erfolg in diesem Fall wünschte. Wem nur wollte sie beweisen, dass sie in der Lage war, die Stelle, die sie jetzt innehatte, auch auszufüllen? Ihrer Familie? Der Öffentlichkeit? Den Kollegen? Dem Innenminister? Oder sich selbst? Ordnungsgemäß beantragte sie drei Urlaubstage beim Innenminister und bewilligte die gleichen Tage Doreen Simoneit. Die Oberkommissarin musste mitziehen, das spürte sie. Aber auch sie war jetzt von diesem Fall gepackt. Und es gab schlechtere Reiseziele als Paris. Aydin buchte einen Flug ab Leipzig. Nach kurzem Zaudern rief sie Reimann an und fragte ihn, was er von ihrem Vorhaben halte. Der Kollege freute sich insgeheim über das Vertrauen, das ihm die Kollegin jetzt entgegenbrachte. Aydin konnte nicht sehen, wie er am Hörer schmunzelte. Er fand die Idee gut und riet ihr zu. Wenn etwas schief ginge und Ärger von den übergeordneten Behörden ins Haus stand, würde er sich hinter sie stellen.
„Vergiss nicht, ein paar Röcke einzupacken!“, rief Aydin am Vorabend ihres Abfluges Simoneit zu. Ein lautes Lachen war die Antwort.

XXI

25. September bis 8. Oktober 2009

Die Reise nach Paris brachte keinen Durchbruch. Die beiden Kriminalbeamtinnen hatten die Kirche gefunden, die die Priesterbruderschaft vor vielen Jahren illegal in Besitz genommen hatte, indem sie den Priester der katholischen Amtskirche, der dort amtierte, einfach vertrieben.

Aydin und Simoneit beobachteten die Frauen, die die Kirche zur Messe betraten. Die beiden Polizistinnen kauften daraufhin noch schnell Kopftücher, um in der Kirche nicht aufzufallen. Mit Kopftuch, in weiten Röcken und mit bis obenhin verschlossenen Blusen nahmen sie an einer Messe teil, die Jean-Marie Charrière hielt. Nur mühselig konnten sie den Priester erkennen, der weit weg von den Gäubigen kaum verständliche Worte der lateinischen Messe monoton ins Mikrofon nuschelte. Erst als er sich zu den Knienden begab, um ihnen bei der Eucharistie die Hostie in den Mund zu legen, erkannten sie die Narbe über dem rechten Auge. Kurz vor Ende der Messe schlichen sie sich an den Davongehenden heran, der normalerweise keinen Grund zu sehen schien, sich mit Besuchern der Messe zu unterhalten. Ihre devote Haltung mit Knicks und niedergeschlagenen Augen mochte die Ursache sein, dass er nicht einfach wegging.

Sie stellten sich als Touristinnen aus Weimar vor, die als katholische Christinnen sehr unzufrieden seien mit der liberalen Haltung der dortigen Gemeinde. Ob sich die Priesterbrüder nicht vorstellen könnten, in Weimar eine Dependance einzurichten, wo wahrer Glaube in den guten alten Traditionen der katholischen Kirche und ohne die modernistischen Tendenzen des Zweiten Vatikanischen Konzils gelebt werde. Charrière, nicht unberührt von der eindringlich vorgetragenen Bitte, lotste sie in einen Seitenraum der Kirche, eine Art Büro, wo sie sich setzten und Aydin ihm eine von ihm verfasste Broschüre hinhielt mit der Bitte, sie zu signieren. Charrière nahm das Heft, zeichnete mit

einem befreiten Seufzer seinen Namen hinein und schob es an sie zurück.
Immerhin war es ihnen gelungen, Charrière mit ihrer Frage und mit dieser Bitte etwas aus der Reserve zu locken. Ja, er sei schon einmal mit einem Kollegen in Deutschland gewesen und sie hätten in verschiedenen Städten geprüft, ob eine Dependance dort möglich sei. Der Abbruch christlicher Traditionen sei eine besondere Herausforderung, allerdings gäbe es vor Ort zu wenige Unterstützer eines solchen Vorhabens. Man könne, wie hier in Paris, nicht damit rechnen, dass die Behörden Räumungsklagen einfach nicht ernst nähmen. Und eine Räumung, das wäre eine fatale Situation, die sich die Priesterbrüder jedenfalls in der momentan angespannten Situation öffentlicher Hetze gegen sie nicht leisten könnten. Doch Charrière verstummte mitten in seiner Rede, als Aydin ihm in aller Unschuld die Frage stellte, ob er denn bei seinem Weimar-Besuch auch die berühmte Herzogin Anna Amalia Bibliothek besucht habe, und ob das vor oder nach dem Brand in Weimar war. Wortlos stand er auf und forderte sie mit einer Kopfbewegung und zusammengekniffenen Lippen auf, den Raum zu verlassen. Jetzt war ihm wohl erst bewusst geworden, dass er interne Angelegenheiten mit zwei Frauen besprach. Auch wenn diese den Kleidungsvorstellungen der Priesterbrüder entsprachen und sich ihm demütig genähert hatten, war das unangemessen. Aydin packte die Broschüre vorsichtig in einen Umschlag und die beiden Frauen verließen den Raum.
Da Aydin und Simoneit nichts zu verlieren hatten, gingen sie aufs Ganze, näherten sich dem Mann, der den Altarraum für die nächste Messe einrichtete, und gaben sich als frühere Bekannte von Priester Pascal Rocheteau aus, den sie gerne sprechen wollten. Der Mann verschwand und nach einer Weile kam ein Priester, der offenbar von Charrière noch nicht gewarnt war. Rocheteau, mit pockennarbigem Gesicht und untersetzt, starrte sie mit offenem Mund an, als Simoneit ihn in fließendem Französisch erinnerte, sie hätten doch in Weimar vor fünf Jahren ein Gespräch geführt, über die katholische Kirche, nur kurz zwar, aber intensiv. Es sei um die katholische Gemeinde gegangen ...
Mitten in ihrem Redefluss umarmte sie den Priester und fuhr ihm mit der Hand über den Hinterkopf. Rocheteau war verwirrt, zeigte ein angewidertes Gesicht und riss sich von ihr los. Aber die beiden Kriminal-

beamtinnen hatten das, was sie wollten: Einige Haare von Rocheteau, die für eine DNA-Bestimmung reichten, und zumindest Fingerabdrücke von Charrière auf einer Broschüre.

Nach ihrer Rückkehr gaben sie Haare und Broschüre ins Labor. Doch der Abgleich war enttäuschend: DNA und Fingerabdrücke waren nicht identisch mit den am Tatort in Halle vorgefundenen Spuren. In der Zwischenzeit hatte Leicht mit seinem Hallenser Kollegen Piller gemeinsam über das Landeskriminalamt einen Kontakt zu den französischen Behörden erwirkt. Offiziell war es Leicht und Piller nun möglich, nach Paris zu reisen und dort gemeinsam mit den Kollegen vor Ort die Priesterbrüder Charrière und Rocheteau zu befragen. Die beiden gaben offen zu, Anfang September des Jahres 2004 in Weimar gewesen zu sein, auch im Ausleihsaal der Herzogin Anna Amalia Bibliothek. Doch ausschließlich ein touristisches Interesse habe sie geleitet, einen Ausleihzettel hätten sie nicht ausgefüllt.

„Die hoffen wohl, dass beim Brand ihr Leihzettel verschwunden ist“, flüsterte Leicht. Gegenüber den beiden Priestern behauptete er, es gäbe Zeugen dafür, dass sie die Bibliothek mehrfach betreten und kurz nach dem Brand aus einem der oberen Stockwerke geflohen seien. Er spekulierte damit, einer der beiden sei kurz nach Brandbeginn an Söllner vorbeigestürmt und sie hätten den Pförtner als Zeugen zu befürchten. Dass Söllner tot war, woher sollten sie das wissen? Doch Charrière und Rocheteau reagierten souverän. Nein, da müsse sie jemand verwechselt haben. Weimar habe so viel Kultur zu bieten, da hätten sie keine Zeit gehabt, sich länger oder öfter in der Bibliothek aufzuhalten. Außerdem, und damit kamen sie einer Frage Leichts zuvor, würde sich ein Priester in jeder Stadt, in die er kommt, immer auch für die kirchliche Situation interessieren. Und die sei aus Sicht der Priesterbrüder in Weimar nicht sehr erfreulich gewesen. Wie fast überall.

Die beiden Priester schienen zu ahnen, dass auch Aydins und Simoneits Auftreten wenige Tage zuvor einen Ermittlungshintergrund hatte. Das vorgetäuschte Interesse der beiden Beamtinnen an ihrer Bruderschaft hatte sie gewarnt und war so etwas wie ein ermittlungstaktisches Eigentor gewesen. Leicht, Piller und die französischen Kollegen bissen auf Granit, mühelos parierten Charrière und Rocheteau die Fragen. Sie hatten auch nichts einzuwenden, als die Polizisten sie aufforderten, auch

die anderen Brüder alle einzeln zu einer kurzen Befragung zu bitten. Auch diese Gespräche verliefen ergebnislos.
Die trübe Stimmung eines Oktobermorgens schlug sich auch auf die ermittelnden Beamten nieder, die sich zu einer großen Runde in Weimar zusammengefunden hatten: Kommissar Reimann aus Halle, dem es schwer fiel, keinen Zigarillo in dem Nichtraucherraum anzuzünden, Georg Piller, aus einer Tasse Kaffee schlürfend, Torsten Liepsch, konzentriert aus dem Fenster sehend, Robert Leicht, mit leichten Schatten unter den Augen, die von fehlendem Schlaf im Nachtreisezug Paris-Berlin herrührten, Doreen Simoneit, die auf einem Bleistift kaute, und Gülcan Aydin, mit ernst-besorgtem Blick.
„Wir kommen nicht weiter!", stellte sie nüchtern fest. Reimann griff zu den Fotos, die auf dem großen Konferenztisch ausgebreitet lagen.
„Aber der Täter muss einer derjenigen sein, die hier abgebildet sind", sagte er mit fester Stimme in die Runde.
Schweigen setzte ein, das nur einmal kurz vom Vibrationston unterbrochen wurde, der den Eingang einer Kurznachricht auf Simoneits Handy signalisierte. Die Kriminaloberkommissarin verließ das Zimmer. Zehn Minuten später kam sie wieder in den Raum des Schweigens.
„Ich hab da was", sagte sie vorsichtig in die Stille hinein. Alle Gesichter schauten sie hoffnungsvoll an. Nur Reimann starrte resigniert die Schachtel mit den Zigarillos an.
„So ganz offiziell ist das wohl nicht. Ihr kennt ja meine Kontakte, die ich zu den Kollegen in Austin/Texas aufgebaut habe", schränkte Simoneit ein. „Die haben mir per SMS mitgeteilt, dass zwei Bilder via Mail an uns unterwegs sind. Hier sind sie. Ich habe sie gerade ausgedruckt und kann sie zu all den Bildern hier noch hinzufügen."
„Zwei Bilder?", fragte Aydin leicht ungläubig.
Simoneit legt zwei Ausdrucke von Fotos hin, deren Herkunft schon durch die Art der Aufnahme eindeutig war: Zwei männliche Autofahrer, die in eine Kamera blinzelten. Ohne Zweifel Fotos von Radargeräten.
„Die sind geblitzt worden. Am 4. September 2004 zwischen 15 und 16 Uhr auf der Strecke vom Flughafen in Austin nach Round Rock, Rammy Carranzas Heimatort. Der eine ist Amerikaner und der andere ist Deutscher. Der Deutsche ist mit einem Leihwagen unterwegs gewesen und um 16.22 Uhr geblitzt worden. Also 44 Minuten nach Rammys

Ankunft auf dem Flughafen. Der hat es offenbar sehr eilig gehabt. 113 Meilen schnell, anstatt der erlaubten 70."
Die Ermittler sahen sich die Fotos an, doch keiner konnte die beiden Personen identifizieren.
„Den Namen, auf den der Deutsche das Auto ausgeliehen hat, haben wir auch: Albert Brönner. Er wohnte damals in Erfurt. Hier ist die Adresse", erläuterte Simoneit.
Nach der Resignation wenige Minuten zuvor herrschte jetzt Aufbruchstimmung. Aydin und Leicht machten sich sofort auf den Weg. In Erfurt fanden sie zwar die Wohnung Brönners vor. Aber darin wohnte ein älteres Ehepaar, das den Vormieter nicht kennen gelernt hatte. Die Wohnung gehörte der Kommunalen Wohnungsgesellschaft Erfurt, kurz KOWO genannt. Das Ehepaar war vor zwei Jahren eingezogen, gut möglich, dass es nach Brönner noch andere Mieter gegeben hatte. Bei der KOWO kramte eine Angestellte lange in einem Ordner mit Mietverträgen. Brönner war bereits im August 2004 ausgezogen, wohin, das konnte die zerstreut wirkende Frau nicht sagen. Reimann und Piller in Halle zeigten die Fotos den Vietnamesen und anderen Händlern in der Nachbarschaft des Antiquariats, doch ohne Erfolg. Merkwürdig reagierte Fridolin Hempel, der gerade seinen Dackel ausführen wollte und das Bild Brönners lange anstarrte, dann aber beteuerte, er habe die Person nie gesehen. Als sie das Mehrparteienhaus mit Hempels Wohnung in der Kleinen Marktstraße verlassen wollten, sahen sie unten eine Verkäuferin einsam in einem Bäckerladen stehen. Auch ihr zeigten sie die Fotos. Zu ihrer Überraschung sagte sie, sie kenne diesen Mann, der sei schon öfter hier zum Einkaufen gewesen. Er habe wohl nicht im selben Haus gewohnt, in dem auch die Bäckerei war, aber offenbar öfter jemanden besucht.
„Hempel!", raunten sich Reimann und Piller gleichzeitig zu und stürmten die Treppe hoch. Sie klingelten, aber Hempel öffnete nicht. Der Dackel, klar, er wollte ja mit ihm spazieren gehen. Aber war da nicht ein Geräusch hinter der Tür zu hören?
„Herr Hempel, öffnen Sie sofort die Tür!"
Unten schlug eine Tür zu. War das Hempel, der mit dem Aufzug nach unten gefahren war, während sie die Treppen hoch stürmten? Sie rannten nach unten, suchten die Straße ab, aber nirgendwo eine Spur von

Hempel. Piller fuhr jetzt mit dem Aufzug hoch, während Reimann die Treppen nach oben stürmte. Sie horchten an der Tür, und jetzt war das Geräusch eindeutig: Ein unterdrücktes Bellen. Jemand musste dem Hund etwas übergestülpt haben, eine Decke oder etwas Ähnliches. Reimann und Piller hatten keine Wahl: Sie mussten die Tür eintreten. Schon nahm der Kommissar Anlauf, da öffnete sich die Tür und Hempel sah sie verwundert an:
„Was soll dieser Krach hier? Nicht einmal in Ruhe meinen Mozart hören kann ich!"
Er hatte einen Kopfhörer in seiner leicht zitternden rechten Hand, aus dem klassische Musik zu hören war, sehr laut. Ob Hempel sie deswegen nicht gehört hatte?
„Herr Hempel, Sie kennen diesen Mann!"
Wieder hielt Reimann dem Rentner das Radarfoto hin. Hempel nahm das Bild in die Hand, setzte die Brille ab und untersuchte akribisch jeden Winkel des Gesichtes.
„Jetzt, wo ich es mir noch einmal genauer anschaue, ja, kann gut sein, dass das mein Neffe ist. Aber ganz sicher bin ich mir da nicht."
„Ihr Neffe?", hakte Reimann energisch nach. „Wo lebt Ihr Neffe?"
Hempels Nase war erbleicht. Der Tonfall des Kommissars hatte etwas Einschüchterndes. Er fragte sich, wie schon beim ersten Betrachten des Fotos, wieso sich die Polizisten ein Radarfoto seines Neffen verschafft hatten, noch dazu eins aus Austin in Texas, was aus den Einträgen auf der Randleiste hervorging. Musste der Neffe mit einem Führerscheinentzug rechnen? Aber wieso in Deutschland, wenn er in den USA zu schnell gefahren war? Andererseits: Wann war der Neffe in den USA? Er hatte ihm nie etwas davon erzählt.
„Ähm, ich habe einmal gehört, man müsse gegen einen Verwandten nicht aussagen." Den Blick, den Hempel Reimann und Piller zuwarf, konnte man nicht anders als herausfordernd nennen. Während sich Hempel und die Kriminalbeamten für einen Augenblick stumm anstarrten, war eine Melodie aus dem Nebenraum zu hören, die unverkennbar diejenige war, die ertönte, wenn ein Computer das Herunterfahren beendete.
„Herr Hempel, wir haben zwei Möglichkeiten", sagte Reimann scharf, „entweder wir nehmen sie jetzt mit aufs Präsidium und beschlagnah-

men gleichzeitig ihren Computer. Den nehmen dann unsere Kriminaltechniker auseinander und wir werden die Mails, die sie gerade eben geschrieben haben, in kürzester Zeit öffnen. Zugleich bekommen sie eine Anzeige wegen Behinderung der polizeilichen Ermittlungen und eventueller Beteiligung an einer Straftat."
„Straftat?", hauchte Hempel. „Nur wegen einer Geschwindigkeitsübertretung, dazu noch in den USA, machen Sie so einen Aufwand? Das ist ja ein Polizeistaat! Ich will meinen Anwalt sprechen!"
Reimann überhörte Hempels Worte einfach und setzte etwas milder fort:
„Oder aber Sie öffnen uns Ihre Mails jetzt vor unseren Augen und wir lesen, wem Sie da was geschrieben haben. Von einer Anzeige können wir dann eventuell absehen, je nachdem welchen Inhalt die Mails haben."
Nichts Herausforderndes ging jetzt von Hempel mehr aus, er schaute zerknirscht auf den Boden und ging dann langsam ins Nebenzimmer, um den Computer hochzufahren. Als das Mailprogramm aufleuchtete, schob ihn Piller zur Seite und öffnete die jüngste Mail. Adressat war ein Albert, unschwer reimten sich die Kriminalbeamten zusammen, welcher Albert das war. Piller las laut die Mail:

Achtung, Albert, Gefahr in Verzug. Zwei Polizisten sind hinter dir her. Die wollen dir einen Strafzettel verhängen, weil du bei Austin in Texas zu schnell gefahren bist. Wann warst du eigentlich in den USA? Hast mir gar nichts von erzählt. Muss Schluss machen, die kommen wohl wieder die Treppe hoch und Hasso bellt. Die sollen denken, ich bin mit Hasso weg. Im Fall von Radestock nichts Neues. Also bleiben die Tschetschenen die heißeste Spur. Bis später! Onkel Fridolin

Ungläubige Blicke trafen jetzt Hempel, dessen Kopf abendrötlich leuchtete.
„Wo lebt ihr Neffe?", kam trocken die Frage Reimanns.
„In Frankreich", stotterte nach längerer Pause Hempel.
„Etwas genauer vielleicht?"
„Also, der lebt in Paris."
„Und was tut er da?"

„Also, der ist Koch dort."
„Und wo?"
„Also, in so einem Haus bei der Kirche. Dort kocht er für die Mönche."
„Und haben wir vielleicht auch eine Adresse? Oder wohnt er im Haus neben der Kirche? Wie heißt die Kirche?"
„Also, ähm, ich weiß ja nicht, wollen sie ihn festnehmen lassen, nur weil er zu schnell gefahren ist?"
„Die Adresse!", entfuhr es dem genervten Reimann jetzt barsch.
„Moment, ich muss den Zettel suchen", kam die Antwort jetzt unterwürfig, „hier, Rue de Poissy 8. Dort wohnt er. Das muss in der Nähe der Kirche sein."
Noch auf der Rückfahrt in die Polizeiinspektion informierte Reimann Aydin und bat sie, die durch Leicht und Piller bestehenden Kontakte zur französischen Polizei umgehend zu nutzen, um Brönners Wohnung zu umstellen und ihn gegebenenfalls festzunehmen. Die Verdunkelungsgefahr war hoch, und sein Onkel Fridolin Hempel hatte ihn, vermutlich unabsichtlich, gewarnt. Auch bat Reimann die Kollegin, schnellstmöglich zum Flughafen nach Leipzig zu kommen, wo sie den nächsten Flieger nach Paris nehmen wollten.
Am späten Abend bogen sie mit einem Taxi, das sie vom Flughafen Charles de Gaulle in die Innenstadt gebracht hatte, in die Rue de Poissy ein. Der Anblick fuhr ihnen beiden ins Mark: Von den Drehleitern mehrerer großer Löschfahrzeuge der Pariser Feuerwehr fiel das Wasser in großen Bögen auf eine Dachwohnung, die lichterloh brannte. Für einen Augenblick dachte Aydin an die Bilder der brennenden Herzogin Anna Amalia Bibliothek, die sie im Buch von Sebastian Lenzner gesehen hatte. So musste das Inferno damals ausgesehen haben! Die Feuerwehr mühte sich, ein Übergreifen des Feuers auf die benachbarten Häuser zu verhindern. Eine Unzahl von Schaulustigen hatte sich an den Absperrungen der Polizei versammelt. Feuer, das war auch in dem abenteuerreichen Paris noch etwas Archaisch-Besonderes.
Die Wohnung Albert Brönners brannte komplett nieder. Außer ihm kamen noch zwei weitere Hausbewohner, eine alte Frau und ihr 57-jähriger Sohn, die eine Etage tiefer wohnten, in den Flammen ums Leben.

Noch am Abend des Brandes verhörten die beiden deutschen Kriminalbeamten gemeinsam mit ihren französischen Kollegen erneut die Priesterbrüder Charrière und Rocheteau. Die beiden zeigten sich entsetzt über den Brand und die Todesfälle. Als sie aussagten, Monsieur Brönner sei ein vorzüglicher Koch gewesen, verlor Aydin kurz die Fassung. Frauenfeinde, Islamfeinde, und jetzt reden sie von den Kochkünsten eines Mannes, der soeben gestorben war, den Tod zweier anderer Menschen womöglich bewusst in Kauf genommen hatte und außerdem, das würden DNA-Spuren bestätigen, Wilfried von Radestock ermordet hatte und wohl auch für Rammy Carranzas und seines Vaters Tod verantwortlich zeichnete. Die beiden Priesterbrüder sahen die Kommissarin aus Deutschland verächtlich an, und Charrière empfand Genugtuung über den Wutanfall Aydins: Seine Naivität im ersten Gespräch, in dem er der angeblichen deutschen Touristin Aydin von seinem Weimar-Aufenthalt erzählt hatte, fand jetzt eine gute Gelegenheit zur Rache. Erst recht, als ihn Reimann fragte, ob er ihnen sagen könne, was Brönner in der Bibliothek in Weimar am Abend des Brandes gesucht habe.
„Unser Koch war in einer Bibliothek?", kam es pikiert von Charrière, „Also wissen Sie, wenn es nicht so eine ernste Situation wäre, müsste ich jetzt lachen. Unser Koch kommt zwar aus Deutschland. Aber sind dort sogar die Köche so gelehrt, dass sie sich Bücher in Rokokosälen anschauen? Bitte, hören Sie auf, im Angesicht eines tragischen Todesfalles zu scherzen!"
Dabei sah er nur Reimann und die französischen Polizisten an. Aydin war für ihn Luft.
Das hinderte die Kommissarin nicht, einen letzten Versuch zu unternehmen, die beiden Priesterbrüder aus der Reserve zu locken. *Inc. 122a* schrieb sie auf einen Zettel und hielt ihn Charrière und Rocheteau hin. Lange starrten die beiden darauf, dann sagte Charrière kalt und klar: „Was soll das? Ich kann damit nichts anfangen!"
Am nächsten Morgen hielten Aydin und Reimann einen vorläufigen Bericht der Feuerwehr über den Brand der Wohnung in der Rue de Poissy 8 in Händen. Demnach war die Brandursache eine Gasleitung, die der Bewohner der Dachgeschosswohnung mutwillig geöffnet hatte. Selbstmord mit zwei weiteren Toten, so hatten es Aydin und Reimann vermutet. Die Leiche Brönners war weitgehend verkohlt. Doch fanden

sich an den Überresten von Brönners Körper Faserspuren, die von einer Schnur oder einem Seil herrührten, das um den Körper gebunden war. Mit dieser Schnur hatte er einen aus Leder bestehenden Gegenstand an seinem Körper befestigt, zudem alles mit Benzin durchtränkt, bevor er die Explosion ausgelöst hatte.

„Der Buchdeckel! Der Tempel Salomos! Das Geheimnis! Verbrannt! Für immer weg!", flüsterte Aydin mit belegter Stimme. Reimann nickte.

Mit der Bahn reisten sie von der Gare de l'Est nach Weimar und Halle zurück. Im Speisewagen gingen sie den ganzen Fall noch einmal durch. Charrière und Rocheteau waren die Auftraggeber Brönners, da waren sie sich sicher. Aber ihnen das nachzuweisen, dazu fehlten die Beweise. Der Fall lag zu lange zurück. Es gab keine Zeugen mehr. Geschickt hatten sie Brönner für ihre Zwecke benutzt, um selbst im Fall des Ertapptwerdens die Hände in Unschuld zu waschen. Brönner war es, den sie verständigt hatten, als sie durch einen Zufall den Zettel Schalbes mit den geheimen Zeichen im Weimarer Café in der Schillerstraße fanden. Brönner war es auch, der, handwerklich begabt, am Tag des Brandes im September 2004 in den Rokokosaal der Herzogin Anna Amalia Bibliothek eingedrungen war. Dass er selbst den Brand gelegt hatte, schlossen sie aus. Durch die von Söllner eingelassene Frau gestört, wollte er deren Verschwinden abwarten, um weiter nach der *Inc. 122a* zu suchen. Das Feuer musste ihn ebenso wie Rammy Carranza überrascht haben. Als Brönner dann den fliehenden Rammy sah, musste ihm klar geworden sein, wer der junge Mann war: Derjenige, in dessen Weimarer Wohnung er drei Tage zuvor auf Anweisung Charrières und Rocheteaus eingedrungen war, weil sie dort die *Inc. 122a* oder zumindest weitere Hinweise darauf vermuteten. Zwar war diese Suche erfolglos, aber er hatte das Flugticket Rammys auf dem Schreibtisch gesehen und wusste um dessen Rückreisedaten. Als in der Bibliothek der Brand ausbrach und Rammy die Treppe der zweiten Galerie herunterstürzte, nahm Brönner die Verfolgung des Amerikaners auf, zumal er den Buchdeckel in Rammys Hand gesehen haben dürfte. Ob er Rammy aus den Augen verloren hatte oder ob der Amerikaner Brönner abgewehrt hatte, – die Vorgänge am Reithaus unmittelbar nach der Flucht aus der Bibliothek lagen im Dunkeln und würden nie mehr aufzuklären sein. Vielleicht wussten Charrière und Rocheteau Bescheid, aber dieses

Wissen würden sie mit ins Grab nehmen. Rammy verlor die Box mit dem Buchdeckel bei seiner Flucht mit dem Kajak auf der Ilm. Die Fluten trieben die lufthaltige und wasserdichte Box immer weiter. Manchmal blieb sie an überhängenden Ästen oder Steinen auf dem Grund der Ilm hängen, schwamm an Oberroßla vorbei in Richtung Großheringen, von wo aus sie in der Saale bis nach Halle gelangte und wo sie schließlich fünf Jahre später ein Junge im Treibsand fand.
Brönner jedenfalls hatte von Rammys Verlust des Buchdeckels nichts mitbekommen. Er war der Meinung, Rammy sei die Flucht mit der wertvollen Beute gelungen. So fuhr er sofort zum Flughafen nach Frankfurt am Main oder in eine andere Stadt, um vor Rammy nach Austin zu gelangen und ihn dort bei seinem Eintreffen zu verfolgen. Mit einem Leihwagen drängte er ihn dann von der Fahrbahn ab, auch den Tod von Rammys Vater in Kauf nehmend. Brönner war es, der an dem ausbrennenden Auto die Beifahrertür öffnete und den Koffer aufstach, um den Buchdeckel mit den Umschlägen zu suchen. Doch der war irgendwo in den Tiefen der Ilm unterwegs.
Der DNA-Abgleich der verkohlten Pariser Leiche und der Fremd-DNA am Tatort im Hallenser Antiquariat brachte in den nächsten Tagen Gewissheit: Brönner war der Mörder von Radestocks. Wie das Gespräch mit dem Barkeeper ergeben hatte, war es das lautstarke Auftreten des betrunkenen van de Walles, das Brönner die entscheidende Information gebracht hatte. Van de Walle prahlte mit dem Erwerb einer millionenschweren Handschrift, und unter den Bargästen saß auch Brönner, der, über Charrière und Rochtetaud aus Paris, noch in der Nacht einen Termin mit von Radestock im Antiquariat vereinbarte. Die Uhrzeit des Rückrufs aus Frankreich stimmte mit dieser Chronologie des Geschehens überein. Vermutlich hatten die Priesterbrüder in diesem Telefonat von Radestock mehr als die zwei Millionen van de Walles geboten und die Überbringung durch einen Boten in der Nacht angekündigt, um den Antiquar in sein Geschäft zu locken. Doch als Brönner ohne Geld und mit fadenscheinigen Argumenten ankam und von Radestock überreden wollte, den Buchdeckel mit den Umschlägen auf keinen Fall an van de Walle und die neue Katharer-Bewegung zu verkaufen, kam es zum Streit. Brönner, von den Priesterbrüdern in Paris gut informiert über die Geschichte der Katharer und über die Bestrafungsmethoden

eines Simon von Montfort, begnügte sich nicht mit einem bloßen Mord, sondern stach zuvor in die Augen und verstümmelte nach dem Mord die Leiche so, wie es den die Katharer schützenden Kreuzrittern von Bram widerfahren war. Den Anhängern van de Walles sollte ein Signal gegeben werden: Wagt euch nicht, noch einmal solch eine Handschrift für euch zu beanspruchen! So wie ihr damals dem Untergang geweiht war, wird es auch heute geschehen! Die wahre katholische Kirche ist einzig und allein die der Priesterbrüder! Nur sie hat Anspruch auf einen Text wie den, der das Geheimnis des Hiram enthält! Nur sie hat das Recht, Freimaurer, Juden, Rosenkreuzer, Protestanten, liberale Katholiken, emanzipierte Frauen, kurz alle Gegner des wahren Glaubens zu bekämpfen!

Die Ermittlungen in Weimarer Hotels bestätigten den Ablauf des Geschehens: Brönner war am Sonntag, dem 29. August 2004, morgens in einem Weimarer Hotel eingetroffen und in der Nacht des Bibliotheksbrandes spät wieder abgereist. Eine Fluggesellschaft in Frankfurt am Main fand in den alten Buchungsdateien seinen Namen für einen Flug am Freitag, dem 3. September 2004, nach Atlanta. Auch eine Leihwagenfirma in Austin konnte seinen Namen am 4. September nachweisen.

Aydin reiste eigens nach Halle, um den Rentner Hempel kennen zu lernen, der mit seiner Mail an den Neffen Albert das Geschehen der letzten Tage so dramatisch beschleunigt hatte. Reimann erzählte ihm vom Brand in der Rue de Poissy 8 in Paris, von der verkohlten Leiche mit dem um den Brustkorb gebundenen Buchdeckel. Der alte Mann war geschockt, stammelte immer wieder „Das kann doch nicht wahr sein“ und begrub seinen Kopf in den Händen.

„Mein Neffe war schon immer ein Sonderling gewesen“, sinnierte er, „er hat in der Schule nie Freunde gehabt. Aber eine solche kriminelle Energie habe ich ihm nicht zugetraut. Da muss sich ein Ventil geöffnet haben. Und ich bin vielleicht mit Schuld. Mein Vater ist auf der Flucht aus Ostpreußen von den Russen erschlagen worden. Das habe ich Albert erzählt, als er klein war. Er hat mich nach seinem Großvater gefragt. Da wollte ich nicht lügen. Als Jugendlicher hat er Landser-Hefte gelesen und Kriegsalben gesammelt. Volljährig geworden, ging er zum ersten Mal zur Wahl. Da hat er mir stolz erklärt, er werde eine nationalistische Partei am äußersten rechten Rand wählen. Wir hätten noch eine historische Schuld zu begleichen, und die jüdische Weltverschwörung sei auch noch nicht niedergeschlagen. Dabei hat er mich finster angeblickt. Ich war damals entsetzt. Aber irgendwann bekam ich dann eine Postkarte aus Paris. Er sei jetzt dort angekommen, wo er seine Ziele leben könne. Als Koch arbeite er bei einer katholischen Vereinigung. Ich habe mich gefreut und geglaubt, jetzt sei sein Leben endlich auf einer guten Bahn. Nur dass ich ihn besuchte, wollte er partout nicht. Nie hat er etwas von Frauen geschrieben, von einer Freundin. Vielleicht hängt das mit der katholischen Vereinigung zusammen, bei der er arbeitet, habe ich vermutet. Mit Mails habe ich immer Kontakt gehalten. Wie sollte ich ahnen, dass er ein Mörder ist und sein Opfer hier vor meiner Haustür gesucht hat? Das kann doch gar nicht sein."

In Paris stritten Charrière und Rocheteau kategorisch ab, etwas von Brönners Aktivitäten gewusst zu haben. Als Aydin und Reimann davon erfuhren, prüften sie noch einmal alle Spuren. Doch nichts war geeignet, die wahren Hintermänner von Brönners Handeln zu überführen. Sie hatten ihr Ziel erreicht: Der Buchdeckel mit der Signatur *Inc. 122a* war vernichtet und der, der sie hätte irgendwann einmal belasten können, war tot, getrieben in den Selbstmord, weil er wusste, dass er des Mordes in mindestens einem Fall überführt würde. Außerdem musste ihn das Radarfoto aus den USA, von dem er durch seinen Onkel erfahren hatte, befürchten lassen, dass der Unfall auf dem Weg vom Flughafen in Austin zu Rammy Carranzas Wohnung eine späte Aufklärung finden könnte.

„Wieder so ein Selbstmörder, der für seine religiösen Überzeugungen andere mit in den Tod nimmt", sagte Aydin zu ihrem Hallenser Kollegen beim Abschied.

„Religiöse Überzeugungen?" Reimann zog die Augenbrauen hoch. „Ich glaube nicht, dass das etwas mit Religion zu tun hat. Diese religiöse Gruppierung in Paris benutzt den Glauben nur für ihre eigenen, politischen Zwecke. Die sind für einen patriarchalischen Staat, für einen Religionsstaat, der gegen Andersgläubige auch Kriege führt. Die leben noch im finstersten Mittelalter."

Noch am selben Tag rief ein leitender Mitarbeiter vom Verfassungsschutz bei Aydin an und informierte sie über die pakistanische Nummer, die von Radestock angerufen hatte. Der Schuhladen, dem der

Anschluss mit dieser Nummer gehörte, war nur ein Tarngeschäft. Dahinter steckte eine terroristische islamische Vereinigung, die Anschläge auf israelische und US-amerikanische Ziele in Europa vorbereitete. Das Amt für Verfassungsschutz brauchte unbedingt alle Spuren im Mordfall von Radestock, um mehr über die religiös motivierten Terroristen in Pakistan zu erfahren. Aydin klärte die Kollegen über die Geschehnisse im Mordfall von Radestock auf, gab aber trotz des anderweitig geklärten Falles der Bitte nach, alle Unterlagen im Mordfall weiterzuleiten, wenn die Staatsanwaltschaft dem zustimme. Denn unklar blieb, wie von Radestock an die pakistanische Telefonnummer geraten war.

„Ach, und ich glaube, wir können nicht von religiös motivierten Terroristen sprechen", ließ Aydin das Gespräch mit Reimann dem Verfassungsschutzbeamten gegenüber nachklingen, „die Terroristen benutzen den Koran nur und missbrauchen ihn. Genauso wie es die Priesterbrüder mit dem katholischen Glauben und der christlichen Religion tun."

Bald darauf meldete sich auch Heiner Brodkamp, der Meister vom Stuhl in Hamburg, bei der Kommissarin in Jena. Er hatte in der Zeitung vom Verlauf der Ermittlungen und vom Brand in Paris gelesen und wollte wissen, ob denn definitiv sicher sei, dass die Handschrift mit dem Geheimnis des Meisters Hiram verbrannt sei. Als ihm Aydin das bestätigte, konnte er ein Aufatmen nicht verbergen und beendete frohgelaunt das Gespräch. Dass diese Handschrift Schuld am Tod von Menschen war, schien ihm weniger wichtig als das Fortbestehen des Geheimnisses.

Willem van de Walle, so entnahm Aydin dem Internet, beabsichtigte die Gründung einer deutschen Dependance der Katharer-Bewegung, und zwar in Halle an der Saale. In einer weitgehend säkularisierten, religionslosen Stadt wäre, so verbreitete er, eine gute Basis, noch einmal ganz von vorne anzufangen und jenseits der Amtskirchen den Menschen vor Augen zu führen, wie verdorben die Welt sei und dass es das höchste Ziel sein müsse, die Seele vor diesem Bösen zu retten und sie in den Himmel zu führen.

Karl-Ludwig Rauff, der in Chile lebende Neonazi, war, so teilte eine andere Abteilung des Verfassungsschutzes Aydin mit, schwer an Krebs erkrankt und außerdem wegen Volksverhetzung angezeigt worden. In

einem Londoner Krankenhaus sah er dem baldigen Ende seines hasserfüllten Lebens entgegen.
So sortierten sich die Spuren im Mordfall von Radestock, der sich überdies zu einem Mordfall Rammy Carranza erweitert hatte. Doch so sehr sich die einzelnen Mosaiksteine zu einem Bild zusammenfügten: Aydin wusste, dass eine wichtige Frage noch zu klären war.

XXII

Freitag, 9. Oktober 2009

Die Oktobersonne schien mild auf den Appellplatz. Buchenwald, das zweite Gesicht Weimars, rau, abweisend, menschenverachtend.

Gülcan Aydin trat aus dem Torgebäude heraus, wo ihr Friedemann Schalbe die Todeszelle von Pfarrer Paul Schneider, dem Prediger von Buchenwald, gezeigt hatte. Auch wenn sie in ihrer Zeit bei der Polizei schon so manch grauenhafte Tat untersucht hatte, sprengte das in Buchenwald Geschehene alle Vorstellungskraft. Die Kommissarin und der Pfarrer gingen schweigend zum Gedenkstein, an dem noch wenige Monate zuvor der amerikanische Präsident der Opfer gedacht hatte. Im Keller des Krematoriums überfiel sie mit Schaudern eine Ahnung, wie die gleichsam industrielle Tötung von Menschenleben abgelaufen war. Am Waldrand war ein großes Kreuz aufgerichtet. Dort setzten sie sich auf eine Bank und Schalbe berichtete von seinen Luther-Musiktheater-Plänen, wie er sie vor fünf Jahren gehegt hatte. Das Verschwinden Rammys und der Brand der Bibliothek hatten ihn davon abkommen lassen. Doch jetzt, wo der Fall weitgehend aufgeklärt war, fühlte er sich verpflichtet, das Vorhaben wieder aufzunehmen. So sehr er Luther verehrte, es konnte nicht sein, dass im Hinblick auf die bevorstehenden Reformationsjubiläen Luthers dunkle Seiten nicht zur Sprache kamen. Seine Judenfeindlichkeit, sie war, ohne dass das der Reformator voraussehen konnte, auch ein Glied in der Kette, die nach Buchenwald führte.

„Die Quelle ist verseucht", schloss Schalbe seine Rede, der Aydin aufmerksam gefolgt war. Als Muslimin waren ihr die Juden zwar fremd, aber sie sah das tiefe Leid, das ihnen zugefügt wurde. Ihr war klar: Eine Religion, die Menschen anderen Glaubens mordet, ist keine Religion, sondern bloßer Terrorismus, der Religion nur als Deckmantel missbraucht. Sie ermutigte Schalbe, weiter an der Idee eines Musiktheaterstücks festzuhalten, in dem Luther auch kritisch betrachtet werde.

„Wie wäre es, wenn Sie eine neue Gattung kreieren und die nicht

Musical, sondern Spiritual nennen? So wie die alten Lieder der Schwarzen in den USA, die von der Hoffnung auf Befreiung beseelt sind. Wenn ich das richtig sehe, war Luther doch auch von diesem Geist der Befreiung getragen. Aufbrechen aus alten, überkommenen Strukturen. Allerdings hat er die Juden nicht mit hineingenommen in diese Befreiung. Sie, die seit Jahrhunderten schon unter Verfolgung und Pogromen zu leiden hatten. Waren nicht die Juden das Volk des Aufbruchs schlechthin? Der Auszug aus Ägypten, gibt es da nicht ein Spiritual? Go down, Moses ..."

Die Kommissarin summte eine Melodie vor sich hin. Eine Muslimin, die in Buchenwald ein Spiritual der Schwarzen in Amerika singt, das von der Befreiung des Volkes Israel handelt. Schalbe staunte nicht schlecht und dachte: Spiritual als Gattung wie früher das Musical, das werde ich mir überlegen.

Aydin bat Schalbe, noch einmal die Kurznachrichten lesen zu dürfen, die Rammy ihm am Abend des Bibliotheksbrands geschrieben hatte. Lange sah sie sich die Kurznachrichten an, während ein leichter Wind durch den Wald vor ihnen wehte. Eine halbe Stunde saßen sie so da, stumm und nachdenklich. Auf dem Parkplatz der Gedenkstätte verabschiedeten sie sich.

Vom Auto aus telefonierte Aydin mit der Fotostelle der Klassik Stiftung Weimar. Nach Jena zurückgekommen, recherchierte sie im Internet weiter. Für den nächsten Tag lud sie Robert Leicht und Doreen Simoneit nach Weimar ein.

„Wir müssen aber schon um 5.30 Uhr fahren. Ist eine private Einladung von mir an Euch!"

Die beiden Kollegen wunderten sich, sagten aber zu. Sie waren beide Thüringer und hatten eine leichte Ahnung, was da auf sie zukam.

XXIII

Samstag, 10. Oktober 2009

Die Stadt feierte. Zwiebelmarkt. Das größte Volksfest Thüringens. Die Heldrunger Zwiebelbauern hatten am Samstag um 6 Uhr zur offiziellen Eröffnung ihre Stände in der Schillerstraße prachtvoll geschmückt. Trotz der frühen Morgenstunde strahlten sie gute Laune aus. Ein Meer kunstvoll geflochtener Zwiebelrispen bot sich dem staunenden Auge dar. Ein Pulk von Honoratioren durchschritt den Markt, begleitet von Theo, einem als Mönch verkleideten Stelzengänger, der die Gabe besaß, spontan jede Beobachtung in humorige Verse zu gießen. Jetzt hatte er Gülcan Aydin und ihre beiden Begleiter von hoher Warte aus erspäht und nahm sie sogleich ins Visier:

Seh ich dort nicht die Frau Kommissar
Dann ist doch allen jetzt wohl klar
Dass sie sich wird bei uns einklinken
Um auch nen Knobi mit uns zu trinken

Die Gesellschaft winkte den drei Kriminalbeamten fröhlich zu. Da Robert Leicht sich als Fahrer angeboten hatte und sie nicht im Dienst waren, mussten Simoneit und Aydin dran glauben: Um in die Gilde der hartgesottenen Zwiebelmarktbesucher aufgenommen zu werden, reichte man ihnen einen Knoblauchschnaps, den sie mit einem Schluck hinunterstürzten. Die beiden Frauen schüttelten sich unter dem Lachen der Runde. Sie schlenderten weiter von Stand zu Stand. Aydin kaufte eine mit Strohblumen prächtig verzierte Zwiebelrispe, die sie ihrer Mutter in Stuttgart zusenden wollte. Zum Frühstück nahmen sie einen der herzhaften Zwiebelkuchen zu sich und tranken dazu kräftigen Kaffee, um den Geschmack des Knoblauchschnapses zu überdecken. Doreen Simoneit entdeckte eine ehemalige Schulfreundin und rannte zu ihr hin, um ihr unter lautem Kreischen um den Hals zu fallen. Für eine kurze Zeit saßen Aydin und Leicht alleine auf einer Holzbank am Theaterplatz. Trotz des Lärms ringsum wirkte der Moment des Zusammensitzens still und besinnlich.

„Alles in Ordnung, Robert?“ Aydin schaute dem Kollegen direkt in die Augen, warm und Verständnis andeutend. Doch Leicht hielt dem Blick nicht stand und wischte sich den Mund ab. Nein, die Zeit war nicht reif, um sich zu öffnen, um zu erzählen, was hinter dem abgestandenen Wort „Schicksalsschlag“ stand, von dem Doreen gesprochen hatte. Gut möglich, dass er sich nie öffnen würde. Aber Aydin war es wichtig zu signalisieren, dass sie, wenn er ein solches Gespräch brauchte, zur Verfügung stünde.

Auf dem mittelalterlichen Markt am Teichplatz trafen sie zufällig auf Friedemann Schalbe. Noch einmal gingen sie mit ihm die dramatischen Stunden der Brandnacht durch. Sie sprachen über Rammy, über die geheimnisvollen Umschläge. Schalbe erzählte ihnen von Rammys und seiner Entdeckung, dass wohl der Goldschmiedemeister Johann Nepomuk Immermann der Mörder des Doktor Ignatius Furrer war, einer Erkenntnis, auf die unabhängig von ihnen auch Simoneit gestoßen war. So hatten sie ganz nebenbei einen mehr als zweihundert Jahre zurückliegenden Mord aufgeklärt, der, wie so viele, sonst nie als solcher zu Tage getreten wäre.

Später am Morgen trennten sich Aydin, Simoneit und Leicht, um am Nachmittag gemeinsam noch ein besonderes Vergnügen zu erleben. Aydin, jetzt alleine, sah, wie sich Hunderte Läufer aus allen Altersklassen zwischen Absperrbändern mitten durch das Zwiebelmarktgedränge schoben. Der traditionelle Stadtlauf am Zwiebelmarkt! Peruanische Musikgruppen bauten sich an den Straßenkreuzungen auf und spielten *El Condor Pasa*. Einige Jugendliche liefen mit leeren Bierflaschen durch die immer dichter werdende Menge und sahen aus, als hätten sie in der Nacht kein Bett gesehen.

Die Sonne kämpfte vergeblich gegen eine dichte Wolkendecke an. Doch der Stimmung tat das keinen Abbruch. Die Stadt begann zu pulsieren. Auf dem Rollplatz traf Aydin auf Sebastian Lenzner, den Kulturdezernenten. Er lud sie zu einer Fahrt mit dem Riesenrad ein. Sie sahen über die Dächer der kleinen und doch großen Stadt, hörten die ersten Bands auf den Bühnen beim Soundcheck und ließen ihren Blick zum Etters-

berg, zum Glockenturm wandern. Der Kulturdezernent staunte nicht schlecht, als er hörte, welche Verwicklungen der Fall des ermordeten Antiquars in Halle genommen und welche Rolle die Herzogin Anna Amalia Bibliothek dabei gespielt hatte.
„Wenn ich das richtig sehe“, versuchte Lenzner den Überblick zu bewahren, „haben Sie als Muslimin denjenigen gesucht, der ein für die jüdische Geschichte eminent bedeutsames Dokument geraubt hatte. Und dieser Mensch war Mitglied einer Vereinigung, die sich als christlich bezeichnet.“
„Ja“, stimmte Aydin nachdenklich zu, „aber ich handele nicht als Muslimin, sondern als Kommissarin. Als ich in Paris das brennende Haus gesehen habe, da fühlte ich mich an Ihre Schilderung des Brandes in der Bibliothek erinnert. In Paris ist das Geheimnis von Salomos Tempel verbrannt. In Weimar damals hat ein Büchertempel gebrannt. Ein Dichter hat, wie Sie sagten, vom Weltenbrand gesprochen. Ich habe darüber nachgedacht und stimme Ihnen zu, vor allem aber auch dem, was Sie zum gleichzeitigen Terroranschlag von Beslan gesagt haben, bei dem fast vierhundert Kinder ums Leben kamen und Hunderte Überlebende für immer behindert sind. Ja, Sie haben Recht, der Weltenbrand herrscht auch und gerade überall dort, wo Kinder getötet, wo sie ihrer Zukunft beraubt, wo sie als Soldaten ausgebildet und verheizt werden. Also nicht nur in Beslan, sondern auf der ganzen Welt. Von Brandstiftern der Zukunft haben sie gesprochen. Es ist eine Schande.“
Aus dem Riesenrad ausgestiegen, verabschiedete sich Aydin von Lenzner und sah auf die Uhr. Sie hatte noch einen wichtigen Termin. Zielstrebig schob sie sich durch die wogende Menschenmenge in der Schillerstraße und auf dem Frauenplan und steuerte ein Haus an, das direkt hinter dem Haus der Frau vom Stein lag. Sie suchte die Leiste mit den Klingelknöpfen ab. Da war der Name! Zwei Mal drückte sie entschieden die oberste Taste.
Es dauerte eine Weile, dann summte der Türöffner. Aydin stieg zwei Treppen hoch, dann stand sie vor ihr: Sabrina Santini, mit dunklen Teint, marinefarbenem Rock und mintgrüner Bluse, über der eine große Perlenkette hing.
„Ja bitte?“, fragte sie mit rauchiger Stimme nach Aydins Begehren.
„Ich bewundere Ihre Fotografien, Frau Santini. Herr Lenzner hat mir

Ihre Adresse gegeben. Ich bin eine Bekannte von ihm. Darf ich Sie etwas zu ihren Fotografien fragen?"
Die Fotografin, geschmeichelt von Aydins Anerkennung, bat die Kriminalbeamtin in ihr Wohnzimmer, öffnete die Balkontür und zündete sich eine Zigarette an.
„Tut mir leid, es ist heute sehr laut. Dieses Fest, ah, ist nicht unbedingt meine Sache!", distanzierte sich die Italienerin vom fröhlichen Treiben draußen. Aydin bat sie, das Weimar-Buch zu holen, das sie gemeinsam mit Sebastian Lenzner produziert hatte. Die Fotografin brachte das Buch. Aydin schlug das Foto auf, das den Rokokosaal zeigte.
„Frau Santini, könnten Sie mir sagen, mit welcher Technik Sie dieses Foto in der Herzogin Anna Amalia Bibliothek vor mehr als fünf Jahren gemacht haben? Das war ja noch vor dem Brand des Rokokosaals!"
Die Fotografin fixierte jetzt Aydin scharf mit ihren dunklen Augen, kniff sie leicht zusammen und fragte dann, jede Silbe einzeln betonend: „Wieso fragen Sie mich das?"
„Aus fotografischem Interesse", versuchte Aydin arglos zu wirken.
„Aus Interesse? Wer sind Sie?", kam es scharf zurück.
Die Kommissarin wusste, dass Leugnen jetzt nichts mehr brachte.
„Ich habe mich bei der Klassik Stiftung erkundigt", erklärte sie, „es lassen sich keine Belege finden, dass Sie oder Ihr Verlag für die Aufnahmen damals Gebühren bezahlt haben. Wir haben Anhaltspunkte, dass Sie den damaligen Pförtner Hans Söllner zuerst bestochen und später, nachdem er Sie schon einmal eingelassen hatte, auch erpresst haben, um in den Rokokosaal zu gelangen. Sie wollten dort fotografieren, ohne eine Genehmigung zu beantragen und die Gebühren zu bezahlen."
„Unverschämt!", schrie ihr die Italienerin entgegen und sprang auf. „Ich werde Sie wegen Verleumdung anzeigen!"
Aydin blieb ungerührt sitzen.
„Mir geht es nicht um ein paar unterschlagene Gebühren, Frau Santini. Es liegt gar keine Anzeige vor. Die Klassik Stiftung hat das damals in den Brandwirren gar nicht bemerkt. Mich würde interessieren, ob Sie die Aufnahmen noch irgendwo als Film oder digitalisiert zur Verfügung haben. Oder ob Sie der Verlag noch hat. Vielleicht kann man die Auflösung vergrößern und manches dann besser erkennen."
„Nein, ist alles vernichtet", schnaubte die Fotografin und zündete sich

eine neue Zigarette an. Sie forderte Aydin mit einer Geste auf, die Wohnung zu verlassen. Die Kommissarin aber nahm das Buch in die Hand, und zeigte auf einen winzigen Punkt an einem Seitenfenster.
„Schauen Sie, hier, Frau Santini, mich würde interessieren, was dieser kleine Punkt genauer ist. Je länger ich hinsehe, desto mehr bin ich überzeugt, dass es eine Zigarettenschachtel ist."
Blässe trat in das faltige Gesicht der Italienerin.
„Wollen sie etwa, wollen Sie mir, wollen Sie ...", Santini stammelte nur noch.
„Aber nein", erwiderte die Kommissarin, „nein, wo denken Sie denn hin!" Sie schaute die Fotografin scharf an und ihre Augen funkelten dunkelgrün. „Das ist ja ein absurder Gedanke, Frau Santini. Die Brandursache ist doch geklärt. Eine korrodierte Klemmverbindung in einer Wandverkleidung. Das hat doch das Bundeskriminalamt festgestellt! Wo denken Sie denn hin!"
Sie erhob sich und verließ grußlos das Haus. Vor dem Dorint Hotel warteten schon Robert Leicht und Doreen Simoneit auf sie. Nach wenigen Minuten bog Kutscher Grobe um die Ecke. Sie bestiegen die Kutsche und fuhren bei leichtem Nieselregen vorbei an den Bauhaus-Gebäuden, am Liszthaus, am Park an der Ilm, am Römischen Haus hinauf nach Schloss Belvedere. Der Blick ins Tal war eingetrübt. Die Bässe der Bands wummerten bis zu ihnen hinauf. Die Stadt feierte.

Karl-Heinz Großmann

Schieferbruch

Ein Thüringen-Krimi mit Kommissar Fest

In einer beschaulichen Thüringer Kleinstadt geschieht etwas Ungeheuerliches: Die junge, allein erziehende Verkäuferin Liane Baldauf wird auf brutale Weise in ihrer Wohnung getötet. Hauptkommissar Kurt Fest und seine Ermittler-Kollegen stehen vor einem Rätsel, denn der Täter ging äußerst raffiniert vor.
Liane Baldaufs kärgliches Leben lässt auch nur wenige Rückschlüsse zu: Vor dem strengen Vater ist sie früh geflohen, ihr erster Freund hat sie schwanger sitzen lassen, in der Kaufhalle verdient sie gerade das Notwendigste zum Leben. Von den meisten Männern wird die hübsche Frau lediglich angebaggert. Einzige Freude und ganzer Lebensinhalt ist ihr kleiner Sohn Torsten.

Karl-Heinz Großmann ist bei den Fans von Thüringen-Krimis eine feste Größe, schreibt er doch bereits seit 1970 Romane in Hochdeutsch sowie Geschichten und Gedichte in seiner itzfränkischen Mundart. 2000 wurde er mit dem Margarete-Braungart-Preis für Kunst und Literatur der Stadt Hildburghausen ausgezeichnet.

1. Auflage 2009
ISBN 978-3-939611-37-0
284 Seiten, broschiert
EUR 14,90